U0083754

古典詩歌研究彙刊

第二一輯

龔鵬程 主編

第 3 冊

顧敻詞及其接受（上）

黃鈺琪 著

國家圖書館出版品預行編目資料

顧敻詞及其接受（上）／黃鈺琪 著 ── 初版 ── 新北市：花木蘭
文化出版社，2017〔民 106〕
目 6+186 面；17×24 公分
（古典詩歌研究彙刊 第二一輯：第 3 冊）
ISBN 978-986-404-864-9（精裝）
1.（五代）顧敻 2. 唐五代詞 3. 詞論
820.91   106000427

ISBN-978-986-404-864-9

9 789864 048649

古典詩歌研究彙刊
第二一輯　第三冊　　　　　　ISBN：978-986-404-864-9

顧敻詞及其接受（上）

作　　　者　黃鈺琪
主　　　編　龔鵬程
總 編 輯　杜潔祥
副總編輯　楊嘉樂
編　　　輯　許郁翎、王筑　美術編輯　陳逸婷
出　　　版　花木蘭文化出版社
社　　　長　高小娟
聯絡地址　235 新北市中和區中安街七二號十三樓
　　　　　　電話：02-2923-1455／傳眞：02-2923-1452
網　　　址　http://www.huamulan.tw 信箱 hml810518@gmail.com
印　　　刷　普羅文化出版廣告事業
初　　　版　2017 年 3 月
全書字數　198686 字
定　　　價　第二一輯共 22 冊（精裝）新台幣 33,000 元

版權所有・請勿翻印

顧夐詞及其接受(上)

黃鈺琪　著

作者簡介

黃鈺琪，1986 年生，臺灣彰化人。國立嘉義大學人文藝術學院碩士。生平無大志，獨愛東方詞曲，每每落雨時分或是午後微風徐徐，更好吟上一調、彈上一曲。

提　　要

　　顧敻，西蜀人，隸屬花間詞人。顧敻詞名雖不及溫、韋，然其詞作濃淡疏密，為「五代豔詞之上駟」，但學者研究多未注意，頗留研究空白，故本文著眼於顧敻詞及其接受，全文共分八章，大體論述二個部分。

　　一、顧敻詞之研究。顧敻詞作不乏男女相思、綺怨之作，如山枕上的私語濃情、情竇初開的芳心暗許；抑或是傷春閨怨的惆悵哀思、離愁別緒的不捨依戀。顧敻五十五闋詞作，雖多詠男女情事，但其詞作風格多元，不僅承襲了「花間鼻祖」溫庭筠之婉約，亦沾馥「西蜀之首」韋莊之清疏，更乘載著民間自然率真之情調，且表現手法亦具特色，不單把相思寄情於閨閣器具，亦透過細微、濃烈的情感語言，體現出詞中人鮮明的心境描繪。故本文以「主題內容」、「創作手法」等，探究顧敻詞之藝術美感。

　　二、顧敻詞之接受研究。隨著「接受美學」崛起，本文以讀者為中心，超越時代之藩籬，牽起讀者與作者之間的聯繫。顧敻詞作在宋代可謂知音無幾，然至明代因「花草」之風的盛行、清代對「存詞備體」的重視，使得顧敻作品得以受到世人的關注與青睞。尤以〈訴衷情〉、〈荷葉杯〉等闋，既開柳七一派之濫觴，亦為元曲之張本。故本文借由「傳播接受」、「批評接受」、「創作接受」等形式，廣泛蒐羅北宋迄今，涉及顧敻之史料文獻，透過歷代接受反應，以見顧敻文學價值與詞史地位。

誌　謝

自選題以來，四個年頭，說長不長，說短卻也嘗盡了人生最難的一道課題：死別。外公、外婆、阿公，相繼辭世，除了哭，還是哭，彷彿眞切體會到了顧敻筆下男女的別情相思。差別在於——他們，是天涯一方，難得相見；而我，是碧落黃泉，永不復見！念想、想念；因念而想、因想而念。今時來朝，我僅存「念」，我僅能「想」，若要親暱地喊聲：「阿（外）公！」、「外婆！」，已成奢望！難忘卻，那悲傷狠狠地攫住心頭、扼殺血液流轉，珠淚宛若潰堤洪水，啪搭啪搭、不能自主的下墜；「證候來時，正是何時，燈半昏時，月半明時」，低低啜泣最終總成嚎啕大哭，傷心難解；短短數載，接二連三遇離別。顧敻的字裡行間、闋闋文詞，在在不忍卒睹；句句枝柳，點點瀟湘，在那說長不長、說短不短的日月，首首都讓人怵目驚心！兩廂別離，我彷如看見外婆因外公溘然長逝而憔悴顏、傷殞身；阿嬤則在阿公的老位子，每每迷離惝恍、佇若呆杵。那些兒個相思情濃，總是濃烈的教人難受。而當我擲筆至顧敻〈訴衷情〉「永夜拋人何處去」，不知何時，竟步入了夢裏華胥。那裏，我看見了阿公不同於病榻纏綿的笑顏。那笑，是如此的輕鬆自在、逍遙快活。曾幾何時，「笑」，於阿公病榻在世時，竟是難如登天……而今，阿嬤健在且愉快人間，但願阿嬤壽比南山、萬樂難擋，也謝謝阿嬤爲孫兒祈福求學之路，平安順遂。

　　回首過往，由行銷管理學系，跨越到這一博大精深的漢學領域。面對這浩瀚無窮、廣漠無邊的文江學海。其碧海波濤、滾浪奔馳；帆舟顛簸、洶湧澎湃，曾幾度畏縮、幾度退怯，次次都讓人舉步維艱，孳生放棄的念頭。幸得有家人與友人的支持、協助，方能在這一片無涯學海，載浮載沉，終至順流九里，得到這一紙證書。也許，學術研究，這一條道路是孤獨的，然而，一路走來，我的這條道路，卻是熱鬧、多彩的。有家人為我加油打氣、有好友為我搖旗吶喊，因為有著他們的相信，使得做事三分鐘熱度的我，行步至今。而初來乍到，惶然無措的我，幸得王偉勇先生與郭娟玉先生，兩位良師引領入門，助我步入研究殿堂，有幸於綿遠流長的詞史長河當中，投入一顆小石子。

　　初見王偉勇先生，其偉岸挺拔之姿，教人不由得肅然起敬；但常掛於面上的笑容，又使人覺得親近無比。先生不僅醋筆行文論詞、低眉信手寫詩，更是醉心於誦吟詩詞，常於課間不吝開嗓，時而誦吟小段詩詞；開了嗓，更是欲罷不能，唱遍課堂，驀地造就一場屬於古典之美的音樂饗宴。不止於課間，但凡興至所致，先生總能開嗓就是一曲。記得，有幸與先生一同前往北京。當時驅車途經長城，其山石綿延起伏、蒼翠蔥蘢，宛若藏於綠林之間，一隻伏地休憩的龍。正想著，耳畔隱隱傳來「岱宗夫如何，齊魯青未了。……」原來，師興之所至，低吟了一首杜甫〈望嶽〉。聽著先生渾厚嗓音，望著窗外長城，想著杜甫是否也在五嶽之首這般吟唱呢？先生誦吟詩詞是一絕，其授業解惑更是一流。於講堂上，專屬文人的幽默感，時時傾瀉而出，使得課間不見乏而無味的沉悶感，而是滿溢著歡聲笑語、自在學習。先生視每位學生都是「寶」。記得某次由嘉義大學驅車前往車站到臺南聽先生授業。彼時正逢梅子黃時雨，天色烏雲密佈，清晨時刻宛若傍晚時分。行車途間，霏霏小雨竟成滂沱大雨，不多時，縱然身穿雨衣卻也不敵大雨淋漓，淋成落湯雞的窘境。而先生一見到學生的「落魄」模樣，急吼吼地讓學姊趕緊找來吹風機，還不住叮嚀趕快擦乾身體，以

免傷風受寒。看著先生著急模樣，學生心中既是羞愧，又備感溫暖。羞愧乃因勞煩學姊又耽誤課堂時間；溫暖則源於先生的關懷備至。即使外頭仍陰雲密佈、寒風透骨，然而學生的心彷彿貼上了暖暖包一般，暖洋洋。曾經，先生到校演講，末了一曲〈將進酒〉，震懾全場。其體態威勇、氣勢磅礴；此曲，在場無不聽得酣暢淋漓、盡興痛快。曲後，同儕更附耳誇讚，莫不欽羨我拜於王門之下。學生不禁暗暗竊喜，深深以能夠成為王門的一份子而感到驕傲。期許有朝一日，我也能如先生這般，成為師之驕傲，雖然這是一條好——遙遠，且布滿荊棘的道路，但是有夢想，方有目標；有目標，努力實踐！而有幸拜於王門之下，係因郭娟玉先生一片良苦用心。

　　與郭娟玉先生相識，或許早在進入了實踐大學就讀的那一天起，就注定了師生緣份。先生曾問我：「你這麼喜歡實踐大學啊？」是的，很喜歡。因為那裏不僅有滿目的璀璨繁星，亦有落日餘暉、山嵐吹煙之境，彷彿置身於潑墨山水之間。然而，最重要的，是不好意思說出口的：「因為這裡，讓我遇見老師您。」與先生的緣份，係因當時任教於實踐大學的何淑蘋老師。聽聞淑蘋老師形容先生時，還不識廬山真面目的我，不由得塑造起一位精明幹練、「巾幗不讓鬚眉」的女強人形象。當時一邊忙於考試項目，一邊進行畢業專題，蠟燭兩頭燒的情況下，幸得同儕組員的體諒，最後，我順利進入嘉義大學，看見了我所憧憬、嚮往的吾師——精明有之，幹練有之，卻是一位柔婉溫煦的小女子形象。我想，這輩子大概忘不了當時到大學部旁聽先生課程，對先生的提問，我座於前排，戰戰兢兢地舉起手回應：「歐陽修」時，心臟噗通狂跳的景象。先生教導我作為研究者應該秉持的態度，需有「上窮碧落下黃泉」的決心與毅力，唯有鞏固好自己的論述城堡，將城堡蓋得穩固、結實，如此敵人來襲，才不至於傾圮坍毀。先生不僅文采斐然，其思路縝密有序，見解獨到精闢。學生若有行文不當、語焉不詳之處，先生總是不厭其煩，一字一句加以修改、指正。但凡一經先生改動之處，無不細密周全、確實而詳備。先生的好，不止於

傳道授業，連生活也一併關照了。隻身民雄的我，時常受邀到先生的「滴水閣」歡聚小坐，親嚐先生手藝。兩、三道簡單卻精緻的料理，加上鮮美香甜的餐後水果、溫潤回甘的陳年老茶，午夜夢迴之際，仍覺齒頰留香。尤其是虱目魚肚軟嫩肥美與破布子的絕佳風味、半熟蛋的黃橙香濃淋上粒粒飽滿的米飯搭配……思及此，都不禁教人齒頰生津。豐富味蕾之餘，聽聞先生暢談當年與師祖漫步於椰林樹下；夕陽餘暉，拉長了兩位先生的倩影，亦將學術研究之精神、待人處事之良方，永續傳承。何其幸運，能得到王偉勇先生與郭娟玉先生，兩位良師對學生的指導，他們不僅是經師，傳道、授業、解惑；亦為人師，時時叮囑待人當謙虛自牧、處事當周密謹嚴。無論是學問之路、抑或是人生道路，兩位先生猶如燈塔上的一盞明燈，在這一片浩瀚無窮、一望無際的茫茫學海中，為時而迷途、時而惶措的我，指引方向，導回正確的航道。

　　碩士論文口考，相當榮幸能邀請到王玫珍老師、林佳蓉老師，兩位先生擔任學生的口考委員，學生獻上無盡感謝；有兩位先生的點撥與建議，得以修正論文的不足與訛誤，使其文章臻於完備。翻開論文，其字裏行間夾帶著許多個歲月流年。它不單單是一本研究小書，更埋藏了好多好多的珍貴回憶：有良師的諄諄教誨、有家人的支持體貼、有友人的鼓勵安慰……所有我得到的幫助與恩惠，皆銘感於內。雖然此論文於學術研究上，不過是投進小石，微微地「咚」一聲，便銷聲匿跡；於我，卻猶如蝴蝶效應般，牽引出從未有過的自我期許。願這一份期許，宛若道貫橋那端光芒四射的輝煌，為我開啟下一卷，燦爛而耀眼的華美篇章。

　　最後，謹將此論文獻給我最摯愛的你們，由衷感謝。

黃鈺琪謹識於老厝煙囪旁小間 2015 年

目

次

下　冊

第一章　緒　論

第一節　研究動機與目的

一、研究動機

　　顧敻，西蜀人，生卒、字里皆不詳，於前蜀（891～925）通正（916）時，曾官至茂州（今四川汶川縣）刺史；後蜀（925～965）時，事孟知祥，官至太尉。據何光遠《鑒誡錄・怪鳥應》卷六紀載：

> 通正年，有大禿鶖鳥颭於摩訶池上。顧太尉時爲小臣直於內庭，遂潛吟二十八字詠之。近臣與顧有隙者上聞，詔顧責之，將行黜辱，顧亦善對，上遂捨之。至光天元年（918）帝崩，乃禿鶖之徵也。……通正僅一年。〔註1〕

又吳任臣《十國春秋》卷五十六載：

> 顧敻，前蜀通正時，以小臣給事內庭，會禿鶖鳥翔摩訶池上，敻作詩刺之，禍幾不測，久之，擢刺史，已而復仕高祖，累官至太尉。……尤善詼諧，常於前蜀時，見隸武秩者多拳勇之夫，戲造《武舉諜》以譏之，人以爲滑稽云。〔註2〕

〔註 1〕〔五代〕何光遠：《鑒誡錄》（臺北：藝文印書館，1966 年《百部叢書集成》影印〔清〕鮑廷博《知不足齋叢書》本），卷六，頁 25。

〔註 2〕〔清〕吳任臣：《十國春秋》（臺北：臺灣商務印書館，1983 年《景

蔣一葵《堯山堂外記》卷一百三亦云：

> 顧敻爲内直小臣，命作〈亡命山澤賦〉，有「到處不生草」
> 句，一時傳笑，後官至太尉，小詞特工。〔註3〕

由上述史料可知，顧敻「性詼諧」，並在蜀通正年間（916），爲内庭小臣，以小官身分穿梭往來於宮中，而後因禿鷲翔於摩訶池上事件，作詩諷刺，險遭革除，後任刺史，於後蜀官拜太尉。吳任臣雖未言明顧敻是何地刺史，然據孫光憲《北夢瑣言》卷十二紀載：

> 蜀朝東川節度許存太師，有功勳臣也。其子承傑，即故黔
> 使君禧實之子，隨母嫁許，然其驕貴僭越，少有倫比，作
> 都頭，軍籍只有一百二十有七人，是音聲伎術，出即同節
> 使行李，凡從行之物，一切奢大，騎碧暖座，垂紛錯；每
> 脩書題，印章微有浸漬，即必改換，書吏苦之，流輩以爲
> 話端，皆推茂刺顧敻爲首。〔註4〕

可知顧敻於通正年（916）歷經内庭小臣、茂州刺史；而前蜀於咸康年（925）滅亡，隔年（926），孟知祥建立後蜀，顧敻官至太尉，且吳任臣於《十國春秋》中表示，《武舉諜》一事，乃發生在「大順年」〔註5〕（890～891），此年爲唐昭宗之年號，故可大略推得顧敻生活在公元890年到公元934年前後的詞人。

顧敻善小詞，其詞作五十五首，今皆存於五代後蜀趙崇祚《花間集》中，詞作數量位居第三。顧敻善於字句中，繪入骨之情，於文人之間有著極高評價，如況周頤《餐櫻廡詞話》評曰：「（敻）濃淡疏密，一歸於艷，五代艷詞之上駟也。」〔註6〕雖不脫艷詞範圍，卻是

印文淵閣四庫全書》本），卷五十六，頁422。

〔註3〕〔清〕沈辰垣、王奕清等：《御選歷代詩餘》（臺北：臺灣商務印書館，
1983年《景印文淵閣四庫全書》本），卷一百三，頁1175。

〔註4〕〔五代〕孫光憲：《北夢瑣言》，北京：中華書局，1985年《叢書集
成初編》本，卷十二，頁102。

〔註5〕〔清〕吳任臣：《十國春秋》，（臺北：臺灣商務印書館，1983年《景
印文淵閣四庫全書》本），卷五十六，頁422。

〔註6〕〔清〕況周頤：《餐櫻廡詞話》無此文，見錄於〔五代〕趙崇祚輯，
李冰若注：《花間集評注》，（臺北：鼎文書局，1974年10月），卷

其中上駟。顧敻詞作泰半涉及男女情愛，而這大抵與當朝環境有所關連。

　　晚唐五代兵燹頻傳、狼煙四起，西蜀靠著天然屏障得以保安，外界紛擾並未影響其享樂安適的生活之姿。民風輕易淫逸，其歌舞娛樂、酣歌醉舞之風有增無減，上至帝王，下至民間，琴樓楚館，處處逐絃吹之音，大有「今朝有酒今朝醉」之慨。如此享樂富庶之世，使得文人筆下多詠男女之事，多寫纏綿之意，顧敻自當不例外。然顧敻筆下多寫男女相思離別愁緒，如〈虞美人〉「曉鶯啼破相思夢」，閨中人兒總是盼不到良人歸來，僅是日復一日的等待，這或許是受到外邊戰事影響，縱使西蜀境內國泰民安，但境外烽火蔓延，使得顧敻詞以「艷」帶出了閨中人兒之「悲」，暗藏著即使再美麗的人事物，亦難敵無人欣賞之悲憐。

　　周濟《介存齋論詞雜著》曾以三種妝容，展露三位詞人之特質，其中帶出溫、韋兩家迥然不同的詞風與特色。溫詞濃密、韋詞疏淡，兩者大相逕庭，獨領風騷，均爲五代十國颳起一股旋風潮流，引領花間詞人開創一段新的文學成就。溫庭筠爲《花間鼻祖》，千古詞宗，其詞以流麗爲《花間》之冠；韋莊則爲西蜀詞人之首，長期受江南吳歌薰陶，有著清雅、疏朗之風。花間詞人風格，有近似溫，有近似韋，有介於兩家之間，其共同點均是同中有異、異中見同。而花間詞人隸屬西蜀詞人──顧敻便帶著「美人妝容」現身於詞壇之中，其妝有美人之艷、美人之雅、美人之樸，這三樣妝感並見於詞作當中，其詞帶有「艷」，亦「雅」，亦「眞」，三種韻味。

　　顧敻詞作描繪男女情意纏綿，於當代以一曲〈醉公子〉爲一時艷稱，更開啓「柳七一派之濫觴」〔註7〕，其詞〈訴衷情〉「香滅簾垂春漏永」、「永夜拋人何處去」兩闋，以面對面寫照之手法，凸顯出「換

六，頁163。
〔註7〕〔清〕王士禎：《花草蒙拾》，收入唐圭璋編：《詞話叢編》（臺北：新文豐出版社，1988年2月），頁674。

我心，爲你心，始知相憶深」的相思情意，湯顯祖甚至置身其中，評及：「要到換心田地，換與他也未必好。」〔註8〕此語可見爲其女子抱不平。

　　顧敻詞名雖不及溫、韋，內容亦未脫離閨中相思、不乏兒女綺怨之作，然其語豔而質樸，筆觸輕疏而淡雅，自饒一境，自具韻味。不止於《花間》，於詞史上亦佔有一席之地。然而學者研究多未注意及此，頗留研究空白。筆者因此著眼於顧敻其人、其詞及其接受，擬作一完整而有系統的研究。

二、研究目的

　　顧敻五十五首詞作，善寫男女相思，且形容特工，《歷代詞話》引《蓉城集》云：

> 顧太尉〈訴衷情〉，換我心，爲你心，始知相憶深。雖爲透
> 骨情語，已開柳七一派。〔註9〕

此語殊值留意。顧敻被世人多定義爲「溫詞一派」，然而顧敻除了具備溫庭筠詞的藻麗，亦有韋莊詞的清婉，如〈臨江仙〉「碧染長空池似鏡」：「蟬吟人靜，殘日傍，小窗明。」（卷七，頁134），描繪男女間的離情別緒，詞蘊藉含蓄，情味深長，眞摯感人，伊磋《花間詞人研究》表示：「在後蜀文壇上，除歐陽炯外，他要算是最受歡迎的了。」〔註10〕此語亦可從顧敻五十五首詞作均收錄於趙崇祚《花間集》中，得見顧詞於當代膾炙人口，若非人人傳誦，趙崇祚何必將其作品全收錄其中？由此可見顧敻詞流行之盛。

　　除顧敻詞風有較多元的變化外，其鋪敘形容亦引人入勝，他往

〔註8〕〔後蜀〕趙崇祚編，〔明〕湯顯祖評點：《花間集》（臺北：國家圖書館藏，〔明〕烏程閔氏刊本），卷三，頁20。

〔註9〕〔清〕王奕清等輯錄：《歷代詞話》，見錄於唐圭璋編：《詞話叢編》，第2冊，卷三，頁1131。

〔註10〕伊磋：《花間詞人研究》（上海：元新書局，1937年5月），頁79～84。

往將同一種情感或意境描繪，從各種角度進行淋漓盡致地刻畫，使得作品宛如一幅幅宋院畫工之作、親臨呈現，又似一幕幕微電影般，於腦海中播映。湯顯祖之云：

> 此公遣詞，動必數章。雖中間鋪敘成文，不如人之字雕句琢，而了無窮措大酸氣，即使瑜瑕不掩，自是大家。〔註11〕

顧敻以艷詞見長，然不論濃豔、清婉，皆形容盡致，「前無古人」〔註12〕。可惜的是朝代更迭、政改移風，顧敻的作品在詞史的長河中，逐漸淡出。

　　在陳文忠《文學美學與接受史研究》一書中，將其中國古典詩歌的進程作一簡述，聊表歷代讀者接受文人作品之情況，云：

> 中國古典話詩歌的經典化進程，情況更爲複雜多樣：有的落地開花、聲譽不斷；有的波瀾起伏，時高時低；有的名噪一時、熱後驟冷；有的知音在後、由隱而險等。〔註13〕

其中「名噪一時，熱後驟冷」句，反映在顧敻詞作於後世流傳情形，最爲貼切。綜觀宋至清的歷代選錄作品，不難發現顧敻詞作流傳狀況於各朝各代有著顯著差異。故本文以「顧敻詞及其接受」爲題，首先著意於作者、作品，由知人論世而及於作品的探究，進而從讀者接受的角度切入，以見顧敻詞作於歷代之接受情況。

第二節　研究成果述評

一、顧敻詞研究現況

　　歷來顧敻相關研究，寥寥無幾，多散見於《花間》與唐宋詞研究中，並無專門性探討。茲就見論及顧敻詞作之相關論文，簡述如下：

〔註11〕〔後蜀〕趙崇祚編，〔明〕湯顯祖評點：《花間集》（臺北：國家圖書館藏，〔明〕烏程閔氏刊本），卷三，頁 16。

〔註12〕同前註，頁 171。

〔註13〕陳文忠：《文學美學與接受史研究》，（合肥：安徽人民出版社，2008 年 4 月），頁 339。

日人青山宏《唐宋詞研究》，因顧敻詞量位居第三而作論述，其研究重點在於顧敻詞的表現特色。青山先生將其表現特色分爲兩大類，一爲閨閣物品出現在詞作中的使用率，一爲表現情感語言出現在詞作中的使用率，並將顧敻與其他詞人做一相較，從中見得顧敻詞作之用字上與其他詞人使用率之差異性。雖青山先生藉由統計數據呈現顧敻詞作特點，然焦點置於統計數據上，以數據結果進行概括性析論顧敻作品，使得文章傾向於統計分析，少於詞作探究。

高峰《花間集研究》因提及花間詞人，是故對顧敻詞有所論述，且於著墨不多的篇幅中，扼要提出兩種觀點：一爲「細微化」﹝註14﹞特徵，一爲「白描」表現手法。「細微化」指顧敻詞在描摹物象與情感時，多以「小」、「微」、「輕」、「細」等用字選擇，借此展露閨閣人兒嫋娜纖巧之姿態，表現纖緻麗密之特質。而「白描」之表現手法，則顯現出顧敻詞風非僅有「豔詞」。顧敻以「時復清疏」﹝註15﹞之筆，透過質樸白描的手法，使其詞風增添多元色彩。

「白描」特色，因不同於溫詞的濃豔細緻，多爲後人所論，如艾治平《花間詞藝術》便揀選顧敻〈荷葉杯〉其四作一簡單評析；崔海正主編《唐五代詞研究史稿》中，亦可見對顧敻詞作之評價。其他顧敻詞相關研究，大多零碎不完整或略述幾句，故於此不多加贅述。

在大陸方面，有兩篇文章：

第一篇爲2010年出刊：穆延柯〈淺談顧敻的詞〉﹝註16﹞，內容乃探究顧敻之詞風，並略述賞析作品，最後總結認定顧敻乃爲溫庭筠之派。

第二篇爲2012年出刊：于國華、丁岩〈顧敻詞的女性化特徵〉﹝註17﹞，內容偏向顧詞運用閨閣意象來顯現女子之細膩情感，或以女

﹝註14﹞高峰：《花間詞研究》（南京：江蘇古籍出版社，2001年1月），頁202。
﹝註15﹞〔五代〕趙崇祚輯，李冰若注：《花間集評注》，卷六，頁156。
﹝註16﹞穆延柯：〈淺談顧敻的詞〉，《時代文學》第十八期（2010年9月），頁184～185。
﹝註17﹞于國華、丁岩：〈顧敻詞女性化特徵〉，《通化師範學院學報》第三十

子獨特的動作語言進行描寫，並總結出顧詞將「詞的女性化」〔註18〕推向一個新高度。

　　由此可見，現今學界正慢慢挖掘出顧貞詞的特色與價值。由於目前顧貞研究鮮少，是故本文以顧貞詞作爲中心，做一專門性探討，並分析歷代讀者對顧貞詞之接受。

二、詞學接受研究現況

　　「接受美學」是西方的文學理論，使文學作品因「作者」—「作品」—「讀者」這三要素這動態過程中，賦予文學作品生命力。姚斯《接受美學與接受理論》揭示：「（一部文學作品）像一部管弦樂譜，在其演奏中不斷獲得讀者新的反響，使本文從詞的物質形態中解放出來，成爲一種當代的存在。」〔註19〕文學作品的歷史生命，是從讀者接受的過程中，被賦予動態美感，且不斷加以變化和擴展。讀者不再消極且被動的接受，而是作爲文學作品幕後的推手，給予文學作品的意義，建構文學作品的歷史性。「讀者」，於此進入文學領域，並掀起一股世紀風潮。

　　正式引進、探討接受美學理論者，爲張黎 1983 年發表在《文學評論》中的〈關於「接受美學」筆記〉〔註20〕，文中首度介紹西方接受理論。而後陸續出現接受理論專著，爲學界提供接受美學的理論基礎，如張廷琛《接受理論》、馬以鑫《接受美學新論》、朱立元《接受美學》、金元浦《接受反應文論》、張思齊《中國接受美學導論》等。將接受理論運用在古典文學研究者，如楊文雄《李白詩歌接受史》、陳文忠《中國古典詩歌接受史》等，爲學界開啓新的研究

三卷（2012 年 5 月），頁 26～28。

〔註18〕同前註。

〔註19〕H.R.姚斯&R.C.霍拉勃：周寧、金元補譯：《接受美學與接受理論》（遼寧：遼寧人民出版社，1987 年 9 月），頁 26。

〔註20〕張黎：〈關於「接受美學」筆記〉，《文學評論》1983 年第 6 期（1983 年 11 月），頁 106～117。

方向與範式。

接受美學在文學研究此一領域猶如雨後春筍般受到廣泛運用，而此芽亦蔓延到詞學領域。於 1986 年趙山林發表〈詞的接受美學〉，為詞學研究開拓出另一新視野。本文茲就詞學領域檢視詞學接受的研究概況，大項分作兩類：一為《花間》接受研究；一為詞學接受研究。

（一）《花間》接受研究

因本文對象「顧敻」為花間詞人，故從《花間》接受史相關研究中，見顧敻之蛛絲馬跡及其接受狀況。以下就「斷代研究」與「通史研究」兩部分進行概述。

1. 通史研究：

范松義：《花間集接受論》（開封：河南大學碩士論文，2003 年 5 月）。

白靜：《花間集傳播接受研究》（武漢：湖北大學碩士論文，2003 年 6 月）。

李多紅：《花間集接受論稿》（濟南：齊魯書社，2006 年 6 月）。

范松義《花間集接受論》以時間為綱，作一花間詞的傳播接受流變，自宋元金明到清，借社會風氣、美學思想、詞壇風尚等面向進行探究。

白靜《花間集傳播接受研究》但就「文藝風氣」對一花間詞之傳播研究作析論。認為《花間》於五代，多從動態歌妓與靜態文本進行傳播；宋則轉為單一模式，定型為文學讀本；金、元則受道德觀影響，沉寂一時；直至明商業大興，名人崇情尚艷，盛行一世；於清則由市井民間帶入大雅殿堂，清詞形成「中興」局面，為《花間》迎來繁榮發展。

李多紅《花間集接受論稿》由版本流傳與作品傳播發端，進行《花間》之傳播接受，並多面向分析探討，亦附表見《花間集》入選歷代

詞選、詞譜之收錄情況，雖此表所收書目較少，但有關《花間集》接受則頗為詳盡，足為研究者取資。

2. 斷代研究：

歐明俊：〈論花間詞在宋金元時的傳播〉（《福建師範大學學報（哲學社會科學版）》，1999 年的 2 期，頁 54～59）。

趙曉蘭：〈論花間詞的傳播及南唐詞對花間詞的傳播與接受〉（《四川師範大學學報（社會科學版）30 卷》，2003 年第 1 期，頁 83～89）。

丁建東：〈《花間》與《草堂》在明代的接受比較〉（《棗莊學院學報 22 卷》，2005 年第 6 期，頁 35～38）。

張慧：〈召喚結構與闡釋空間——略談宋明時期對《花間集》的認識〉（《淮北職業技術學院學報》2010 年第 3 期，頁 91～95）。

以上四篇單篇文章，乃略述《花間集》在南唐、宋、金、元、明等傳播與接受之狀況。〈論花間詞在宋金元時的傳播〉將《花間》分四朝論述，先以北宋於《花間》的流傳狀況，保留詞仍為音樂範疇；後接南宋時期，將詞與音樂作一分裂，使詞進入純文學領域，並提出南宋詞人自相矛盾的觀點——既傷《花間》又褒《花間》；續金元時期，則因豪放清曠之詞風盛行，對《花間》靡靡之音多為擯斥。

〈《花間》與《草堂》在明代的接受比較〉，以唐之《花間》，宋之《草堂》作一接受比較。借斷代研究，探討《花間》與《草堂》二書於明代的傳播與接受，雖名「比較」，更似「進程」。明人雖崇尚輕綺婉約，但明中期前，獨《草堂》盛行於文人雅士、市井小民間；然隨千篇一律的明詞創作，使得人們復回倚聲填詞之祖《花間集》，探尋詞中的深邃情致。

〈論花間詞的傳播及南唐詞對花間詞的傳播與接受〉則借兩國的依存關係進行闡述，認為南唐詞風因兩國間的外交活動、文化交流、商貿往來等，使得南唐深受《花間》影響。

因斷代研究多爲單篇文章，其內容略顯不足，論說也較深入淺出，故本文借通史研究，全面性探討歷代對《花間》的傳播接受。

（二）詞學接受研究

自九〇年代以來，接受美學理論由西方傳進東方，廣受各界學者應用，使得中國古典文學研究逐年遞增，詞學領域亦受影響。以下大致分爲「斷代研究」與通史研究」兩部分。「斷代研究」，乃學者只針對部分朝代某一研究對象之接受狀況；「通史研究」則該學者針對某一研究對象作一歷朝歷代之接受狀況。

其序列原則方式，以同一研究對象匯聚一處，先按研究對象所處時代排列，再就學位論文、單篇期刊分類，最後依時間先後序列。

1. 斷代研究

陳松宜：《清代接受宋詞之研究》（桃園：中央大學碩士論文，1998年6月）。

袁志成、唐朝暉：〈浙西詞派與常州詞派的交匯——張翥詞接受研究〉（《唐山師範學院學報32卷》2010年1期，頁1～4）。

王麗琴：《歐陽脩詞在宋代的傳播與接受研究》（武漢：湖北大學碩士論文，2007年5月）。

楊蓓：《論東坡詞在宋金元的傳播與接受》（福州：福建師範大學碩士論文，2004年4月）。

康曉娟：《兩宋詞學對蘇軾「以詩爲詞」的接受》（北京：首都師範大學碩士論文，2000年4月）。

張殿方：《蘇軾詞接受史研究——北宋中葉至清代》（濟南：山東師範大學碩士論文，2003年4月）。

王桂先：《蘇軾詞在北宋元祐時期的接受》（甘肅：西北師範大學碩士論文，2007年5月）。

顏文郁：〈論宋代詞壇對蘇軾之接受〉（《東方人文學誌7卷》，2008年第8期，頁125～126）。

黃水平：《論陽羨詞派對蘇辛的接受與發展》（重慶：西南大學碩士論文，2011 年 4 月）。

蘭玲：《秦觀詞的宋代接受概論》（北京：北京師範大學碩士論文，2006 年 5 月）。

吳思增：《清眞詞在兩宋接受視野的歷史嬗變》（長春：東北師範大學碩士論文，2002 年 1 月）。

王艷：《周邦彥詞兩宋接受史研究》（蘭州：西北師範大學碩士論文，2011 年 6 月）。

朱麗霞：《清代辛稼軒接受史》（濟南：齊魯書社，2005 年 1 月）。

李春英：《宋元時期稼軒詞接受研究》（濟南：山東師範大學博士論文，2007 年 3 月）。

程繼紅：〈《全明詞》對稼軒詞接受情況調查分析〉（《浙江海洋學院學報（人文科學版）23 卷》，2006 年第 1 期，頁 21～28）。

洪豆豆：《清代李清照詞傳播與接受研究》（武漢：湖北大學碩士論文，2005 年 5 月）。

張守甫：〈夢窗詞接受史的研究方法試探──以清代選錄、校勘吳文英詞的成果爲對象〉（《上饒師範學院學報 31 卷》，2011 年 2 期，頁 32～37）。

陳水雲：《唐宋詞在明末清初的傳播與接受》（北京：中國社會科學出版社，2010 年 10 月）。

李瑞瑞：《現代歌詞對宋詞的接受研究》（漢中：陝西理工學院碩士論文，2011 年 3 月）。

尹禧：《宋詞在韓國傳播與接受》（北京：北京師範大學碩士論文，2006 年 5 月）。

2. 通史研究：【依研究對象先後序列】

王秀林：〈「亡國之音」穿越歷史時空：李煜詞的接受史探賾〉（《江海學刊》，2004 年 4 期，頁 170～174）。

劉雙琴：《六一詞接受史研究》（廣州市：中山大學出版，2011年12月）。

宗頂俠：〈張孝祥的傳播與接受〉（《安慶師範學院學報（社會科學版）24卷》，2005年6期，頁70～73）。

譚新紅：〈史達祖詞接受史初探〉（《中國韻文學刊》，2000年2期，頁57～61）。

郭師娟玉：《溫庭筠接受史》（臺北：萬卷樓出版社，2013年12月）。

3. 臺灣學位論文：【依學位論文出版時間序列】

葉祝滿：《性別與認同——李清照其人其詞的創作與接受研究》（臺北：政治大學碩士論文，2007年6月）。

邱全成：《蘇軾詞的接受與影響：從期待視野的角度觀之》（彰化：彰化師範大學碩士論文，2008年6月）。

薛乃文：《馮延巳接受史》（臺南：成功大學碩士論文，2009年6月）。

顏文郁：《韋莊詞之接受史》（臺南：成功大碩士論文，2009年6月）。

許淑惠：《秦觀詞接受史》（臺南：成功大碩士論文，2010年6月）。

柯瑋郁：《晏幾道小山詞接受史》（臺南：成功大碩士論文，2010年6月）。

普義南：《吳文英詞接受史》（臺北：淡江大學博士論文，2010年6月）。

張巽雅：《賀鑄詞接受史》（臺南：成功大學碩士論文，2012年1月）。

黃思萍：《李煜詞接受》（臺南：成功大學碩士論文，2012年7月）。

陳宥伶：《陸游詞接受史》（臺南：成功大學碩士論文，2012年

月）。

4. 大陸學位論文：【依學位論文出版時間序列】

董希平：《秦觀詞傳播接受研究》（武漢：湖北大學碩士論文，1999年4月）。

陳穎：《周邦彥的接受過程研究》（北京：首都師範大學碩士論文，2002年5月）。

張春媚：《溫庭筠詞傳播接受研究》（武漢：湖北大學碩士論文，2002年5月）。

仲冬梅：《蘇軾接受史研究》（上海：華東師範大學博士論文，2003年4月）。

鄧健：《柳永詞傳播接受研究》（武漢：湖北大學碩士論文，2003年6月）。

陳福升：《柳永、周邦彥詞接受史研究》（上海：華東師範大學碩士論文，2004年4月）。

王卿敏：《小山詞的接受史》（上海：華東師範大學碩士論文，2006年5月）。

張航：《姜夔詞傳播與接受研究》（福州：福建師範大學碩士論文，2006年9月）。

黎蓉：《二晏詞接受史論》（武漢：湖北大學碩士論文，2007年5月）。

杜懷才：《朱彝尊詞與詞學接受史》（合肥：安徽大學碩士論文，2010年8月）。

就通史接受研究，大陸方面的學位論文目前有 21 篇，所論詞人為 11 人，與之相比，雖臺灣方面的學位論文僅 10 篇，然所論詞人為 10 人，此 1：1 比例，可見臺灣研究上，視野較為寬闊。其中，又以王師偉勇指導系列之學位論文，共計 7 篇，佔據比例 70%，足見王師於此奉獻良多。

第三節　研究方法

一、理論述要

　　本文的研究方法可分成兩個部分，其一為顧夐詞研究，著重詞作分類、風格特色與創作技巧等方面；其二為顧夐詞接受研究，以接受美學為理論基礎，利於分析歸納歷朝各代對顧夐詞的接受概況。

（一）顧夐詞研究

　　顧夐為晚唐五代人，然歷年鮮少有相關顧夐之研究，故為求本文之完整，首要探究顧夐生平與創作環境。一個人的身家背景，往往會影響人的性格發展與思維模式，進而造就詞人的所見所思所寫，加諸於社會環境與文壇風氣的見聞習染，亦成為詞人創作的重要因素，故本文擬以鑽研外緣與內在資料著手，作為切入分析顧夐詞作前的先行要件。

　　而作品形式上，本文參照張以仁先生〈《花間集》中的非情詞〉〔註21〕、詹乃凡〈韋莊的男女情詞〉〔註22〕的詞作分類。統計各題材之作品要旨，進一步認識、熟讀文本，參酌各家對《花間集》之注釋、校勘等內容詮釋，體悟其詞作蘊含、風格特色、創作手法，並逐步深研藝術審美與設計內涵，掌握顧夐詞作欲要傳達的情感表現，一一解讀、賞析，盼能將顧夐詞作所傳達的情感躍然於紙、淋漓盡致且真實的揭示詞作之原貌。

　　本文欲以「歸納法」進行顧夐詞作的統計分析。「歸納法」係指由單一的事實或現象中，概括出一般性的觀點；或尋找出規律的思維方法。此法由「近代歸納法學說之父」——法蘭西斯・培根（Francis Bacon, 1561～1626）提出。始應用於科學概念，後因法蘭西斯・培根

〔註21〕張以仁：《花間詞論集》，臺北：中央研究院中國文哲研究所，2004年，頁94～102。

〔註22〕詹乃凡：《韋莊的男女情詞》（臺北：臺灣大學中國文學研究所碩士論文，2002年6月）。

於《新工具》一書中，將歸納法與科學實驗相互結合，形成研究新方式，蔚為大觀，自此成各學科領域新寵兒。但若僅依賴歸納法，將無法揭露事物深層的本質，故經過歸納整理，呈現特色，得到最終結論後，將進行「分析法」與「比較法」。分析，即分解辨析。「分析法」是採逆推方式，由果索因，亦即通過歸納法整理後的結果，進行周密研究，進而證明論點的正確性與合理性。「比較法」即是一種認識事物最基本的方法，透過上述的歸納、分析，進而找出研究對象的異同處。

透過「歸納」、「分析」、「比較」三種方式，從而瞭解顧貞詞作的創作手法等藝術表現。以「歸納法」得出顧貞詞作中「用字」的運用特色；以「分析法」進行顧貞詞的深層蘊含；以「比較法」序列前人對顧貞其人或其詞的褒貶評述、參照互映。借由以上三種概念，探究顧貞詞在詞史長河中，顯現其獨特性與價值性，期能賦予顧貞於詞史中佔有一席地位。

（二）顧貞詞接受研究：以接受美學為基礎

「接受美學」是由西方傳進的文學理論，它不同於以往「以文本為中心」的研究方式，反「以讀者為中心」作一對文本的研究方式；藉由文本與讀者之間的相互作用，將文本潛在的審美經驗體現出來。美國文論家艾布拉姆斯（M.H. ABRAMS）在《鏡與燈》中設計了一個由宇宙→作者→作品→讀者的「文學四要素」〔註23〕，這四種要素相互聯繫，卻又因其比重差異而延伸出不同的研究理論，如新批評、結構主義等形式主義便是專注於「作品」此一要素所產生的文論。而近二十年，比重逐漸轉移至「讀者」要素，亦即注重讀者接受之研究。

「接受美學」（REZEPTIONSASTHETIK）亦稱「接受理論」

〔註23〕M.H 艾布拉姆斯：酈稚牛、張照進、童慶生譯：《鏡與燈：浪漫主義文論及批評傳統》，（北京：北京大學，1989 年），頁 5～7。

（ REZEPTIONSTHEORIE ）、「 接 受 與 研 究 效 果 」
（REZEPTIONSFORSCHUNG），並以姚斯（HANS ROBERT JAUSS）
與伊瑟爾（WOLFGANG ISER）最具代表性。兩者分別以「歷史接受」
與「審美反應」，提出各自不同的理論觀點。

　　「歷史接受」為姚斯的理論重心，認為文學作品在於歷史進程中
所引起的。姚斯指出過去以「文本」為中心的研究方式，忽略了「讀
者」，使得文本失去「當代的存在」〔註24〕而有所偏離。姚斯認為，
文本是一個向不同時代的讀者，展現自身不同樣貌的客體，就如同「一
部管弦樂譜，在其演奏中不斷獲得讀者新的反響」〔註25〕，而文本就
如一首能夠激起讀者熱情與共鳴的樂曲，換言之，文本的歷史生命，
是從讀者接受的過程中呈顯出來的，是由讀者「主動」將自身經驗填
入文本當中。而一部作品的歷史概念，是展現在當代人眼前，唯有當
代人的視野中，才可見到潛在的審美價值，而這一視野隨著時代更
迭，使文本在時間洪流中，不斷加以變化與擴展，進而得到歷史生命，
否則文本若離了讀者，文本也不過只是一堆黑色的印刷符號。而「期
待視野」便是姚斯的重要概念，由讀者的閱讀經驗、讀者的社會環境、
讀者的經濟地位等三種層次組織而成；沒有讀者，就不會有文本，文
本就僅是語彙材料，是故讀者藉由過往的閱讀中獲得對文學的知識、
從自身的社會環境與經濟地位，影響著對文本接受。讀者接受憑藉經
驗的積累、內在的關聯、外在的影響等，將其文本建構成意義。文本
存在於讀者的視野中，存在於不同時間與空間的交替演化中，文本永
無止盡的呈現於讀者跟前，故姚斯認為，世上沒有所謂獨立且絕對的
文本。

　　伊瑟爾所強調為「文本分析」，並提出「召喚觀點」。因一部優秀
的文本，在本身的意象結構中，存在著許多「未定點」和「空白」；

〔註24〕H.R.姚斯&R.C.霍拉勃；周寧、金元補譯：《接受美學與接受理論》，
　　　　（遼寧：遼寧人民出版社，1987年9月），頁26。
〔註25〕同前註。

而不同於姚斯主張讀者「主動」將自身經驗填入文本中，伊瑟爾認為文本是「促使」讀者將自身經驗填入那些「未定點」與「空白」處，讀者必須自己憑藉著過往的經驗與知識，如人生體驗、審美理想等既定條件，把它們帶入文本並豐富文本。伊瑟爾採用的是現象學的藝術理論，強調「三元結構」（TRIADIC STRUCTURE OF LITERARY COMMUNICATION），即作為藝術之端的文本、作為審美反應之端的讀者，以及兩者之間相互作用後迸出的火花。現象學核心觀念是「主體意識」，它所重視的是如何從某事物上得到新視野、新觀點，而非拿理論框架限制住其發展。而文本便需借讀者的自身經驗、想像的統率、情感的認知、意向的轉變等各種形式，使文本與讀者兩者相互融合後，讓文本因這過程獲得生命力，且其生命的意義也只有在這過程中得以展現。伊瑟爾以藝術之端（文本）為鏈結，連接審美反應之端（讀者），最終產生「文本—讀者」相互制約作用的條件，賦予了文本多樣性的可能。

姚斯「歷史接受理論」，以讀者為中心，由讀者「主動」將自身經驗填入文本，而伊瑟爾則以「讀者審美反應」，由文本「促使」讀者將自身經驗填入，兩者分別以宏觀的歷史接受與微觀的審美反應，相得益彰，使得文本不再僅是呆板宛如考古學家所挖掘的古文物般，說一是一、非黑即白，而是結合歷史潮流的轉變，以及讀者自身的經驗、審美觀感等條件相輔相成，為文本賦予新的生命力，且發揮文本最大的效益。

而本文欲全面蒐羅北宋迄今涉及顧敻的相關資料，如選本、詞論、創作等資料，並從創作接受、批評接受、傳播接受等三方進行。創作接受即「再創作」，借由他人和韻、仿擬等形式進行探討；而批評接受則由詩話、筆記、詞籍（集）序跋、詞話、論詞長短句、論詞絕句、評點資料等進行歸類並加以分析，期許從中得見顧敻全豹；傳播接受則由歷代各朝之詞選選錄概況，及其所展現的期待視野與接受現象做一闡述、表明。

二、研究材料

（一）文本研究

　　因顧敻詞作五十五首今皆存於五代後蜀趙崇祚《花間集》中，是故本文所據其詞作之文本，係以趙崇祚《花間集》為主要材料。關於《花間集》之版本，主要有南宋晁本、鄂本與陸跋本三種系統，以下分述之：

　　（1）南宋紹興十八年（1148）晁謙之校刻本：此版鏤版清晰，字體端正，且有晁謙之跋。

> 右《花間集》十卷，皆唐末才士長短句。情眞而調逸，思深而言婉。嗟乎，雖文之靡，無補於世，亦可謂工矣。建康舊有本，比得往年例卷，猶載郡將監司僚幕之行，有《六朝時錄》與《花間集》之臚，又他處本皆訛舛，乃是正而復刊，聊以存舊事云。紹興十八年二月二日濟陽晁謙之題
>
> 〔註26〕

　　（2）淳熙鄂州刻本：此版未附刊刻者之序跋題識，乃用淳熙十一、十二年（1184、1185）等年鄂州酒務、公使庫等公文冊紙印行，現藏於北京圖書館。光緒十九年（1893），王鵬運景刊於《四印齋所刻詞》，並有跋考其原書用紙，定為鄂州刻本。

　　（3）開禧元年（1205）陸跋本：此版末有陸游二跋。原藏毛氏汲古閣，毛晉易其行款字體，刻入所輯之《詞苑英華》，然以失其本來面目，而宋刻原本，不知其存佚。

> 唐至大中後，詩家日趨淺薄，其中傑出者亦不復有前輩閎妙渾厚之作，久而自厭；然梏於俗尚，不能拔出。會有倚聲作詞者，本欲酒間易曉，頗擺落故態，適與六朝跌宕意氣差近，此集所載是也。故歷唐季、五代，詩愈卑而倚聲輒簡古可愛。蓋天寶以後詩人常恨文不迨大中。以後詩衰而倚聲作，使諸人以其所常，格力施於所短，則後世孰得

〔註26〕楊家駱：《宋紹興本花間集附校注》（臺北：鼎文書局，1974年10月），頁206～217。

而議。筆墨馳騁則一，能此而不能彼，未能以理推也。開
禧元年十二月，乙卯，務關東籬書〔註27〕

本文以南宋紹興十八年（1148）晁謙校刻本爲底本，今人李一氓《花
間集校》以晁刻本、鄂刻本與明本互校，亦爲相互參照之重要文本。
評本以明代湯顯祖流布較廣與李冰若《花間集評注》等，輔以蕭繼宗
評點校注《評點校注花間集》、曾昭岷等編《全唐五代詞》、張璋，黃
畬編《全唐五代詞》、李誼註釋《花間集註釋》，陳慶煌導讀《花間集》、
華連圃注《花間集注》、沈祥源，傅生文注《花間集新注》、房開江注，
崔黎民譯《花間集全譯》等相關著作，期許於研究當下，注重詞作之
分析，求客觀之論述。

　　此外，亦善用兩岸各大學圖書館與國家圖書館的館藏目錄進行相
關查詢，並以網路電子資料庫資源爲輔，期許塡補研究數據的完整
性。透過檢索「全國博碩士論文資訊網」、「中國博士學位論文全文數
據庫」、「中國優秀碩士學位論文全文數據庫」、「中國期刊全文數據
庫」、「期刊文獻資訊網——中文期刊篇目索引」、「全國圖書書目資訊
網」、「中文古籍書目資料庫」、「漢學研究中心典藏書刊目錄資料庫」、
「漢學研究中心典藏大陸期刊篇目索引資料庫」等電子資料庫的收
羅，備齊研究材料，以提升本文之各個層面。

（二）接受研究

　　爲使能夠全面性呈顯讀者接受的具體表現，故本文依據王師偉勇
所論述的十方面著手，誠爲展開具條理且系統之接受史研究，云：

　　詞人「接受史」之研究而言，欲具體掌握其研究材料，宜
　　自十方面著手：依約他人和韻之作，二曰他人仿擬之作，
　　三曰詩話，四曰筆記，五曰詞籍（集）序跋，六曰詞話，
　　七曰論詞長短句，八曰論詞絕句，九曰評點資料，十曰詞
　　選。〔註28〕

〔註27〕同前註。
〔註28〕王偉勇：《清代論詞絕句初編》（臺北：里仁書局，2010 年 9 月），頁 1。

此十方面均代表各類型的讀者接受之具體呈現，之中亦可整合為評點資料、詞選（譜）、再創作等三方向論述之。

1. 批評資料

（1）詞話、詩話、筆記、評點資料

本文以唐圭璋《詞話叢編》為主，此書廣羅詞話有八十五部，雖為詞話，實則包括了詩話、筆記、評點資料等史料，然亦有如徐釚《詞苑叢談》、張宗櫹《詞林記事》、鄧子勉《宋金元詞話全編》、何文煥《歷代詩話》、丁福保《歷代詩話續編》、丁福保《清詩話》、郭紹虞《清詩話續編》、臺靜農《百種詩話類編》等收錄較為齊全之材料，可資採用。評點資料主要為詞選、詞譜內的箋注與眉批，雖僅有三言兩語，然卻含括了讀者對其審美接受，而黃山書社《歷代詞紀事會評》、王兆鵬、吳熊和《唐宋詞匯評》等叢書亦收錄不少評點資料。

（2）詞（籍）集序跋

藉詞籍（集）序跋，可反映出當代的詞學風尚，因其針對歷代詞別集、總集等相關序跋進行收集，可見編纂者的詞學好惡與詞學評論、觀點，而現今為施蟄存《詞集序跋粹編》與金啓華、張惠民《唐宋詞集序跋匯編》收錄較為完備，故以此為基準。

（3）論詞絕句、論詞長短句

參照王師偉勇與趙福勇所得，已收一百三十六家，一千一百三十七首，系目前蒐集論詞絕句最詳盡者；而觀論詞長短句因無彙整成書，故就《全宋詞》、《全金元詞》、《全名詞》（含補編）、《全清詞·順康卷》（含補編）、《全清詞·雍乾卷》、《清詞別集百三十四種》等總集進行搜求。

2. 詞選

每一部詞選作品，都有特定的編選宗旨與擇定標準。根據編選的不同，所收錄的作品也有所差異，卻也凝結起當代的審美觀念；何人選，錄哪闋，都能反映出編者的審美趣味與審美判斷。入選率越高的

作品，代表受歡迎的程度，對讀者的影響力便愈大。詞集選本有多方
價值，如輯佚價值，五代詞幸得趙崇祚編選《花間集》，收錄了五代
南唐時期的作品五百多首，使之現今研究五代詞之最大宗。王兆鵬《詞
學史料學》、楊家駱《叢書子目類編・集部・詞曲類・總類》、《四庫
全書總目・詞曲類》等均可作爲檢索歷代詞選目錄之依據。

3. 再創作

（1）和韻（含次韻、用韻、依韻）

〔明〕徐師曾《詩體明辨》中指出：「和韻詩有三體。」〔註29〕
雖以「詩」爲討論對象，然詞又稱「詩餘」，其格律押韻本就與詩有
相承之處，用來檢視詞之和韻，亦合適。而此三體由嚴謹至寬鬆爲
次韻、用韻、依韻。次韻即和作之韻腳與原作之韻腳，出自同一韻
部的同一批字，而使用的順序完全相同；用韻即和作之韻腳與原作
之韻腳，出自同一韻部的同一批字，而使用順序可以不同；依韻即
和作之韻腳與原作之韻腳，出自同一韻部的字，而選用的字可以不
相同。

（2）仿擬

即他人仿效之作，凡詞題有「仿」、「擬」、「倣」、「校」、「法」、
「改」、「用」等字〔註30〕，均屬之。透過效法、借鑒前人之作品，
仿其內容、意象、風格、押韻等各面向，除提升自我創作能力、推
動文學作品不斷進步，亦可使原作品得以流傳後世。

（3）檃括

凡就原有的詩文、著作，加以剪裁、改寫爲整闋詞者，皆屬之。

（4）集句

〔註29〕〔明〕徐師曾纂，沈芬、沈麒同箋：《詩體明辨》（臺北：廣文書局，
　　　　1972 年 4 月），下冊，卷十四，頁 1039。
〔註30〕王偉勇：〈兩宋詞人仿蘇辛體析論〉，見錄於《宋代文學研究叢刊》（高
　　　　雄：高雄麗文文化事業公司，2007 年 6 月），頁 89～129。

即原作借前人之句，重新排列出一闋詞，而原作多半於詞題中提及「集句」相關字眼，如「集唐詞」、「戲集古句」等，或藉詞句的下方註明出處，如所集之句的作者、字號等方式加以呈現。然為遷就句式、格律等安排，便會出現不同形式〔註31〕：

A. 整引：即整句引用成句。其字數、命意、語順等均不變，偶有一、二字相異，亦屬之。

B. 增損：即成句增減一、二字。如七言減一字為六言，減二字為五言、五言增一字為六言，增兩字為七言等。

C. 截取：集成句中截取三字以上，獨立成句。如七言截取三字，成三句式、截取四字，成四句式。五言截取三字者，亦屬之。

D. 化用：凡取材詩文片段，無論是不變文意、衍伸文意、反用文意等方式，另造文句者，皆屬之。

三、研究架構

本文為「顧夐詞及其接受」，故將分兩部分進行探討，一為顧夐詞作主題內容、創作風格等，一為顧夐作品於歷代讀者之美學接受。

（一）顧夐詞研究

本文先以顧夐詞作之主題內容作一分析闡述。顧夐詞作五十五首，歸納其主題內容，概分為「歡情」、「悲情」以及「閒情」，並按此分節探討。再以藝術風格、表現手法等層面，進行顧夐詞作之特色。借由分析顧夐詞作，探討顧夐詞風，瞭解顧夐詞作之風格展現。而在表現手法上，由於本文以「計量方式」呈現顧夐與其他詞人的不同處。在前小節「顧夐詞現況研究」中提及，青山宏先生將顧夐詞作的特色以表格展現其使用率，表達顧夐在此方面與眾位詞人的不同處，然而此表格內容繁瑣，其統計方式似有錯漏，故本文以簡單明瞭的統計方式，呈現顧夐詞作中閨閣物品與表達情感的字詞，作一清楚簡易表

〔註31〕集句分類方式，參王偉勇：《詞學專題研究》（臺北：文史哲出版社，2003 年 4 月），頁 288～290、326。

格，體現與其他詞人在創作上的特別之處，並加以析論這類閨閣物品
與情感字詞，見其如何在顧敻詞作中發揮出閨閣畫卷的最大效益。是
故本文借以上三大要點：主題內容、風格展現、創作技巧等，進行對
顧敻詞作之整體研究。

（二）顧敻詞接受研究

本文全面蒐羅北宋迄今涉及顧敻的相關資料，如選本、詞論、
創作等資料，進行全面性的探討、研究。接受研究重心為歷代讀者，
「歷代」乃具有延續性，它累積聚集起「每一位」讀者，引發猶如「制
約刺激」之反應，因這一反應，使歷代讀者受當代期待視野之約束，
故本文以朝代時間為縱向，以後人創作等具體接受表現為橫軸，兩相
呼應，進行探討與研究。

第二章　顧敻之生平及其見存著作

　　顧敻為五代人，當時唐末進入五代，時局動盪不安、兵燹頻傳，使得生靈塗炭、民不聊生，然而在這一片怨聲載道、哀鴻遍野中，西蜀靠著天然屏障的庇佑，得已保安，亦將屏障之外的紛紛擾擾，隔絕於外。顧敻為西蜀詞人，於花間詞人中占一席之位，其生卒年不詳，史冊記載亦寥寥無幾，然而其五十五闋詞作品在《花間》中卻佔有不小份量，其數量排名第三，是故本章探究顧敻之生平，以「名義考」、「生平事」以及「見存著作」等三部分進行探討。

第一節　顧敻名義考

　　「顧敻」之名，見於〔五代〕趙崇祚所輯《花間集》，集中所題為：

　　顧太尉敻五十五首〔註1〕

　　依據趙崇祚於《花間》所使用的作者稱謂之排序風格，可見首字當為「顧」姓，「太尉」當指官拜位階，尾字「敻」應是非名即字了。而與顧敻同為五代人的孫光憲《北夢瑣言》與何光遠《鑒誡錄》二書中，但凡提及此人，多以「顧太尉」或「顧敻」稱之，再無其他。

〔註1〕〔五代〕趙崇祚輯：《花間集》（臺北：鼎文書局，1974 年〔宋〕紹興本《花間集》），目錄頁 1。

　　而最早對「顧敻」之名存有疑慮者，是陳尚君先生於《唐代文學叢考》附錄之〈《花間》詞人事輯——顧敻〉一文所提出。該文分別以何光遠《鑒誡錄》與王灼《碧雞漫志》為底本，提出「顧敻即顧遠」以及「顧敻即顧在珣」之兩種論點。

　　陳尚君先生以何光遠《鑒誡錄》與王灼《碧雞漫志》二書作思考角度，提出了「顧遠」與「顧在珣」二人，而經過本文蒐羅、翻閱文獻資料時，巧見唐代詩人顧甄遠之詩作與顧敻之詞作風格有幾分相似，故本研究據此，依序羅列出顧遠、顧在珣、顧甄遠等三人，一探「顧敻」名義，見其蛛絲馬跡。

一、顧敻即顧遠？

　　今據陳尚君先生《唐代文學叢考——《花間》詞人事輯》，懷疑顧敻即為「顧遠」，其文如下：

> 《鑒誡錄》卷一《誅利口》：「同光初，莊宗滅梁，將行大禮，蜀遣翰林學士歐陽彬持禮入洛，顧太尉遠為之副焉。」**顧遠即顧敻**。《舊五代史・唐莊宗紀》載此事在同光二年（924）七月，《錦里耆舊傳》卷六載，歐陽彬於咸康元年（925）聘唐回。太尉位在翰林學士上，疑為敘終職。〔註2〕

　　按《鑒誡錄》、《舊五代史》以及《錦里耆舊傳》三書並未直接言明「顧遠即顧敻」，亦無相關記載。陳尚君先生引據三書所載「顧太尉遠」，從「歐陽彬持禮入洛」一事，以為「顧遠」即「顧敻」。何以「顧遠即顧敻」？陳尚君先生並未做進一步說明，但言「太尉位在翰林學士上，疑為敘終職。」解釋的是，何以「持禮入洛」，「顧太尉」卻為「翰林學士歐陽彬」之副的原因。從陳尚君先生的行文理序看來，推測他以「顧遠即顧敻」的理由有二：一是時代相及，一是官階（太尉）相同。

　　就時代與官階而言，顧敻即有可能為顧遠。另外還有〔清〕吳

〔註2〕陳尚君：《唐代文學叢考》（北京：中國科學出版社，1997年10月），頁401。

任臣《十國春秋》與《全唐詩》，可以做爲輔證：

〔清〕吳任臣《十國春秋》卷五十六云：

顧夐闕人。前蜀通正時以小臣給事內庭會禿鶖鳥祥於摩訶
池上，夐作詩刺之，禍幾不測，久之，擢刺史已而復仕高
祖，累官至太尉。〔註3〕

《全唐詩》卷七百六十載：

顧夐。蜀王建時，給事內庭擢茂州刺史，後復事孟知祥，
官至太尉。〔註4〕

依據二書記載，顧夐任太尉一職，是由前蜀接續而來。管見以爲，「顧
遠」即「顧夐」，「遠」應是顧夐之字。

　　名字，古時不論男女，到了成年時便會爲自已取一「字」。《禮記·
曲禮》：「男女異長。男女二十，冠而字。女子許嫁，筓而字。」〔註5〕
又：「冠而字之，敬其名也。」〔註6〕意謂男女除了長輩所起的「名」，
成年後要爲自已取「字」。因長輩所命之「名」，爲表尊重，不宜在社
交場合讓人呼來喚去，故須另取可供平輩與晚輩稱呼的「名」，即爲
「字」。既先名而後字，字由名而孳生，古人取字遵循「名字相應」
之法則。《白虎通·姓名》卷三下：「旁其名爲之字者，聞名即知其字，
聞字則知其名。」〔註7〕簡言之，知其名便曉其字，反之亦然。如三
國將相張飛，字翼德，取由翼而飛、孔子之子孔鯉，字伯魚等，古人
以「名字相應」法則，「字」往往都是「名」的疏解或增補。按筆者

〔註3〕〔清〕吳任臣撰：《十國春秋》（臺北：世界書局，《景印摛藻堂四庫
全書薈要》），第 118 冊，卷五十六，頁 204～499。

〔註4〕〔清〕彭定求等修纂：《全唐詩》（北京，中華書局，1960 年 4 月），
卷七百六十，頁 8635。

〔註5〕〔東漢〕鄭玄，〔唐〕孔穎達正義：《十三經注疏·禮記正義》（北京，
中華書局，1975 年），第 1 冊，頁 39。

〔註6〕〔東漢〕鄭玄，〔唐〕賈公彥疏：《十三經注疏·儀禮注疏》（北京，
中華書局，1975 年），第 1 冊，頁 81。

〔註7〕〔漢〕班固撰：《白虎通》（北京，中華書局，1985 年《叢書集成初
編》據〔明〕吳琯編《古今逸史》本及〔清〕盧文弨輯《抱經堂叢書》
本），卷三下，頁 227。

考證,「敻」,其義猶「遠」,如《廣雅疏證》卷一云:

> 敻。《幽通賦》曹大家注云:「敻,遠邈也。」《穀梁傳》范
> 甯注云:「敻,猶遠也。」〔註8〕

「敻」即「遠」。若依照「名字相應」法則,「敻」與「遠」、「名」與「字」,意義相應。若按《花間集》題名體例,先著「官銜」,其次著「姓」,終著其「名」,則「敻」當爲「名」,「遠」則爲「字」。《花間集》著詞人之習慣爲「名」,《鑒誡錄》、《舊五代史》以及《錦里耆舊傳》著其「字」,陳尚君先生疑「顧敻即爲顧遠」,惜未詳陳原由,然史料可稽,爰爬梳如上。

二、顧敻即顧在珣?

陳尚君先生亦提出第二個懷疑,「顧敻即顧在珣」,其說法如下:

> 筆者頗疑顧敻即顧在珣,述理由如次。敻名,《碧雞漫志》卷三作顧瓊,瓊與在珣可互訓,疑敻原名瓊,字在珣,間以字行,故後人指稱不一。在珣爲顧彥朗之子,彥朗弟彥暉有養子琛(即王宗弼)、瑤,知其子名皆從玉。《北夢瑣言》卷二十即稱「顧敻」。此其一。文獻所記二人事蹟,皆爲前蜀之弄臣。此其二。敻工詞詩,性諧謔,《鑒誡錄》卷七載在珣請林罕代作《十在文》,以戲語諫後主,自述云「唱亡國之音,銜趨時之伎,每爲巫覡,以玩聖明,致君爲桀紂之昏,使上乏唐虞之化,有臣在。」亦相合。此其三。敻、在珣時代相合,敻官至太尉,在珣亦歷官檢校太尉。此其四。但要斷定二人即一人,證據尚不足,今姑分列。〔註9〕

陳尚君先生認爲「顧敻即顧在珣」,其理由有四,本文陳列如下,並附上相關紀實,以利瞭解始末。

其一:堂兄弟名皆從玉。「在珣爲顧彥朗之子,彥朗弟彥暉有養

〔註8〕〔清〕王念孫撰:《廣雅疏證》(上海,上海古籍出版社,1983 年 6 月),卷一,頁 17。

〔註9〕陳尚君:《唐代文學叢考》,頁 401~402。

子琛（即王宗弼）、瑤，知其子名皆從玉。《北夢瑣言》卷二十即稱『顧敻』。」」

　　而本文據四庫全書本，《北夢瑣言》第二十卷，未見「顧敻」或是「顧瓊」的相關記載，但有〈舒溥三斥三遇〉一文，提及「嘉牧顧珣」，其文如下：

> 舒溥者，萬州人。粗解書記，事前恩州刺史李希元，往廣州謁嗣薛王，歸裝甚豐。于時，蜀兵部毛文彥侍郎、宣徽宋光葆開府、前陵州王洪使君，皆未宦達，舒子竊資而奉之。爾後三人，繼登顯秩而恃此階緣，多行無禮於恩牧，因笞而遣之。始依陵州王洪，奏受井研令，尋爲王公所鄙。次依宋開府，亦以不恭見棄，**轉薦於嘉牧顧珣**，珣承奉貴近，誤奏爲團練判官，賜緋，轉員外郎。未久失意，復疏之，俾其入貢，仍假一表，希除畿邑，實要斥遠之。邸吏知意，表竟不行。淹留經年，乃詣堂陳狀，只望本分入貢之恩澤。相庭其北面因依，莫測本末，優與擬議，轉檢校工部郎中。所謂三斥三遇也。愚嘗覽吳武陵爲李吉甫相所誤致及第，因類而附之。〔註10〕

　　除此篇史料文獻以外，《北夢瑣言》第二十卷，並無「顧敻」或「顧瓊」之記載。

　　其二：二人皆爲前蜀弄臣。「文獻所記二人事蹟，皆爲前蜀之弄臣。」但據本文所查史料文獻，不論是顧敻，抑或是顧在珣，並未有明確記錄兩人爲前蜀弄臣，但二人談話風趣、幽默，且看下點。

　　其三：二人性格相似。「敻工詞詩，性諧謔，《鑑誡錄》卷七載在珣請林罕代作《十在文》，以戲語諫後主，自述云『唱亡國之音，衒趨時之伎，每爲巫覡，以玩聖明，致君爲桀紂之昏，使上乏唐虞之化，有臣在。』亦相合。」

　　顧敻的性格──「性詼諧」，於史料文獻中多有簡述，但少有來

〔註10〕〔五代〕孫光憲：《北夢瑣言》（北京：中華書局，1985年《叢書集成初編》），第2冊，頁186。

由。據〔五代〕孫光憲《北夢瑣言·柳氏子幞頭腳》卷十二云：

> 蜀朝東川節度許存大師，有功勳臣也，其子承傑，即故黔
> 使君禧實之子，隨母嫁許。然其嬌貴僭越，少有倫比。作
> 都頭，軍籍只一百二十有七人。……凡從行之物，一切奢
> 大，騎碧暖座，垂紛錯。每脩書題，印章微有浸漬，即必
> 改換，書吏苦之。流輩以爲話端，皆推茂剌顧敻爲首。許
> 公他日有會，乃謂顧曰：「閣下何太談謗？」顧乃分疏，因
> 指同席數人爲證。顧（按：疑應作「許」）無以對，逡巡乃
> 曰：「三哥不用草草，碧暖座爲眾所知。至於魚袋〔註11〕上
> 鑄蓬萊山，非我唱揚。」席上愈笑，方知魚袋更僭也。剌
> 茂州入番落，爲番酋害之。〔註12〕

又〔宋〕馬永易《實賓錄》卷六〈武舉牓〉：

> 五代蜀王先主起自利閬。親騎軍，皆拳勇之士。四百人分
> 爲十團，皆執紫旗，此徒各有曹號。顧敻者將之，亦嘗典
> 郡，多雜談謔，曾造《武舉》。牓曰：大順二年，兵部侍郎
> 李叱叱下進士及第三十三人狀元。〔註13〕

又〔清〕吳任臣《十國春秋》卷五十六：

> 敻善小辭，有〈醉公子〉曲，爲一時艷稱。尤善詼諧，常
> 於前蜀時，見隸武秩者多拳勇之夫，戲造《武舉諜》以譏
> 之，人以爲滑稽云。〔註14〕

〔註11〕 「魚袋」，係指唐代辨別官員位階的飾品。〔宋〕歐陽修撰《新唐書·
　　　　車服志》卷二十四：「隨身魚符者，以明貴賤，應召命，左二右一，
　　　　左者進內，右者隨身。皇太子以玉契召，勘合乃赴。親王以金，庶
　　　　官以銅，皆題其位、姓名。官有貳者加左右，皆盛以魚袋，三品以
　　　　上飾以金，五品以上飾以銀。刻姓名者，去官納之，不刻者傳佩相
　　　　付。」（臺北：臺灣商務印書館，1986 年〔清〕紀昀等編《景印文淵
　　　　閣四庫全書》，第 272 冊，頁 17。）

〔註12〕 〔五代〕孫光憲：《北夢瑣言》，第 2 冊，頁 102。

〔註13〕 〔宋〕馬永易撰：《實賓錄》（上海：商務印書館，1933 年《四庫全
　　　　書珍本初集》），頁 20。

〔註14〕 〔清〕吳任臣撰：《十國春秋》（臺北：世界書局，1773 年〔清〕余
　　　　敏中等輯《景印摛藻堂四庫全書薈要》），第 118 冊，卷五十六，頁
　　　　204。

　　由上可見，從顧敻「魚袋上鑄蓬萊山」、「戲造《武舉牓》」等事迹，其性格可見一斑。

　　而顧在珣之性格。據〔五代〕何光遠《鑒誡錄‧倣十在》卷七云：

> 有唐《十在》著自簡編，爲古今之美談，顯君臣之強盛。
> 林員外亦著《前蜀十在》，行自閭閻，明其禍亂之胎，示以
> 君臣之醜。雖爲謗仙，深鑒是非。慮墜斯文，輒編於此。
> 其文曰：「咸康元年（925），蜀主臨軒，龍顏不悅，群臣失
> 色，罔知所安。時有特進檢校太傅顧在珣越班奏曰：『臣聞
> 主憂臣辱，主辱臣死。今聖慮懷憂，臣等請罪。』……在
> 珣奏曰：『只如興土木於禁中，選驍雄於手下，迥持斧鉞出
> 鎮藩籬。飾宮殿於退方，命鑾輿而遠幸。爲釁之兆，爲禍
> 之元，有王承休在。……唱亡國之音，炫趨時之伎。每爲
> 巫覡，以玩聖明。致君爲桀紂之年，昧主之唐虞之化，有
> 臣在。陛下任臣如此，何憂社稷不安。』帝聞所奏，大悅
> 龍顏。於是賜顧在珣絹五百匹，進加右金吾衛將軍、開府
> 儀同三司、檢校太尉，仍令所司編入史記。〔註15〕

　　咸康（925）年間，蜀國夾於虎狼之間。前有後唐捋臂張拳、後有蠻蠻虎視眈眈之局勢。王衍對此感到憂慮難安，而當時立於朝堂之上的顧在珣，僭越上奏，其一番談吐言辭，令君主龍顏大悅、進封加爵。顧在珣不僅曲直分明的批判了朝中重臣，亦自嘲：「每爲巫覡，以玩聖明。致君爲桀紂之年，昧主之唐虞之化，有臣在。」故陳尚君先生認爲顧在珣「以戲語諫後主」，性格與顧敻「性諧謔」相合。

　　其四：二人時代相合、官職相當。「敻、在珣時代相合，敻官至太尉，在珣亦歷官檢校太尉。」

　　顧敻所處時代，據《全唐詩‧顧敻》卷七百六十載：

> 顧敻，蜀王建時，給事內庭，擢茂州刺史，後復事孟知祥，
> 官至太尉。〔註16〕

〔註15〕〔五代〕何光遠：《鑒誡錄》（臺北：藝文印書館，1966 年《百部叢書集成》影印〔清〕鮑廷博《知不足齋叢書》本），卷七，頁45。

〔註16〕〔清〕彭定求等修纂：《全唐詩》（北京，中華書局，1960 年 4 月），

由此可見，大抵可推顧敻在通正年（916）歷經內庭小臣、茂州刺史；而前蜀又於咸康年（925）滅亡；而後，孟知祥建立後蜀，改元「明德」（934），顧敻官職太尉。且〔宋〕馬永易《實賓錄》所記〈武舉牓〉，牓曰：「大順二年」，此年爲唐昭宗之年號，故可略推顧敻至少生活於890年到934年間。

　　顧在珣所處時代，據〔五代〕何光遠《鑒誡錄・倣十在》云：

　　　　（十在）其文曰：「咸康元年（925），蜀主（按：王衍）臨軒，龍顏不悦，群臣失色，罔知所安。時有特進檢校太傅顧檢校太傅顧在珣越班奏曰……帝聞所奏，大悦龍顏。於是賜顧在珣絹五百匹，進加**右金吾衛將軍、開府儀同三司、檢校太尉**，仍令所司編入史記。」〔註17〕

又〔宋〕司馬光《資治通鑑・後唐紀一》卷二百七十二：

　　　　蜀主（王衍）以文思殿大學士韓昭、內皇城使潘在迎、**武勇軍使顧在珣**爲狎客陪侍遊宴，與宮女雜坐，或爲艷歌相唱和，或談嘲謔浪、鄙俚褻慢，無不所至。蜀王樂之。**在珣，彥朗（？～891）之子也**。〔註18〕

此文點出當時受任爲武勇軍使的顧在珣，爲顧彥朗之子。又《資治通鑑・後唐紀三》卷二百七十四云：

　　　　莊宗光聖神閔孝皇帝下同光三年（925）十一月，丙申，蜀主至成都，百官及後宮迎於七里亭。蜀主入妃嬪中作回鶻隊入宮。丁酉，出見群臣於文明殿，泣下沾襟，君臣相視，竟無一言以救國患。……王宗弼稱蜀君臣久欲歸命，而內樞密使宋光嗣、景潤澄、宣徽使李周輅、歐陽晃熒惑蜀主；皆斬之，函首送繼岌。又責文思殿大學士、禮部尚書、成都尹韓昭佞諛，梟於金馬坊門。內外馬步都指揮使兼中書

　　　　卷760，頁8635。

〔註17〕〔五代〕何光遠：《鑒誡錄》，卷七，頁45。

〔註18〕〔宋〕司馬光撰；〔元〕胡三省注：《資治通鑑》（臺北：世界書局，1773年〔清〕余敏中等輯《景印摛藻堂四庫全書薈要》），第78冊，卷二百七十二，頁164。

> 令徐延瓊、果州團練使潘在迎、**嘉州刺史顧在珣**及諸貴戚
> 皆惶恐。傾其家金帛妓妾，以賂宗弼，僅得免死。凡素所
> 不快者，宗弼皆殺之。〔註19〕

同光三年，蜀國與後唐的戰役，屢屢兵敗。而蜀主王衍性情貪樂好逸，
即位便將政務託以王宗弼。然而，蜀國在多次戰役中，頻頻失利，王
宗弼見苗頭不對，自降於唐，而據司馬光《資治通鑑》的記載，當時
身為嘉州刺史的顧在珣，因與王宗弼有身家淵源，故逃過此劫難。由
上述可見，顧在珣於咸康年（925）歷任武勇軍使、嘉州刺史、右金
吾衛將軍、開府儀同三司、檢校太尉等官職。其父顧彥朗雖生年未詳，
但卒年891年，故可略推顧在珣至少生活於891年到925年間。

　　顧敻與顧在珣二人於史料文獻中的記載，寥寥無幾。尤其顧在
珣現存的相關史料，僅能從〔五代〕何光遠《鑒誡錄》與〔北宋〕司
馬光《資治通鑑》二書，見其蛛絲馬跡，而他書所記載顧在珣一事大
多與二書相去不遠。而根據上述陳尚君先生的四點理由中，以性格相
類、時代相合與官職相當的條件，最為穩妥。性格相類處：顧敻以「魚
袋上鑄蓬萊山」、「戲造《武舉榜》」與顧在珣「以戲語諫後主」等事
迹，顯現出二人性格幽默。時代相合處：據本文推測顧敻至少生活於
890年到934年間；顧在珣至少生活於891年到925年間，二人時代
相近。官職相當處：顧敻歷經內庭小臣、茂州刺史，官至太尉；顧在
珣歷經武勇軍使、嘉州刺史、右金吾衛將軍、開府儀同三司、檢校太
尉等職位。然而，本文依次排列陳尚君先生的四點理由，不難發現陳
尚君先生以第一要點——從《碧雞漫志》之「瓊」作串聯；借《碧雞
漫志》之「顧瓊」，依次再以「瓊」與「在珣」互訓，聯想到顧在珣
與堂兄弟之名從玉旁，進而推測出「顧敻即顧在珣」。

　　管見以為陳氏之說，有待商榷者有二：

　　其一：「敻」是否誤植為「瓊」？與顧敻同時的孫光憲、何光遠
等人皆稱「敻」。而稱「瓊」者，就今存史料而言，最早見於宋代王

〔註19〕同前註，卷二百七十四，頁164～350。

灼《碧雞漫志》卷三：

> 僞蜀毛文錫有〈甘州遍〉，顧瓊、李珣有〈倒排甘州〉，顧
> 瓊又有〈甘州子〉，皆不著宮調。〔註20〕

觀王灼《碧雞漫志》將「顧瓊」與「李珣」爲同排列，指稱的「顧瓊」，應是「顧敻」，無可置疑。管見以爲在抄錄、刊刻的過程中，將「敻」誤植爲「瓊」的可能。

其二：「顧敻」、「顧在珣」皆見於何光遠《鑒誡錄》，何光遠何以兩稱？顧敻與顧在珣兩人的生平事蹟都未有史冊紀實，僅能從史料中見其隻字片語，而兩人的事蹟又皆出現在何光遠《鑒誡錄》，不免讓人有所疑問——若顧敻即顧在珣，何光遠何以兩稱？

顧敻是否爲顧在珣，礙於史料文獻的匱乏，難以定論。陳尙君先生亦認爲「斷定二人即一人，證據尙不足」，因此若要釐清顧敻是爲何人，目前的文獻史料較不足。

三、顧敻即顧甄遠？

此外，筆者蒐羅文獻時，見《全唐詩》收錄唐人顧甄遠（生平無從考）〈惆悵詩〉九首。此九首詩作，於字裡行間依稀可見與顧敻詞作風格頗爲相類，茲將〈惆悵詩〉九首騰列於次〔註21〕：

> 〈惆悵詩〉之一：
> 魂黯黯兮情脈脈，簾風清兮窗月白。
> 夢驚枕上爐爐銷，不見蕊珠宮裏客。

> 〈惆悵詩〉之二：
> 禁漏聲稀蟾魄冷，紗廚筠簟波光淨。
> 獨坐愁吟暗斷魂，滿窗風動芭蕉影。

> 〈惆悵詩〉之三：

〔註20〕〔宋〕王灼撰：《碧雞漫志》（臺北：藝文印書館，1966 年《百部叢書集成》影印〔清〕鮑廷博《知不足齋叢書》本），卷三，頁 11。

〔註21〕顧甄遠：〈惆悵詩〉九首，收錄於〔清〕彭定求等修纂：《全唐詩》，卷七百七十八，頁 8805。

別恨離腸空惻惻，風動虛軒池水白。
莫言靈圃步難尋，有心終效偷桃客。

〈惆悵詩〉之四：
愁遇人間好風景，焦桐韻滿華堂靜。
鑑鸞釵燕恨何窮，忍向銀床空抱影。

〈惆悵詩〉之五：
綠槐影裡傍青樓，陌上行人空舉頭。
煙水露花無處問，搖鞭凝睇不勝愁。

〈惆悵詩〉之六：
役盡心神銷盡骨，恩情未斷忽分離。
平生此恨無言處，只有衣襟淚得知。

〈惆悵詩〉之七：
濃醪豔唱愁難破，骨瘦魂消病已成。
若為多羅年少死，始甘人道有風情。

〈惆悵詩〉之八：
淚滿羅衣酒滿巵，一聲歌斷愁傷離。
如今兩地心中事，直是瞿曇也不知。

〈惆悵詩〉之九：
橫泥杯觴醉復醒，愁牽時有小詩成。
早知惹得千般恨，悔不天生解薄情。

詩顯而詞隱，詩直而詞婉；詩重事之感觸，詞重情之刻畫。顧甄遠詩以秉筆直書呈現別愁恨緒；顧敻詞以細膩纏綿呈現人物心緒，兩人筆觸時而婉約、時而清疏，是以兩種不同體例，描摹同樣情緒。或許兩人受當代文學風氣影響，是故風格相類？亦或是兩人時間有其先後，其中一人仿作另一人，是故風格雷同？或是顧甄遠即「顧遠」？「顧遠」即「顧敻」？故風格相類？由於「顧甄遠」生平難以稽考，可考者惟《全唐詩》所錄九首〈惆悵詩〉。以其與顧敻詞風相類，為求周備，故略陳如上。

第二節　顧夐生平事

　　顧夐相關紀事，僅見於〔五代〕何光遠《鑑誡錄》、〔五代〕孫光憲《北夢瑣言》、明人蔣一葵《堯山堂外記》、清人吳任臣《十國春秋》以及清康熙四十四年欽定的《全唐詩》等書。根據前述史料，顧夐生平主要有兩件大事：一爲「摩訶池事件」，使其詩作得以傳世；一爲「戲造〈武舉諜〉」，知其談吐詼諧幽默。

一、「摩訶池事件」

　　「摩訶池事件」，廣泛記載於筆記小說中。如〔五代〕何光遠《鑑誡錄·怪鳥應》卷六載：

> 通正年，有大禿鷲鳥颭於摩訶池上。顧太尉時爲小臣直於內庭，遂潛吟二十八字詠之。近臣與顧有隙者上聞，詔顧**責之**，將行黜辱，顧亦善對，上遂捨之。至光天元年（918）帝崩，乃禿鷲之微也。〔註22〕

又〔明〕蔣一葵《堯山堂外記·顧夐》卷四十云：

> 王先主通正元年四月，有狐處于寢室，鵂鶹鳴于帳中，又有大禿鷲鳥颭于摩訶池上。顧夐時爲小臣直內庭，潛吟曰：「昔日曾看瑞應圖，萬般祥瑞不如無。摩訶池上分明見，仔細看來是那胡。」未幾，先主卒，人以爲禿鷲之應。〔註23〕

〔清〕吳任臣《十國春秋·後蜀九》卷五十六云：

> 顧夐，前蜀通正時，以小臣給事內庭，會禿鷲鳥翔摩訶池上，夐作詩刺之，禍幾不測，久之，擢刺史，已而復仕高祖，累官至太尉。〔註24〕

上述三書均紀錄了蜀通正元年間（916），顧夐時爲內庭小臣，得見禿

〔註22〕〔五代〕何光遠：《鑑誡錄》，卷六，頁40～41。

〔註23〕〔明〕蔣一葵撰：《堯山堂外紀》（上海：上海古籍出版社，2002年《續修四庫全書》影印明刻本），第1194冊，卷四十，頁362。

〔註24〕〔清〕吳任臣撰：《十國春秋》（臺北：世界書局，1773年〔清〕余敏中等輯《景印摛藻堂四庫全書薈要》本），第118冊，卷五十六，頁204。

鶩翔於摩訶池上，並爲此徵象而潛吟詩作。其中，何光遠《鑒誡錄》
與吳任臣《十國春秋》分別以「詔顧責之，將行黜辱」、「禍幾不測」
等字眼，明白表現出顧夐爲此詩作，險遭革職之下場。

　　摩訶池，位於今四川成都東南十二里地。據《資治通鑑‧唐紀六
十八》記載：

> 隋蜀王秀取上築廣子城因而爲池，有胡僧見之，曰：「摩訶
> 宮毗羅。」蓋胡僧謂摩訶爲大宮毗羅爲龍，謂此池廣大有
> 龍耳。〔註25〕

　　相傳隋朝開皇二年（582），隋文帝四子蜀王楊秀於成都大興土木，
造玉樓亭閣，並將七里城區增爲十里格局，稱之爲「子城」；築城取土
處因勢鑿成湖，有僧見之，言：「摩訶宮毗羅。」此乃梵語，即該池廣
袤有龍居之意，故名「摩訶池」，一名「躍龍池」。〔宋〕劉辰翁（1232
～1297）曾題詩一首〈題墨竹長卷與汪遂良〉：「摩訶池上龍千年，化
爲匹練橫曳煙。」〔註26〕便是描繪詩人對摩訶池底潛龍之逸想。

　　隋煬帝又於池上建樓，相傳天女於此樓灑散百花，故起名「散花
樓」。散花樓繁花錦簇，供人遊憩、玩賞，散花樓聲譽鵲起，騷人墨
客慕名前來。後蜀君王孟昶（919～965）同花蕊夫人爲避暑尋訪至此，
有〈避暑摩訶池上作〉，詩云：「冰肌玉骨清無汗，水殿風來暗香暖。」
〔註27〕另有詩人李白（701～762）〈登錦城散花樓〉：「今來一登望，
如上九天遊。」〔註28〕、武元衡（758～815 字伯蒼，乃武墨曾侄孫）

〔註25〕〔宋〕司馬光撰；〔元〕胡三省注：《資治通鑑》，第77冊，卷二百
　　　　五十二，頁163。
〔註26〕〔宋〕劉辰翁：〈題墨竹長卷與汪遂良〉：「摩訶池上龍千年，化爲匹
　　　　練橫曳煙。拔石數莖衝蒼天，我見其面何必全。」收錄於《須溪詞》
　　　　（1986年〔清〕紀昀等編《景印文淵閣四庫全書》本），第1186冊，
　　　　卷七，頁578。
〔註27〕〔後蜀〕孟昶：〈避暑摩訶池上作〉：「冰肌玉骨清無汗，水殿風來暗
　　　　香暖。簾開明月獨窺人，欹枕釵橫雲鬢亂。起來瓊戶寂無聲，時見
　　　　疏星渡河漢。屈指西風幾時來，只恐流年暗中換。」收錄於〔清〕
　　　　彭定求等修纂：《全唐詩》，卷八，頁80 。
〔註28〕李白：〈登錦城散花樓〉：「日照錦城頭，朝光散花樓。金窗夾繡戶，

〈摩訶池宴〉：「摩訶池上春光早，愛水看花日日來」〔註29〕等，由此可見，各方文人雅士蒞臨此地，均爲其景緻卓殊、神采風光，爲之傾倒，紛紛刻畫出摩訶池上綺麗華美、精妙絕倫之色。顧夐亦在此處留詩一首，不過並非形容美不勝收的秀麗景色，反而是寫摩訶池上之怪相，因此遭人誣奏陷害，險些撤職。顧夐〈感禿鶖潛吟〉詩云：

> 昔日曾看瑞應圖，萬般祥異不如無。摩訶池上分明見，子細看來是那胡。〔註30〕

　　通正元年（916）有大禿鶖颺於摩訶池上，顧夐時爲內庭小臣，一見此幕遂吟此詩，後有與之嫌隙者聽聞此詩，上呈帝王，詆毀中傷，帝下詔擯黜廷辱，幸而顧夐對答如流，躲過劫難，得以倖免。

　　「禿鶖」，即鵜鶘，爲古代的一種水鳥。據《前漢書·五行志》卷二十七載：「昭帝時有鵜鶘或曰禿鶖，水鳥也。」〔註31〕〔晉〕崔豹《古今注》：「扶老，禿鶖也，狀如鶴而大。」〔註32〕等，因此在古時，禿鶖被誤稱爲鵜鶘或鶴。顧夐〈感禿鶖潛吟〉詩：「摩訶池上分明見，子細看來是那胡。」此胡，便是時人會錯意的鵜鶘之「鶘」。

　　如同一身漆黑的烏鴉不討喜，鵜鶘的形貌亦不受人喜愛。禿鶖的形貌直到明代李時珍《本草綱目·禽之一》才有了詳細記錄：

> 鵜鶘，一名鴮鸅，俗作鸅鴮。凡鳥至秋毛脫禿。此鳥頭禿如秋毨，又如老人頭童，及扶杖之狀，故有諸名。鵜鶘，水

珠箔懸銀鉤。飛梯綠雲中，極目散我憂。暮雨向三峽，春江繞雙流。今來一登望，如上九天游。」收錄於〔清〕彭定求等修纂：《全唐詩》，卷一百八十，頁1833。

〔註29〕〔唐〕武元衡：〈摩訶池宴〉：「摩訶池上春光早，愛水看花日日來。穠李雪開歌扇掩，綠楊風動舞腰回。蕪臺事往空留恨，金谷時危悟惜才。晝短欲將清夜繼，西園自有月徘徊。」收錄於〔清〕彭定求等修纂：《全唐詩》，卷三百一十七，頁3561。

〔註30〕〔五代〕顧夐：〈感禿鶖潛吟〉，收錄於〔清〕彭定求等修纂：《全唐詩》，卷七百六十，頁8635。

〔註31〕〔漢〕班固：《漢書》（臺北，新陸書局，1964年1月），頁492。

〔註32〕〔晉〕崔豹：《古今注》，收錄於〔明〕胡文煥編：《格致叢書》（〔明〕萬曆（三十一年）《錢塘胡氏》本），卷中〈鳥獸第四〉，頁6。

鳥之大者也。出南方有大湖泊處。其處如鶴而大，青蒼色，長翼廣五六尺，舉頭高六七尺。長頸，赤目，頭項皆無毛，其頂皮方二寸許紅色如鶴頂。其喙深黃色而扁直，長尺餘。其嗉下亦有胡袋如鵜鶘狀。其足爪如雞，黑色。性極貪惡，能與人鬥。好啖魚蛇及鳥雛。〔註33〕

禿（鶖）鷲，其貌「頭禿」、「赤目」、喙長有袋；其性「貪惡」、「能與人鬥」。禿鷲形色均醜，故在古時便被視爲不祥之鳥。《宋書‧五行志》，卷三十二〈羽蟲之孽〉：

> 魏文帝黃初七年（226），（禿鷲）又集雒陽芳林園池，其魏文帝崩。景初末（237）又集芳林園池，前世再至，輒有大喪，帝惡之，**其年明帝崩**。〔註34〕

此記載了三國時期的曹魏，兩位君王魏文帝曹丕與魏明帝曹叡駕崩前的徵候。黃初七年（226），當時曹丕於洛陽休養生息，此時禿鷲群集在芳林園池上，是年曹丕駕崩，病死於洛陽城中（今河南），由兒子曹叡繼承帝位。而時隔十一年後，禿鷲又群集於此園，聽聞此鳥群集現身，往往伴隨著噩耗傳出，曹叡厭惡並驅趕之；兩年後，曹叡病危逝世。

除此之外，亦有其他文獻記載了禿鷲的「不祥惡兆」。如《分門古今類事‧守忠禿鷲》記載了楊守忠死前遇禿鷲一事：

> 開寶中武昌留守，楊守忠就加正節度使。宣麻之際，有**禿鷲集文德殿**，鴟尾班退而去，**居數月，守忠薨於鄂渚**。
> 〔註35〕

又《隋書‧五行志》卷二十三〈羽蟲之孽〉記錄了北周周宣帝宇文贇

〔註33〕〔明〕李時珍撰：《本草綱目》（臺北：臺灣商務印書館，1986年〔清〕紀昀等編《景印文淵閣四庫全書》本），第774冊，卷四十七，頁349。

〔註34〕〔梁〕沈約撰：《宋書一百卷》（臺北：世界書局，1773年〔清〕余敏中等輯《景印摛藻堂四庫全書薈要》本），第15冊，卷三十二，頁101。

〔註35〕〔宋〕不著撰人：《分門古今類事》（臺北：臺灣商務印書館，1986年〔清〕紀昀等編《景印文淵閣四庫全書》本），第1047冊，卷十四，頁132。

病逝前事：

> 周大象二年（580）二月，有禿鶖集洛陽宮太極殿，其年帝
> 崩，後宮常虛。〔註36〕

由以上史料知「禿鶖現，人亡滅」，故不難猜想，何以顧夐當年
吟詩一首，便遭人詆毀中傷、險遭黜辱之緣由。無巧不成書，「摩訶
池事件」並未告一段落，根據《宋史・隱逸》載：

> 僞蜀王先主晏駕前，來大禿鶖鳥遊於摩訶池上。〔註37〕

顧夐「摩訶池事件」過後兩年，前蜀高祖駕崩。此事在〔清〕吳任臣
《十國春秋》卷五十六亦有詳錄：

> 王蜀光天元年（918），太祖寢疾經旬，文州進白鷹，茂州
> 貢白兔。群臣議曰：「聖上本命是兔，鷹兔至，甚相刑。貢
> 二禽，非以爲瑞。退鷹留兔，帝疾必瘥。」敕命不從，是
> 歲晏駕。又通正元年（916），有大禿鶖鳥颺於摩訶池上，
> 顧太尉時爲內庭小臣，直於內庭，遂潛吟二十八字詠
> 之。……至光天元年（918）帝崩，乃禿鶖之徵也。〔註38〕

光天元年（918），高祖龍體欠佳。某日，文州（今甘肅文獻）納
貢白鷹，茂州（今四川汶川縣）進獻白兔，滿朝文武評議進言，認爲
鷹兔齊來，非符瑞之兆。然而高祖不以爲意，二禽均收，隔年駕崩。
人人均道此乃「禿鶖之徵」。〔清〕楊銳（1855～898 字退之，易字
叔嶠，又字鈍叔，號蟬隱，四川綿竹人。）有詩一首〈前蜀雜事〉，
詩云：

> 興義樓前飯萬僧，佛牙當日出三乘。
> 如何瑞應披圖後，又見文州進白鷹。〔註39〕

〔註36〕〔唐〕魏徵等奉敕撰：《隋書》（臺北：臺灣商務印書館，1986 年
〔清〕紀昀等編《景印文淵閣四庫全書》本），第 264 冊，卷二十
三，頁 430。

〔註37〕〔元〕脫脫等撰：《宋史》，收錄於王雲五主編：《百衲本二十四史》
（臺北：臺灣商務印書館，2010 年 12 月），卷四百五十七，第 10 冊，
頁 5464。

〔註38〕〔清〕吳任臣撰：《十國春秋》，第 118 冊，卷五十六，頁 204。

〔註39〕〔清〕楊銳撰：《楊叔嶠先生詩文集》（民國三年（1914）成都昌福

「如何瑞應披圖後，又見文州進白鷹。」便係將顧夐於摩訶池上所吟之詩，以及文、茂二州同進鷹兔二禽之事件，作一接連。

二、「戲造《武舉牓》」

　　繼「摩訶池事件」，顧夐戲造《武舉牓》一事，亦頗爲著聞。〔清〕吳任臣《十國春秋》卷五十六云：

　　　（夐）尤善詼諧，常於前蜀時，見隸武秩者多拳勇之夫，
　　戲造《武舉牒》以譏之，人以爲滑稽云。〔註40〕

透過《武舉牓》，吳任臣直指顧夐談吐「善詼諧」。而〔宋〕馬永易《實賓錄·武舉牓》卷六，亦稱此牓「多雜談謔」：

　　　五代蜀王先主起自利閭。親騎軍，皆拳勇之士。四百人分
　　爲十團，皆執紫旗，此徒各有曹號。**顧夐者將之，亦嘗典
　　郡，多雜談謔**，曾造《武舉》。牓曰：大順二年，兵部侍郎
　　李吒吒下進士及第三十三人狀元。張大劍、馬癲子第二，
　　魏憨第三、姜癲子第四，張打冑第五，張少劍第六，青蒿
　　羮第七云。〔註41〕

當時高祖王建自立爲王，周身精兵淨是草莽之夫，顧夐便仿效當時考取武科舉之榜單，造了《武舉牓》，將連同兵部侍郎等三十四人，寫了張「榜單」，以告天下。而吳任臣以「戲造」二字稱顧夐的《武舉牓》，大抵是因爲入榜名單，其姓名荒誕、乖張，故以「戲造」稱之。在〔宋〕李昉《太平廣記·詼諧》卷二五二引《北夢瑣言》殘文，更能略見一二：

　　　（夐）曾造武舉。助曰：大順□□□□侍郎李吒吒下進士
　　及第三□□□□□□□□□□□□憨子。姜癲子。張
　　打冑。長小□□□□□□□□□□許□□□□□□□
　　□□李嗑蛆。李破肋、李吉了、樊忽雷、日遊神、王號馳、

公司鉛印本），卷二。
〔註40〕同註38。
〔註41〕〔宋〕馬永易撰：《實賓錄》（上海：商務印書館，1933年《四庫全
　　　書珍本初集》本），頁20。

　　　　郝牛屎、□□貢、陳波斯、羅蠻子。〔註42〕

此文雖闕字甚多，但透過「姜癲子」、「李嗑蛆」、「郝牛屎」等姓名，
不難想見這《武舉牓》有多麼可笑、荒唐。

　　因「摩訶池事件」與「戲造《武舉牓》」，使得生平鮮少於史冊記
載的顧敻，在歷史洪流中佔有了一席地位。關於顧敻，後人所收存的
資料屈指可數，但斟酌字裡行間，推敲年月梗概，大略可知顧敻在通
正年（916）歷經內庭小臣、茂州刺史；而前蜀又於咸康年（925）滅
亡；後孟知祥建立後蜀（934），顧敻官職太尉。且〔宋〕馬永易《實
賓錄》所記〈武舉牓〉，牓曰：「大順二年」，此年為唐昭宗之年號，
故可推敲顧敻乃生活於公元890年到934年，即唐昭宗大順年至唐閔
帝應順年間的詞人，縱然史料殘闕、不足，但隨著「摩訶池事件」、「戲
造《武舉牓》」，以及趙崇祚《花間集》問世，使顧敻之名與作品亦得
流傳於世。

第三節　顧敻見存著作

　　顧敻見存著作有詩一首、詞五十五闋、賦文一篇、傳奇一卷等
作。

一、詩一首

　　顧敻存詩僅一首，可能因「摩訶池事件」，使得〈感禿鶖潛吟〉
除了收於清康熙四十四年欽定的《全唐詩》外，凡是提及到該事件者，
大多收錄這首詩作〈感禿鶖潛吟〉，詩云：

　　　　昔日曾看瑞應圖，萬般祥異不如無。摩訶池上分明見，子
　　　　細看來是那胡。

此詩作乃描寫顧敻眼見禿鶖現於摩訶池上之怪象。此外，根據〔宋〕

〔註42〕〔宋〕李昉等奉敕撰：《太平廣記》（臺北：臺灣商務印書館，1986
　　　　年〔清〕紀昀等編《景印文淵閣四庫全書》本），第 1044 冊，卷二
　　　　百五十二，頁 625。

李昉《太平廣記》引孫光憲《北夢瑣言》：「（夐）試〈亡命山澤賦〉、〈到處不生草詩〉，斯亦麥鐵杖、韓擒虎之流也。」﹝註43﹞此處記載了顧夐曾有一首詩，題名爲〈到處不生草〉，然而此詩今僅存題，詩作內容卻已不復見。

二、詞五十五闋

顧夐善小詞，其詞作五十五首，今存於五代後蜀趙崇祚《花間集》中，詞作數量位居第三。而據〔宋〕王灼《碧雞漫志》卷三提及：「僞蜀毛文錫有〈甘州遍〉，顧瓊（夐）、李珣有〈倒排甘州〉，顧瓊（夐）又有〈甘州子〉，皆不著宮調。」﹝註44﹞王灼於此處指出顧夐有〈倒排甘州〉、〈甘州子〉二詞作，雖〈倒排甘州〉今已不存，但由此可知，除了《花間集》所選錄的顧夐詞作以外，或許尚有若干作品的存在，只是數量多寡，便不可得知了。

以下爲顧夐於《花間集》中所存之詞﹝註45﹞：

卷六：

〈虞美人〉「曉鶯啼破相思夢」

〈虞美人〉「觸簾風送景陽鍾」

〈虞美人〉「翠屛閒掩垂珠箔」

〈虞美人〉「碧梧桐映紗窗晚」

〈虞美人〉「深閨春色勞思想」

〈虞美人〉「少年艷質勝瓊英」

〈河傳〉「燕颺」

〈河傳〉「曲檻」

〈河傳〉「棹舉」

〈甘州子〉「一爐籠麝錦帷傍」

﹝註43﹞ 〔宋〕李昉等奉敕撰：《太平廣記》，第 1044 冊，卷二百五十二，頁 625。

﹝註44﹞ 〔宋〕王灼撰：《碧雞漫志》，卷三，頁 11。

﹝註45﹞ 〔五代〕趙崇祚輯：李一氓校《花間集校》（香港：商務印書館，1960 年 11 月），卷六，頁 113～122、卷七，頁 124～136。

〈甘州子〉「每逢清夜與良辰」
〈甘州子〉「曾如劉阮訪仙蹤」
〈甘州子〉「露桃花裏小樓深」
〈甘州子〉「紅爐深夜醉調笙」
〈玉樓春〉「月照玉樓春漏促」
〈玉樓春〉「柳映玉樓春日晚」
〈玉樓春〉「月皎露華窗影細」
〈玉樓春〉「拂水雙飛來去燕」

卷七：

〈浣溪沙〉「春色迷人恨正賒」
〈浣溪沙〉「紅藕香寒翠渚平」
〈浣溪沙〉「荷芰風輕簾幕香」
〈浣溪沙〉「惆悵經年別謝娘」
〈浣溪沙〉「庭菊飄黃玉露濃」
〈浣溪沙〉「雲淡風高葉亂飛」
〈浣溪沙〉「雁響遙天玉漏清」
〈浣溪沙〉「露白蟾明又到秋」
〈酒泉子〉「楊柳舞風」
〈酒泉子〉「羅帶縷金」
〈酒泉子〉「小檻日斜」
〈酒泉子〉「黛薄紅深」
〈酒泉子〉「掩卻菱花」
〈酒泉子〉「水碧風清」
〈酒泉子〉「黛怨紅羞」
〈楊柳枝〉「秋夜香閨思寂寥」
〈遐方怨〉「簾影細」
〈獻衷心〉「繡鴛鴦帳暖」
〈應天長〉「瑟瑟羅裙金線縷」
〈訴衷情〉「香滅簾垂春漏永」
〈訴衷情〉「永夜拋人何去處」
〈荷葉杯〉「春盡小庭花落」

〈荷葉杯〉「歌發誰家筵上」

〈荷葉杯〉「弱柳好花盡拆」

〈荷葉杯〉「記得那時相見」

〈荷葉杯〉「夜久歌聲怨咽」

〈荷葉杯〉「我憶君詩最苦」

〈荷葉杯〉「金鴨香濃鴛被」

〈荷葉杯〉「曲砌蝶飛煙暖」

〈荷葉杯〉「一去又乖期信」

〈漁歌子〉「曉風清」

〈臨江仙〉「碧染長空池似鏡」

〈臨江仙〉「幽閨小檻春光暖」

〈臨江仙〉「月色穿簾風入竹」

〈醉公子〉「漠漠秋雲淡」

〈醉公子〉「岸柳垂金線」

〈更漏子〉「舊歡娛」

詞作數量計有 55 首，所用詞調有 16 種。

三、賦一篇

　　根據〔明〕蔣一葵《堯山堂外記》載：

　　　顧夐爲內直小臣，命作〈亡命山澤賦〉，……，一時傳笑，

　　　後官至太尉，小詞特工。〔註46〕

　　關於顧夐〈亡命山澤賦〉，其題名大多散見於史料書冊之中，如〔明〕馮夢龍《古今譚概》、〔清〕吳任臣《十國春秋》等，然而內文今已不存。

四、傳奇一卷

　　顧夐傳世作品中，亦有傳奇小說一篇，據〔清〕朱翊清（1795～？，字梅叔）《埋憂集》云：

〔註46〕〔明〕蔣一葵撰：《堯山堂外紀》（上海：上海古籍出版社，2002 年《續修四庫全書》影印明刻本），第 1194 冊，卷四十，頁 362。

此傳（按：《袁氏傳》）爲唐顧夐撰。予愛其敘次中，工于
描寫，中間論人妖分界精闢，如《黃庭陰符》諸經，而其
事又可以爲警。〔註47〕

又〔清〕平步青（1832～1896 字景孫，別號棟山樵、霞偶、常
庸等，山陰（今紹興）人。）《霞外攟屑・黎美周文》記載：

《蓮鬚閣集》中〈禺峽遊記〉云：「其望之翁蔚黝苶，憂奧
莫測者，歸猿洞也。袁姬者，故唐孫恪妻。挈而南，依番
禺帥經此，忽舍二子別恪，化爲猿，留玉環與僧。認爲太
眞妃子故物。事見宋劉義慶記。」庸。按袁姬事在廣德中
見顧夐所作《袁氏傳》，明何良俊《語林》採之，坊本續《世
說新語》竄入《語林》數則，牽混不注所出，黎氏誤謂義
慶記而忘其時代之儻倒耳。〔註48〕

是知朱氏與平步氏皆認爲《袁氏傳》爲顧夐所作，然而關於《袁氏傳》
撰者是否爲顧夐，至今研究者們仍存有疑慮。除了平步青〈黎美周文〉
所提及南朝宋人劉義慶有此篇記〔註49〕外，唐人裴鉶所著有《傳奇》
一書，其中收錄一篇〈孫恪傳〉，內容亦描述袁姬之事。顧夐《袁氏
傳》、裴鉶〈孫恪傳〉、劉義慶〈歸猿洞〉，三者故事大同小異，甚可
說同出一源，也許相沿承繼、襲人故智，若要追本溯源，初作何人手
筆？至今研究學家仍各持己見，未有定論。但因此並非本文研究重
心，未免分散焦點，故本文先列〔清〕鮑廷博《知不足齋叢書》所收
錄之《袁氏傳》。其文如下：

廣德中有孫恪秀才者，因下第，遊於洛中。至魏王池側，
有一大第，洛人指此爲袁氏之第也。恪逕往扣扉，良久，
忽有女子啓闈，容光鑑物，豔麗驚人，珠初濯其月華，柳

〔註47〕〔清〕朱翊清撰：《埋憂集》（上海：上海古籍出版社，2002 年《續
修四庫全書》本），第 1271 冊，卷四，頁 80。

〔註48〕〔清〕平步青：《霞外攟屑・黎美周文》收錄於《筆記小說大觀》（上
海：上海古籍出版社，2005 年），第 4 冊，頁 490。

〔註49〕據《民國版清遠縣志》記載劉義慶在飛來寺〈歸猿洞〉碑記，碑今
雖亡佚，但《民國版清遠縣志》仍記錄全文碑記。

乍啓其烟媚，蘭房靈濯，玉瑩塵清。恪疑主人處子，潛窺而已。女摘庭中萱草，凝思久立，遂製詩曰：「彼見是忘憂，此看同腐草。青山與白雲，方展我懷抱。」吟諷既畢。遂來搴簾，忽覩，恪驚慙入戶，使青衣詰之，且曰：「小娘子少孤，更無姻戚，見末適人，且求售也。」良久，女子乃去，美艷愈于嚮者所覩。命侍婢進茶果曰：「郎君即無第舍，便可遷囊橐於此。」恪未室，又覩女子之婉麗如是，乃進媒而納爲室。三四歲，忽遇表兄張閑雲，恪止宿其家寢，張生握手，密謂曰：「兄於道門曾有所授，適觀弟詞色，妖氣頗濃，未審別有何所遇？」恪辭以未有所遇。張曰：「夫人稟陽精，妖受陰氣，魂掩魄盡，人則長生；魄掩魂消，則立死。故鬼怪無形而全陰也，仙人無影而全陽也。陰陽之盛衰，魂魄之交戰，在體而微有失位，莫不表白於氣色。向觀弟氣色，陰陽侵位，邪干正府，眞精已耗，識用漸驚，精液傾輸，根蒂浮動，骨將化土，顏非渥丹，必爲怪異所鑠，何堅隱也？」恪方驚悟，遂陳娶納之因。張大駭曰：「即此是也。」恪曰：「某一生遭屯，久處凍餒，因茲婚娶，頗似蘇息，不能負義，何以爲計？」張生怒曰：「大丈夫未能事人，焉能事鬼！且義與身孰親？身受其災而顧其鬼怪之恩義乎？」授以寶劍曰：「此亦干將之亞。凡有魍魎，見者滅沒。」倘攜密室，必覩其狼狽，恪遂受劍。恪遂攜劍，隱於室內，而終有難色。袁氏俄覺。大怒曰：「子之窮愁，我使暢泰。不顧恩義，遂興非爲，如此用心，則犬豕不食其餘！」恪慙顏叩頭曰：「受教於表兄，非宿心也。」袁氏遂搜得其劍，寸折之，若斷輕藕。袁氏乃大笑曰：「張生一小子，不以道義誨其表弟，使行其兇毒，然觀子之心，的應不如是。吾匹君已數歲矣，子何慮哉！」恪方稍安。後十餘年，袁氏已鞠育二子，治家甚嚴，不喜參雜。後恪之長安，謁舊友人王相國縉，遂薦于南康張萬頃，爲經畧判官，挈家而往。袁氏每遇青松高山，凝睇久之，若有不快意。到端州，袁氏曰：「去此半程，有峽山寺，我家舊有門

徒僧惠幽居此寺。別來數十年，僧行極高，能別形骸，善去塵垢。儻經彼設食，頗益南行之福。」恪遂辦齋蔬之具。及抵寺，袁氏欣然，易服理妝，攜二子詣其僧院，若熟其徑者。遂持碧玉環子以獻僧曰：「此是院中舊物。」僧亦不曉。及齋罷，有野猿數十，連臂下于高松，而食于臺上。後悲哮捫蘿而躍，袁氏怛然。俄命筆題僧壁曰：「剖破思情役此心，無端變化幾湮沈。不如逐伴歸山去，長嘯一聲煙霧深。」乃擲筆於地，撫二子咽泣，語恪曰：「好住好住！吾當永訣矣。」遂裂衣化為老猿，追嘯者躍樹而去。將抵深山而複返視。恪驚怛，良久，撫二子一慟。詢於老僧，僧方悟：「此猿是貧道為沙彌時所養也。碧玉環本訶陵胡人所施，當時亦隨猿頸而往，方今悟矣。」恪惆悵。艤舟六七日，攜二子而迴棹，更不能之任矣。〔註50〕

其內容概略：秀才孫恪遇一美貌女子袁氏，娶之為妻。恪之表兄疑袁氏為妖，遂贈劍與恪，探袁氏一二。袁氏察覺後怒，恪悔。數年孫恪偕同妻兒往峽山寺，袁氏捨二子別恪，化猿離去。

據本文四方蒐羅，可知顧夐見存作品計有：〈感禿鶖潛吟〉詩一首，〈虞美人〉「曉鶯啼破相思夢」等五十五闋詞，以及《袁氏傳》傳奇一卷；而僅存提名者，有〈到處不生草〉詩一首、〈亡命山澤賦〉一篇。其中，顧夐傳世作品又屬收錄於〔後蜀〕趙崇祚《花間》集本五十五闋詞為多數，其作品數量相較於花間詞人，排名第三，故本文下章節將討論顧夐詞之主題內容，以見其貌。

〔註50〕〔五代〕顧夐撰：《袁氏傳》（臺北：藝文印書館，1966 年《百部叢書集成》影印〔清〕鮑廷博《知不足齋叢書》本）。

第三章　顧敻詞之主題內容

　　邊陲無危、百姓豐美，造就了蜀地人「少愁苦而輕易淫逸」[註1]
之社會風氣。西蜀民風淫逸，其歌舞娛樂、酣歌醉舞之樂卻不因外界
擾攘而有所消弭，如此享樂富庶之世，文人忘卻國事、沉迷於聲色之
樂，致使筆墨間多詠男女之事、盡寫纏綿之意，順乘此風，顧敻筆下
亦多是男女題材。歸納其主題內容，可概分為「歡情」、「悲情」以及
「閒情」，下文擬按此分節探討。

第一節　歡情——思惹情牽　纏綿繾綣

　　「愛情」，是亙古不渝的話題，是世人所追求一生中最美好、最
難忘懷的一段情事。它時而轟轟烈烈、刻骨銘心；時而輕柔拂水、柔
情萬千。此情，以文人筆墨，流盪出瑰麗絕美的詞藻文繪，傾洩出詞
中主人殷殷懇切的愛戀情緣，營造情思悅意的二人世界，他們企盼著
相知相惜的瞬間，期許這瞬間直至永遠、終至不悔。顧詞男女歡情心

[註1]〔唐〕杜佑纂：《通典·州郡六·風俗》：「巴蜀之人，少愁苦而輕易
　　　淫佚。周初，從武王勝殷。東遷之後，楚子強大而役屬之。暨於戰國，
　　　又為秦有，資其財力，國以豐贍。漢景帝時，文翁為蜀郡守，建立學
　　　校，自是蜀士學者比齊、魯焉。土肥沃，無凶歲。山重複，四塞險固。」
　　　（臺北：世界書局，1773 年〔清〕余敏中等輯《景印摛藻堂四庫全
　　　書薈要》本），第 57 冊，卷一百七十六，頁 46。

喜之作，計有七首，分別為〈甘州子〉四闋、〈荷葉杯〉二闋、〈應天
長〉一闋，本節將論述顧夐詞作中，刻畫男女歡情之作，以見顧夐如
何道盡詞中主人的一片傾心！

一、山枕上──〈甘州子〉的歡愛描畫

〈甘州子〉，此調為唐教坊曲，一名〈甘州曲〉。《詞譜》云：「曲、
子二字互為省文，並文分別也。」〔註2〕相傳為蜀後主王衍自製此曲，
《新五代史‧前蜀世家》記載：

> （王衍）與太后太妃游青城山，宮人衣服皆畫雲霞飄然，
> 望之若仙，衍自作〈甘州曲〉，述其仙狀上下山谷。衍常自
> 歌，而使宮人皆和之。〔註3〕

由上述史料可知，王衍見其宮人裝束，宛若霓裳羽衣般，飄逸、灑
脫，故「自作〈甘州曲〉」，描畫宮人舉手投足間，超凡脫俗的氣質。其詞
云：

> 畫羅裙。能結束，稱腰身。柳眉桃臉不勝春。薄媚足精神。
> 可惜許，淪落在風塵。〔註4〕

王衍自作〈甘州曲〉詞，形容了女子曼妙身段與美貌神采，可惜淪落
至紅粉青樓，教人不勝唏噓。不同於王衍詞中的悵然憐惜，顧夐略去
了詞中悲嘆，以男女兩廂情願的歡喜，取代了王衍的「可惜許」，塑
造出另一股截然不同的風情。

顧夐詞於男女歡合之作中，〈甘州子〉佔有四闋，並多以男子角
度為觀點出發。此四闋詞作，刻畫熱烈纏綿的愛戀，字少情長，且末
結皆用「山枕上」三字作結，呈現豐富多彩的內涵。〈甘州子〉全調
僅三十三字，顧夐寄調於此，歌不盡繾綣纏綿。如〈甘州子〉其一：

> 一爐龍麝錦帷旁。屏掩映，燭熒煌。禁樓刁斗喜初長。羅

〔註2〕〔清〕王奕清等編纂，孫通海、王景桐點校：《欽定詞譜》（北京，學
　　　苑出版社，2008年6月），第1冊，頁58。
〔註3〕〔宋〕歐陽修撰，徐無黨注：《新五代史》（臺北：中華書局，1965
　　　年《四部備要》影印《武英殿》本），第191冊，卷六十三，頁6。
〔註4〕同前註。

薦綉鴛鴦。山枕上，私語口脂香。（卷六，頁 117）

詞爲描繪男女歡合，「一爐龍麝錦帷旁」先以景「屏掩映，燭熒煌」
之氣氛鋪墊，來表明此刻乃良夜時分，並因「初長」而見「喜」字，
此「喜」字乃呈現出女子的喜悅，喜悅於方初更，良辰美景尚餘如此
多的時間，怎不教人心喜？女子的「喜」，來自於時間的充盈。而這
春宵之「喜」著實特別，都說：「春宵苦短。」〔元〕貫雲石《紅繡
鞋·歡情》云：「挨著、靠著雲窗同床，偎著、抱著月枕雙歌，聽著、
數著、愁著、怕著早四更過，四更過情未足，情未足夜如梭，天哪！
更閏一更兒妨什麼？」〔註5〕此曲一句接一句，緊迫盯人般地道出人
兒對春宵苦短的煩躁思緒，煩著煩著，最後埋怨地問著老天爺，年總
是四年一閏多一日，爲何四更無閏可多一更呢？體會曲中女子曲春宵
苦短的「遺憾」。而顧敻所描摹的「禁樓刁斗喜初長」，同樣是珍惜春
宵，顧敻凸出的是「喜」。「喜初長」仍然是建立在「春宵苦短」的心
理基礎上，正是因爲「苦短」，才對時間更加敏感。詞人並以「山枕
上，私語口脂香」作結，一表男女其情意纏綣綢繆、滿室春心之歡。
兩情纏綣，躍然紙上。既有「禁樓刁斗喜初長」，亦有「春宵苦短」
之作，如〈甘州子〉其三：

曾如劉阮訪仙蹤。深洞客，此時逢。綺筵散後繡衾同，款
曲見韶容。山枕上，長是怯晨鐘。（卷六，頁 118）

詞人借劉、阮尋仙女之典故〔註6〕，點出男子對於愛情之渴求，尋尋

〔註 5〕〔元〕貫雲石、徐再思撰，陳稼禾點校：《酸甜樂府》（上海：上海古
籍出版社，1985 年），頁 7。

〔註 6〕典出〔南朝宋〕劉義慶：《幽冥錄》之〈劉晨阮肇〉：「漢明帝永平
五年，剡縣劉晨、阮肇，共入天台山取谷皮。迷不得返，經十餘日，
糧食乏盡，饑餒殆死。遙望山上有一桃樹，大有子實，而絕巖邃澗，
了無登路。緣葛，乃得至。噉數枚，而飢止體充。復下山，持杯取
水，欲盥漱，見蕪菁葉從山腹流出，甚鮮新，復一杯流出，有胡麻
糝。相謂曰：「此必去人徑不遠。」度出一大谿邊，有二女子，姿
質妙絕。見二人持杯出，便笑曰：「劉、阮二郎捉向所流杯來。」
晨、肇既不識之，二女便呼其姓，如與有舊，相見忻喜。問來何晚，
郎因要還家。家筒瓦屋，南壁及東壁下各有一牀，皆施絳羅帳，

覓覓，找尋心儀的美人在何方。而美人在何處相見？乃「綺筵散後」，宴會散去，男子盼到朝思夕想的女子，神魂撩亂，其滿腔思慕傾訴而出，一發不可收拾，可春宵苦短，歡情佳時總是荏苒飛逝，同「山枕上」作結，卻與上闋「一爐龍麝錦帷旁」有著不盡相同之情懷。詞人若一「怯」字，情態盡現，害怕晨鐘敲打，打碎了滿室情濃。兩闋詞看似不同，卻又彷彿是種延伸狀態。前一首先是以「喜初長」，來呼應「私語口脂香」，並以之作結語，而此情韻纏綿深遠，似乎漫漫長夜真不會有結束的時候；但是漫漫長夜真不會結束嗎？當然不可能，故詞人以「山枕上，長是怯晨鐘」來描繪男女的心聲，一表此時此刻我們相依偎守，可遠方的晨鐘不顧戀人的感受，終是要敲醒我們，打斷情纏意濃的好時光啊！

　　四闋〈甘州子〉歡情詞中，有兩闋美人酣醉，神態畢現，試觀其詞：

　　　露桃花裏小樓深。持玉盞，聽瑤琴。醉歸青瑣入鴛衾，月色照衣襟。山枕上，翠鈿鎮眉心。（卷六，頁118）

　　　紅爐深夜醉調笙。敲拍處，玉纖輕。小屏古畫岸低平。煙月滿閒庭。山枕上，燈背臉波橫。（卷六，頁118）

詞人描繪出男子與佳人間的互動狀態，除此之外，既有鴛鴦伴侶，怎能缺少良辰美景？「露桃花里小樓深」，詞人借桃花、小樓、月夜、

帳角懸鈴，金銀交錯。牀頭各有十侍婢，敕云：「劉、阮二郎經涉山阻，向得瓊實，猶尚虛弊，可速作食。」食有胡麻飯、山羊脯，甚美。食畢行酒。有一羣女來，各持三五桃子，笑而言：「賀女婿來。」酒酣作樂。劉、阮忻怖交并。至暮，令各就一帳宿，女往就之。言聲清婉，令人忘憂。至十日後，欲求還去。女云：「君已來此，乃宿福所招，與儂女交接流俗，何所樂哉？」遂住半年。天氣常如二三月，氣候草木是春時，百鳥啼鳴，更懷悲思，求歸甚苦。女曰：「罪牽君，當可如何？」遂呼前來女子，有三十人集會奏樂，共送劉、阮，指示還路。既出，親舊零落，邑屋全異，無復相識。問得七世孫，傳聞上世入山，迷不得歸。至晉太元八年，忽復去，不知何所？」（據清咸豐胡珽校刊，光緒董金鑑重刊琳琅秘室叢書本影印，國家圖書館藏）。

美酒、琴音等塑造出雅致環境，呈現出自然環境與美人所構築起的極致之美，輕緲的琴樂伴上淡雅的桃香，隨風飄舞於室內迴盪，單景就教人沉醉，何況醇酒入喉，醉於景、醉於酒、醉於人，此醉怎不教人沉陷？且醉而入眠，細寫山枕所見：「山枕上，翠鈿鎮眉心」，可以想見山枕上的凝視，而眉心裝飾，著眼於女子可愛、慵懶、楚楚動人之態，狀溢目前。透過這樣的凝視，更可見男子的沉醉與憐惜。

前一首「露桃花里小樓深」，描繪沉醉前的姿態，故手持酒杯、耳聽琴樂。後一首「紅爐深夜醉調笙」，則進入酣醉之姿，開首便表明已是夜幕低垂，而燙著酒的爐子亦成火紅色般的色澤。此時的人兒早有幾分醉意，本該一在吹笙，一在敲板的節奏，卻愈趨漸緩，而笙須調音方成曲；板須敲動方成調。然夜沉酣醉，終是笙板歇停悄無語，此情此景與屏風上的畫景相照應，畫中水岸連成一線，清澈承平；夜幕渲染著月暈，清月輝灑滿院落，閒靜而安逸。枕上，美人眼波流轉，未言明的，是無限歡愛！

在《花間》詞人中，不同於顧詞雅而不俗，反以「豔情」呈現於字裡行間之中，如歐陽炯〈浣溪紗〉：

> 相見休言有淚珠。酒闌重得敘歡愉。鳳屏鴛枕宿金鋪。
> 蘭麝繫香聞喘息，綺羅纖縷見肌膚。此時還恨薄情無。（卷
> 五，頁97）

歐陽炯逐一描寫男女歡愛的細節，直白表露滿室歡愉之情，故況周頤有：「自有艷詞以來，殆莫艷於此矣。」〔註7〕之語。詞以兩人相見開首，卻「休言有淚珠」，為何開場無言，唯有淚兩行呢？接句並未立即回答，而是經過一場共赴巫山後，以男子反問一句「此時還恨薄情無？」使得一切了然於心。相見為何哭泣？是因美人埋怨男子薄情不知歸呀！李冰若評其：「敘事層次井然，敘情淋漓盡態。」〔註8〕歐陽

〔註7〕〔清〕況周頤：《蕙風詞話》，收錄於唐圭璋編：《詞話叢編》（臺北：新文豐出版社，1988年2月），第5冊，頁4424。
〔註8〕〔五代〕趙崇祚輯，李冰若注：《花間集評注》，卷六，頁137。

詞以敘事口吻直抒歡情，全篇以濃豔之筆，細膩地描繪男女歡合之情事，此筆於《花間》詞人中並不多見，再如牛嶠〈菩薩蠻〉：

> 玉樓冰簟鴛鴦錦，粉融香汗流山枕。簾外轆轤聲，斂眉含笑驚。　　柳陰煙漠漠，低鬢蟬釵落。須作一生拚，盡君今日歡。（卷四，頁67）

不同於歐陽詞，牛詞乃以女子的角度書寫。開首便直入主題，看似「狎昵已極」〔註9〕，實則不然，詞人點出離情分別，借「簾外轆轤聲」描寫轆轤聲響起傳至簾內、「柳陰煙漠漠」描寫拂曉時分，一如溫庭筠「翠羽花冠碧樹雞，未明先向短牆啼」〔註10〕意味著天將破曉，離別時刻來臨。而借下片兩句景物之描寫，道出女子對良人情意綿綿，最後傾盡滿腹情絲，道出：「須作一生拚，盡君今日歡」之情，雖只十句，可抵「千言萬語」〔註11〕。

　　顧夐雖寫艷情，但不若前舉歐陽炯〈浣溪沙〉、牛嶠〈菩薩蠻〉般直寫艷事，而是著眼於纏綿的情致。〈甘州子〉四闋，語言簡潔，而情韻纏綿，通篇不做男女歡合之細膩描摹，卻著墨於男女相見互動時之情態，以真情鋪墊，故艷而不狎，雅而不俗。

二、狂麼狂——〈荷葉杯〉的歡情描繪

　　〈荷葉杯〉為唐教坊曲。「荷葉杯」，本為唐時酒器名，白居易存詩句有：「石榴枝上花千朵，荷葉杯中酒十分」〔註12〕句；又名象鼻杯、碧筒杯。據〔唐〕段成式《酉陽雜俎》卷七〈酒食〉：

〔註9〕〔清〕王士禎：《花草蒙拾》，收錄於唐圭璋編：《詞話叢編》，第1冊，頁674。

〔註10〕〔唐〕溫庭筠：〈贈知音〉：「翠羽花冠碧樹雞，未明先向短牆啼。窗間謝女青蛾斂，門外蕭郎白馬嘶。星漢漸移庭竹影，露珠猶綴野花迷。景陽宮裏鐘初動，不語垂鞭上柳堤。」收錄於〔清〕彭定求等修纂：《全唐詩》，卷五百七十八，頁6723。

〔註11〕〔清〕劉永濟選釋：《唐五代兩宋詞簡析》（臺北：龍田出版社，1982年1月），頁7。

〔註12〕陳尚君輯校：《全唐詩補編》（北京：中華書局，1992年10月），卷7，頁173。

歷城之北有使君林，魏正史中，魏鄭公愨三伏之際，每率賓僚避暑於此。取大蓮葉置硯格上，盛酒三升，以簪刺葉，令與柄通，屈莖上輪菌如象鼻，傳吸之，名爲碧筩杯。〔註13〕

〔宋〕蘇軾〈和連飲獨飲二首〉詩自註：

吾謫海南，盡賣酒器以供衣食，獨有一荷葉杯，工制美妙，留以自娛。〔註14〕

毛先舒《填詞名解》云：「〈荷葉杯〉曲隋殷童〈採蓮曲〉，蓮葉捧成盃」，因以名調。任二北《教坊記箋訂》疑此曲爲酒令著詞曲調，云：

（荷葉杯）三字本唐酒器名。趙璘《因話錄》云：『牟少師與賓僚飲宴，暑日臨水，以荷爲杯，滿酌，密繫，持近人口，以筋刺之。不盡則重飲。』……此曲疑亦酒令著詞之調。〔註15〕

由此可知〈荷葉杯〉一調應源自於唐時歌筵酒席之上；王小盾《唐代酒令藝術》考原該調，進一步認爲此調應產自於用此種酒杯的筵席，可見〈荷葉杯〉一調早在盛唐時便爲酒令著辭。

顧夐寄調〈荷葉杯〉寫男女愛情，計有二闋，並從女子的角度作出發。最爲特別的是，分別以「狂麼狂」、「羞麼羞」等疊句設問作結，將女子的兩種情態——狂喜奔放與含蓄柔美，描繪得維妙維肖、栩栩如生。試觀其詞：

其三

弱柳好花盡坼。晴陌。陌上少年郎。滿身蘭麝撲人香。狂麼狂。狂麼狂。（卷七，頁131）

〔註13〕〔唐〕段成式：《酉陽雜俎》（臺北：遠流文化，1982年12月），頁67。
〔註14〕〔宋〕蘇軾撰：《蘇文忠公文集》（北京：北京大學圖書館，2002年），卷三，頁24。
〔註15〕〔唐〕崔令欽傳，任二北箋訂：《教坊記箋訂》（臺北：宏業書局，1973年），頁98。

其四

記得那時相見。膽戰。鬌亂四肢柔。泥人無語不擡頭。羞
麼羞。羞麼羞。（卷七，頁 132）

兩闋分別以春光燦爛與美人情態，表達出兩位女子的奔放喜狂與含蓄
柔美之情態。「弱柳好花盡坼」一闋，春景之渲染，正象徵著女子憧
憬愛情的美好。柳綠飄搖，百花綻放，燦爛時分，邂逅一翩翩少年郎。
蘭麝之香、攫人衣裝，良辰美景，風雅俊郎；此時此刻，如何不引人
遐想？如何不教人編織美夢一場？「滿身蘭麝撲人香」，「滿」字、「撲」
字下得極妙。「滿身蘭麝」是「少年郎」；「撲人香」的「人」是女主
角，由此可見女子神魂搖蕩，情難自已，進而逼出末結「狂麼狂。狂
麼狂」的層層相疊，強烈地表露女子對少年的滿腔熱情。

而相較於「弱柳好花盡坼」的欣喜若狂之緒，「記得那時相見」
便顯得含蓄且靦腆。詞開首「記得」二字，點出女子遙憶往事之情懷。
借由女子的心理、身段、神情等三種層面，將女子的情態表露無遺，
亦將兩人幽會情事呈現眼前。與君初見，心喜膽顫，巫山雲雨，含羞
嬌怯。詞人以一「柔」字，展現出女子嬌軟無力之身段，描繪出女子
含羞柔媚之情懷。此柔，入木三分，頗具情韻；末二句則以「羞麼羞」、
「羞麼羞」的重疊復問，將女子羞怯嬌媚，表現得淋漓盡致。

《花間集》中，所錄〈荷葉杯〉詞，多寫相思愁緒，與顧敻描
摹「歡情」者迥然不同。如：溫庭筠〈荷葉杯〉「鏡水夜來秋月」：

鏡水夜來秋月。如雪。採蓮時。小娘紅粉對寒浪。惆悵。
正思惟。（卷二，頁 25）

溫庭筠用單調〈荷葉杯〉，刻畫相思惆悵，以簡短字句寫采蓮少女因
荷塘月色而觸發情思愁緒。再如韋莊〈荷葉杯〉「記得那年花下」：

記得那年花下。深夜。初識謝娘時。水堂西面畫簾垂。攜
手暗相期。　　惆悵曉鶯殘月。相別。從此隔音塵。如今
俱是異鄉人。相見更無因。（卷三，頁 35）

韋莊填入別情相思，借依偎之情，爲別後之苦做一鋪墊。溫、韋兩家
詞作感情眞切，語言自然，形容盡致地將相思別緒，呼之欲出，使相

思人兒的思情悵然、躍然紙上，但兩人的相思情懷，卻迥異收場。溫詞以景觸情，末了「惆悵，正思惟」展現情意綿長延續，帶有一線生機；而韋詞以景染情，末了「相見更無因」直掐相念情絲，自此無望相聚。兩人即使皆道同種情愫，其果卻大相逕庭。

〈荷葉杯〉本為樽前遊戲、把酒言歡之作，顧敻借此描繪「歡情」，而溫庭筠則開拓此調意境〔註16〕，成就了相思別離之意。溫庭筠、韋莊、顧敻三人皆寄調〈荷葉杯〉，調體從單調而雙調，詞情由悲而歡，呈現了多樣面向。即此而言，顧敻於此調的意境開拓，亦頗有功焉。

三、情暗許——〈應天長〉的歡心描寫

〈應天長〉又名〈應天長令〉、〈應天長慢〉，此調令詞始見於韋莊詞，又有毛文錫、顧敻兩體，五代詞人多從之。韋莊以〈應天長〉描繪了相思淒切之情，毛文錫以〈應天長〉展現了別情依依之緒，顧敻則以〈應天長〉渲染了美人春心暗許：

> 瑟瑟羅裙金線縷。輕透鵝黃香畫袴。垂交帶，盤鸚鵡。裊裊翠翹移玉步。　　背人勻檀注。慢轉橫波偷覷。斂黛春情暗許。倚屏慵不語。（卷七，頁130）

顧敻描畫美人春心初動之情致，一句「情暗許」映現了美人蘊藉含蓄之情態。通篇不見男子的描寫，但以美人的精心妝扮、優雅體態，至眉眼流轉，體現出美人之「美」。而這「美」，可是為了一個傾心的對象的。美人一個「偷覷」、一個「暗許」，已將滿腔春心贈予「畫面外」的郎君；末句再以「倚屏慵不語」，顯示出美人的矜持與含蓄。顧敻未寫約會，但從盡心妝扮，以顯示了「女為悅己者容」的意涵；而「移玉步」、「慢轉橫波偷覷」、「斂黛」、「倚屏慵不語」等一系列的行動描寫，不只顯示了期會過程，更由外而內、由形而神地展現了女子的心理進程。「情暗許」，是全詞的唯一情語，但宛如靈光一點，女子衷心

〔註16〕郭師娟玉：《溫庭筠辨疑》（臺北：國家出版社，2012年），頁480。

情事乍現。寫情婉而雅，顧敻卻有過人之處。

　　同為「相思」，韋莊的美人卻為相思，淚珠難盡：

> 別來歲半音書絕。一寸離腸千萬結。難相見，易相別。又
> 是玉樓花似雪。　　暗相思，無處説。惆悵夜來烟月。想
> 得此時情切。淚沾紅袖黦。（卷三，頁34）

韋莊以「末一字而生一首之色」〔註17〕寫美人為相思而淚灑無盡。通
篇直抒胸臆，道盡美人的複雜情緒，有思、有怨、有愁、有念，字裡
行間處處訴說著美人的相思百念；尤其「一寸離腸千萬結」的形容，
化虛為實，化抽象為具象，熱烈地表白美人的心事萬千。

　　相思情切，顧敻〈應天長〉描畫了美人的春心蕩漾，宛若春風
裡的楊柳飄絮，自在飛揚，如同美人那顆愜意等待的芳心；而韋詞則
以〈應天長〉描寫了美人相思百念，受盡相思磨難，為相思之苦，淚
滴衣衫。此種相思慨歎，是顧敻詞作裏的大宗，而下節則將探究顧敻
詞作的另一類主題，悲情的展現。

第二節　悲情——鴛鴦獨畫　歸人難覓

　　「悲情」，乃顧敻詞之大宗。其悲，有「恨共春蕪長」的哀怨；
有「獨望情何限」的惦念；有「馬嘶芳草遠」的別離，故本節擬以「傷
春」、「相思」、「別離」，一探顧敻詞作悲情之展現。

一、恨共春蕪長——傷春閨怨的哀幽

　　「風，吹滅殘燈，不由得見景生情，傷心。」「傷春」，為詞中主
人因見春日之景乃觸發韶華逝去之寂寥情緒。〔唐〕于志寧〈論李宏
泰疏〉：「賞以春夏，刑以秋冬，順天時也。」〔註18〕反其道，則謂之
「傷春」，不順應天時之意。本該是春生之季，萬物蓬勃的璀璨時分，

〔註17〕〔明〕卓人月、徐士俊編：《古今詞統》（明崇禎間刊本，臺北：國
　　　　家圖書館藏），卷5。
〔註18〕〔唐〕于志寧：〈論李宏泰疏〉，收錄於〔清〕仁宗敕編：《欽定全唐
　　　　文一千卷》（臺北：華聯），第3冊，卷一百四十四，頁1829。

百花艷開，蝶舞雙飛，鴛鴦纏綿，如此佳節卻兩地相隔、形單影隻的人兒，如何不戚戚於心？如何不感傷無已？

　　顧敻便利用這春季時序的氣候變化——春花坼綻、春雨霏霏、暮春將逝等三種歷程，以景染情，情由景生，迸出傷春情懷的火花，並將閨閣人兒的哀怨孤寂，賦予丹青般的渲染手法，筆筆淡出，卻又層層濃繪，濃繪出閨閣人兒無處傾訴，亦難訴說的點點相思愁緒、愛恨別離。且看顧敻詞作以「傷春」之題，如何道盡閨閣人兒的一片傷心。

（一）媚春坼綻引心曲

　　此處主以媚春艷景所引發的千愁萬恨。詞人透過富麗春色的渲染，以外境烘托心境，借之襯托出深閨女子心緒上之轉化。如〈虞美人〉其二：

> 觸簾風送景陽鐘。鴛被綉花重。曉帷初卷冷煙濃。翠勻粉黛好儀容。思嬌慵。　起來無語理朝妝。寶匣鏡凝光。綠荷相倚滿池塘。露清枕簟藕花香。恨悠揚。（卷六，頁113～114）

詞著墨於描摹環境，並於上、下片末結分別以「思」與「恨」，顯現女子的情緒進展，由「思」而「恨」，足見兩種情感大相逕庭，卻又是種延續。上片先以「觸簾」，後聞「鐘聲」，可知鐘聲未響，人已清醒；再借綺麗華美的閨閣物品——「綉花重」、「翠勻粉黛」等絕美字眼，加諸於「好儀容」之上，具現出「思嬌慵」的情致。下片轉以室外景致，「綠荷相倚」、「露清花香」，滿池塘的荷花相互依偎，不時隨風傳來陣陣花香，使得本來浸淫在迷夢相思中的女子，倏地夢雲驚斷，而映入眼簾的，是荷花池畔、拂過雙頰的，是藕香四散。朵朵荷花緊密相依，滿溢香氣，爲何就我一人獨自流連這美景佳辰呢？女子百感俱來，由「無語」而「恨悠揚」，由思轉怨，由怨轉恨，感情的蘊釀，渾刻動人。再如〈虞美人〉其五：

> 深閨春色勞思想。恨共春蕪長。黃鸝嬌囀呢芳妍。杏枝如

畫倚輕煙。鎖窗前。　　憑欄愁立雙蛾細。柳影斜搖砌。

玉郎還是不還家。教人魂夢逐楊花。繞天涯。（卷六，頁 114）

依舊續寫上一首的「恨情」。詞人由「深閨春色」而「勞思想」，繼而一「恨」字表心曲容相，再言「共春蕪長」，巧妙地利用「共」字與「長」字，將深閨女子滿腔愁怨相思，聯繫起春日綠草蔓生般，滋長無端！短短二句，先是觸景生情，後便移情入景，情景交融，形容入微。而綺窗倚望的明媚，是黃鶯嬌啼、杏枝倚煙、花綻芳香，恍若一片江南好風光。可詞人卻以一「鎖」字，鎖住了窗前的艷麗、鎖出了深閨女子的心緒淒迷，更添深閨女子的悲怨哀戚。下片言情，言深閨女子的情思悵望。憑欄遠眺，期待郎君身影能落入眼簾，可日盼夜盼，仍不見郎君蹤影；女子以「還是」一語，責難郎君究竟是去了哪兒？為何至今未回？可責難無益，郎君「還是不還家」，既「不還家」，那奴家便隨著天涯、逐楊花，去夢裡尋他！詞人以一句「玉郎還是不還家」，將深閨女子的相思刻畫地栩栩如生，情感真切。

（二）春雨霏霏染愁緒

借春雨霏霏，描畫雨簾霧濛，匯聚起春煙裊裊之色，由春雨挾帶著心曲。如〈酒泉子〉其一：

楊柳舞風。輕惹春煙殘雨。杏花愁，鶯正語。畫樓東。　　錦屏寂寞思無窮。還是不知消息。鏡塵生，珠淚滴。損儀容。

（卷七，頁 126）

借靜景映襯愁緒，「杏花愁」帶出春景妍媚，更見女子愁思無盡。殘雨杏花，襯托出美人杏花帶淚憔悴顏，美人何以憔悴？乃「寂寞思無窮」。詞人靈巧地透過「舞」、「惹」、「愁」、「語」等字彙的應用，以擬人筆調在這幅恬靜嫻雅的春分時刻，展現猶如默劇般，悄然又顯動感的畫面，而濛濛宛如霧般的殘雨，滲透著聲聲婉轉的鶯啼，此「語」，非但未打破這悄然無聲的靜景，反增添一縷氣息；然這縷氣息，卻止步於畫樓東外。詞人透過景語的動態呈現，將春景朦朧形容的聲色俱備，同時也映照出堂內女子的心境影像。下片轉入錦屏堂內，寫屏內

女子的寂苦心緒，起首便將女子的無窮相思一語道破，點明何以「相思」？乃「不知消息」！詞人借「還是」一語，展現屏內女子的苦苦相思，纏繞著無窮無盡的牽掛思憶；菱鏡生塵、寂寞同隨，淚語思憔悴。

　　幽思不盡，寂寞無人語，只能憐嘆息。〈酒泉子〉「黛怨紅羞」一闋，便書寫了畫樓女子的惜春自憐之語：

　　　　黛怨紅羞。掩映畫堂春欲暮。殘花微雨。隔青樓。思悠悠。
　　　　芳菲時節看將度。寂寞無人還獨語。畫羅襦，香粉污。不
　　　　勝愁。（卷七，頁123）

　　滿地殘花零落，點染了春雨時節的氣息，如此雨霧煙色，一片淒迷，不免讓人觸景生情，萬種心緒，遙望思無盡。詞人多用「怨」、「思」、「寂」、「獨」等孤寒字眼，層層堆疊起畫樓女子縈居樓中的嗟怨。下片仍強調時間，描繪畫樓女子對春即將流逝的惋惜，同時亦是顧影自憐的一筆。「寂寞還獨語」，短短七字，該是多麼濃烈的怨嗔表現！百花綻放的芳菲佳節，應與人細聞花釋芬芳、對語百花怎生美麗，但，孤身影隻，滿腔字句，啟唇只可自語，此情此景，教人如何承受的了這般相思愁緒！

（三）暮春將逝話負心

　　已是春盡之時，守候未果，日益焦心；暮春已臨，又將逝去，可守候之人仍無音信，教人怎不焦急！顧敻〈荷葉杯〉其九與〈虞美人〉其四，便將暮春懷人之意展露無遺。〈荷葉杯〉詞云：

　　　　一去又乖期信。春盡。滿院長莓苔。手捋裙帶獨徘徊。來
　　　　麼來。來麼來。（卷七，頁133）

「一去又乖信期」表白了良人一去無消息，詞人更以「又」字引發懷思女子的嗔怨；一次又一次的爽約，如今春已到了盡頭，庭院落花殘廢，良人到底回不回？「手捋裙帶獨徘徊」寫盡了女子的嬌態情癡，揭示了女子心中那股迫切的等候；末以「來麼來」、「來麼來」反覆問句，問出了女子弭節徘徊，手絞裙帶，心中的那股焦急等待，暗問：

你還會不會回來？其情含思淒悲，似乎要隨著那問語一併問落滿眶打轉的珠淚。而同屬久候無音，下闋〈虞美人〉其四的怨懟嗔意，使得久候的焦急之餘，有了一絲生氣，詞云：

> 碧梧桐映紗窗晚。花謝鶯聲懶。小屏屈曲掩青山。翠帷香粉玉爐寒，兩蛾攢。　顛狂年少輕離別。辜負春時節。畫羅紅袂有啼痕。魂消無語倚閨門，欲黃昏。（卷六，頁114）

先以景，點出閨閣女子的心緒。借「碧梧桐」、「花謝」，表暮春，以一「晚」字，表日曉時分。詞人把兩種時刻層層堆聚，一層是花落謝紅，一層是薄晚落霞，將惆悵落寞烘托的無止無盡，且小屏曲掩，掩卻了殘春點點紅；而玉爐燃盡沉香，銷盡暖意，再疊薄暮西下的清冷，冷風襲上心頭愁聚眉梢，是誰辜負相思一片？乃「顛狂年少輕離別」！下片則展現閨閣女子心中最濃稠的情感描繪，同時亦是此闋較具生氣的一面，以「顛狂年少輕離別，辜負春時節」句，直抒閨閣女子的滿腔嗔怨，亦是閨閣女子對良人最最嚴屬且鮮明的控訴！一別多少夜，如今殘花點點、梧桐初綻，良人依舊不復見；久盼不見心生怨，怨良人「辜負春時節」，而愁怨化成淚，盡濕畫羅紅袖間，縱使怨良人不歸，嗔良人辜負春心一片，卻依舊難掩相思繾綣，受相思磨滅，詞人以一「倚閨門」，倚出了女子心中的那一絲企盼，企盼良人在殘春點紅散落的瞬間，日落西沉的一刻，歸來到她的身邊。

　　顧夐「傷春」之作，春色撩撥起詞中主人的萬千心曲；春光明媚，卻孤芳自賞，將本無深念卻因觸景生情，為情而身心俱疲，如此之情，更遑論那片刻不消的相思愁緒；一思一念，都教人淚灑相思意。下文將著意於「相思」之作，探析顧夐如何揮灑出這剪不斷、理還亂的相思慕念。

二、獨忘情何限——遙寄相思的惦念

　　徐再恩〈蟾宮曲‧春情〉：「平生不會相思，才會相思，便害相思。」

〔註19〕相思之題，自古以來多爲騷人墨客書寫題材。無論是天涯各據一方的兩地相思，抑或是形影相弔的單相苦思，均在文人筆墨間，一盞一盞，點燃起男女相思糾纏之燈。

納蘭性德反用駱賓王〈代女道士王靈非贈道士李榮〉〔註20〕：「相憐相念倍相親，一生一代一雙人。」之詞意，寫出了「一生一代一雙人，爭教兩處銷魂」〔註21〕句，將本是人人歆羨的雙宿雙飛，醞釀成相念苦思的相思情緒；契闊談讌的相守，如今卻「兩處銷魂」，教人不勝唏噓。相思，教人心爲其受累，卻又心甘情願；爲其身心俱疲，卻又心無埋怨；爲其心神憔悴，卻又泥沼深陷。李商隱更以「一寸相思一寸灰」〔註22〕道盡女子爲伊相思，可終至鏡花水月、神傷形毀。儘管兩廂情願，卻仍受兩地牽連，輾轉難眠，更遑論單相苦思，其情該是如何悽楚！

顧敻亦是善於寫「相思」者，如〈浣溪沙〉其三：

> 荷芰風輕簾幕香。繡衣鸂鶒泳迴塘。小屏閒掩舊瀟湘。
> 恨入空帷鸞影獨，淚凝雙臉渚蓮光。薄情年少悔思量。（卷七，頁124）

「荷芰風輕簾幕香」，詞人以「風」字環繞於美人周身，將美人的觀

〔註19〕〔元〕徐再思：〈蟾宮曲・春情〉，收錄於〔元〕貫雲石、徐再思，陳稼禾點校《酸甜樂府》（上海：上海古籍出版社，1985年），頁43。

〔註20〕〔唐〕駱賓王：〈代女道士王靈非贈道士李榮〉（節錄）：「……想知人意自相尋，果得深心共一心。一心一意無窮已，投漆投膠非足擬。只將羞澀當風流，持此相憐保終始。相憐相念倍相親，一生一代一雙人。……」收錄於〔清〕彭定求等修纂：《全唐詩》，卷七十七，頁838。

〔註21〕〔清〕納蘭性德：〈畫堂春〉：「一生一代一雙人，爭教兩處銷魂。相思相望不相親，天爲誰春？漿向藍橋易乞，藥成碧海難奔。若容相訪飲牛津，相對忘貧。」收錄於〔清〕納蘭性德撰：《納蘭詞》（杭州，浙江教育出版社，2008年3月），頁24。

〔註22〕〔唐〕李商隱：〈無題〉：「颯颯東風細雨來，芙蓉塘外有輕雷。金蟾齧鎖燒香入，玉虎牽絲汲井回。賈氏窺簾韓掾少，宓妃留枕魏王才。春心莫共花爭發，一寸相思一寸灰。」收錄於〔清〕彭定求等修纂：《全唐詩》，卷五百三十九，頁6164。

感畫面一展於前。風送荷芰香，與繡衣鸂鶒交相輝映，可「小屏閒掩」，掩卻了舊時歡情、道盡了滿室情傷。下片言情，寫美人空幃含恨，淚流香腮雪。詞人以一「空」一「獨」，顯露出美人凭居孤寂之情；再借一「恨」一「淚」，表態了美人心怨惱恨之意；末句更添一「悔」，傾吐出美人滿腔悔意──悔不加思量、悔情根深種、悔遇薄情郎。

如此相思之「悔」，在〈虞美人〉其三，亦有相同筆觸，其「悔」尤深：

> 翠屏閒掩垂珠箔。絲雨籠池閣。露沾紅藕咽清香。謝娘嬌極不成狂。罷朝妝。　　小金鸂鶒沉煙細。膩枕堆雲髻。淺眉微斂注檀輕。舊歡時有夢魂驚。悔多情。（卷六，頁114）

詞人以一「籠」字，將池閣與外界做一割裂，把盈滿的惆悵哀思隔絕於外，盡數籠罩在這池閣方圓。鏡頭反轉室內，是美人嬌顏，詞人以「嬌極」凸顯美人人比花嬌的豔麗絕美，可這張人比花嬌的玉顏，卻仍不及百花怒放的神采冶豔；詞人以「嬌極不成狂」，點出美人心神渙散、朦朧恍惚而「罷朝妝」。縱使人比花嬌，可一夜狂風，淨是滿地殘紅，就算施加脂粉，終歸一場徒勞。下片鏡頭接續室內，遍布沉煙飄緲、繚繞，彷彿一切歸於閒靜，但「淺眉微斂」，卻點出了美人心緒，再添「驚」字，直破了閒靜安逸之境。詞人以一「斂」一「驚」一「悔」，作了情感深淺的表現，一「斂」是爲聚首將別；一「驚」是爲華夢驚醒；一「悔」是爲多情受累。尤其末道「悔多情」三字，顯示了美人深深的悔意；其「悔」，是美人濃切的相思哀怨。湯顯祖曾評：「情多爲累，悔之晚矣。情宜看不宜多，多情自然多悔。」〔註23〕可情多時候，教人難以清醒；情至深處，若要抽離，談何容易？「多情自古空餘恨，好夢由來最易醒。」一場身處華胥，得來不易的相會；清醒，徒留相思多情，追悔莫及。

〔註23〕〔後蜀〕趙崇祚編，〔明〕湯顯祖評點：《花間集》（臺北：國家圖書館藏，〔明〕烏程閔氏刊本），卷三，頁11。

　　相思多「悔」，此種筆調，《花間》詞較少見及，相類者如韋莊〈清平樂〉「野花芳草」、牛嶠〈更漏子〉「春夜闌」：

　　　　韋莊〈清平樂〉

　　　　野花芳草。寂寞關山道。柳吐金絲鶯語早。惆悵香閨暗老。
　　　　羅帶悔結同心，獨憑朱欄思深。夢覺半床斜月，小窗風觸
　　　　鳴琴。（卷二，頁 35～36）

　　　　牛嶠〈更漏子〉

　　　　春夜闌，更漏促。金燼暗挑殘燭。驚夢斷，錦屏深。兩鄉
　　　　明月心。　　閨草碧。望歸客。還是不知消息。辜負我，
　　　　悔憐君。告天天不聞。（卷四，頁 64）

韋莊借時暮之景，以野花、芳草、柳絲、鶯語等色，渲染出美人觸景而「惆悵」，何以惆悵？只為韶華悄逝、「香閨暗老」、憔悴神傷。下片以一「朱欄思深」，歸結出一「悔」，並以「夢覺」展現此「悔」，是輕怨，是點點相思念；詞人末以「小窗風觸鳴琴」作結，略去夢境種種，以窗外風韻景緻，留下滿室夢覺悲孤。韋莊以夢覺作結，牛嶠則以夢斷發軔。牛嶠先是寫春夜時分，並以閨中之色暗表夢魂其中，再以「驚夢斷」三字，道出美人夢覺所感，形單而景深。下片以「閨草碧」觸發思情；美人盼明月、望歸人，仍「不知消息」，怨君辜負一片春心，滿心怨意似由此萌生，可詞人卻以「悔憐君」三字，悄然寫出了美人內心矛盾：詞人借「悔」，寫美人悔己相思深念；以「憐」，表擔憂郎君如今何處；寫「憐」是真，寫「悔」是假，美人滿腔相思，仍盼君知，盼天告君，與之相思。

　　韋莊寫「悔」，是輕淺憂寂；牛嶠寫「悔」，乃口是心非；顧敻寫「悔」，則思濃怨切。三位詞人，為相思百念，寫出三種深度有別的「情悔」，又以顧詞最為淒切。相思多悔，是顧敻對形單影隻的閨閣人兒，做最大限度的發聲支援，寂寞守空閨，其情該是多麼悲戚意慘，如此惆悵怨懟，又怎能不嗚咽？顧敻〈甘州子〉其二，便訴盡美人因相思而目眩魂遙之念：

　　　　每逢清夜與良辰。多悵望，足傷神。雲迷水隔意中人。寂

窶繡羅茵。山枕上，幾點淚痕新。（卷六，頁 117）

「每逢」二字，足見每回的思念遙望，終是以悵然失落收場。詞人以「雲迷水隔」之境，傳達了思念中的良人之影，模糊不清、似見未見；「猶疑望可見，日日上高樓。」〔註 24〕心心念念他方良人，思而望，卻望不見意中人，周而復始，日復一日，教人黯然失色、悽然銷魂。如此相思，使身心承受萬千耗損，而這耗損、這淒楚，使得佳人「山枕上，幾點淚痕新」。

顧夐寫相思，是情深意濃、是柔腸寸斷、是鏤骨銘心；然而，守候多時、等待太倦、相思無果，再再都使獨守空閨的才子佳人，滋長出深沉怨對，而這惆悵、這埋怨，所能訴諸的僅能對月、僅能對夜、僅能對己，如此而已。

三、馬嘶芳草遠──別離愁緒的心碎

「生離」，為人生一大課題；「別情」，是文人雅士運思寫物的一大主題。離愁別緒，盡蝕思心，柳如是一筆「念子久無際，兼時離思侵」〔註 25〕，字字刻進了離人的心坎裏。別離悲苦，總教人禁不住思思念念、受不住慘慘悽悽。王實甫《西廂記·長亭送別》：「碧雲天，黃花地，西風緊，北雁南飛。曉來誰染霜林醉？總是離人淚。」〔註 26〕更以一「霜林醉」，將楓林枝葉，片片淨染上離人血淚。此情濃烈，是離人對相會無期而生眷戀，為一別無信期，更添臨別心上秋，縱使彼此互訴情意，可下一分、下一秒，卻是天涯兩隔，難相

〔註 24〕〔唐〕趙徵明：〈思歸〉：「為別未幾日，去日如三秋。猶疑望可見，日日上高樓。惟見分手處，白蘋滿芳洲。寸心寧死別，不忍生離憂。」收錄於〔清〕彭定求等修纂：《全唐詩》，卷二百五十九，頁 2893。

〔註 25〕〔明〕柳如是：〈送別〉：「念子久無際，兼時離思侵；不自識愁量，何期得澹心。要語臨歧發，行波托體沈；從今互為意，結想自然深。」收錄於〔清〕柳如是著：《柳如是集》（杭州：中國美術學院出版社，1999 年 12 月），頁 25。

〔註 26〕〔元〕王實甫著，王季思校注：《西廂記》（臺北：里仁書局，2005 年 12 月），頁 161。

聚！

　　且看顧敻借「別情」之題，如何訴盡離別人兒的一片擔心。如
〈醉公子〉其二：

　　　　岸柳垂金線。雨晴鶯百囀。家住綠楊邊。往來多少年。　　馬
　　　　嘶芳草遠。高樓簾半捲。斂袖翠蛾攢。相逢爾許難。（卷七，
　　　　頁 135）

起首借「岸柳」句，塑造出一片明媚豔景，以「垂柳」、「雨晴」、「鶯
囀」作一引線，牽扯出「往來多少年」的春情滿天，暗透著男女有如
畫卷般的相識景致。柳條映屋，晴雨鶯啼，遇一瀟灑少年郎，如何能
不逗人春思念想？末以「往來」句，委婉且含蓄地道出兩人日漸情深
的點滴。下片言女子別後情態。詞人不直言「別」，僅以一「馬嘶遠」，
使人了然於心，再以一「高樓」句，生動地轉述了女子別後眷戀；馬
蹄聲遠，美人登樓而望，欲盼離人影，可人去影空，徒留茫茫蒼穹，
與滿腔的哽咽戀捨，道不盡、難傾訴；別去攢憂，離情現愁，「斂袖」
隱傷憂，女子何以憂？乃「相逢爾許難」，為相聚無期而煩憂啊！

　　不同於〈醉公子〉書寫女子別後心緒，〈玉樓春〉「拂水雙飛來去
燕」一詞，更道出離人的心曲進程：惆悵─心傷─念想：

　　　　拂水雙飛來去燕。曲檻小屏山六扇。春愁凝思結眉心，綠
　　　　綺懶調紅錦薦。　　話別情多聲欲戰。玉箸痕留紅粉面。
　　　　鎮長獨立到黃昏，卻怕良宵頻夢見。（卷六，頁 120）

上片輕描一芳菲幽靜之景，「拂水雙燕」、「曲檻屏扇」，景緻嫻雅，使
人流連忘返、不忍離去，可這片花塢春曉、景麗明媚之色，在短暫相
依時候，卻顯得分外揪心；郎君將別，此別是渺茫不知何歸期，此情
此景，女子萬千愁緒，難以釋懷，故而「凝思結眉心」。詞人借景刻
畫女子離愁，亦借唐憲宗「山六扇」事典〔註27〕，道出女子的片片心

〔註27〕據《舊唐書‧本紀‧卷十四》記載：「秋七月乙巳朔，御製《前代君
　　　　臣事蹟》十四篇，書於六扇屏風。是月，出書屏以示宰臣，李藩等
　　　　表謝之。」〔南宋〕洪邁《容齋三筆‧卷九‧君臣事迹屏風》則更
　　　　進一步記載：「唐憲宗元和二年，製君臣事跡。上以天下無事，留意

曲——如同書於六扇屏風上的前朝君臣事般，我們亦在曲檻小屏上，記下我們的過往；而今，送君一程，卻不能如那來去雙燕，與君同攜，思及此，便「春愁結眉心」，欲送君一曲，卻力不從心，琴音不成曲。如此「愁」，但因「話別情」。

　　下片直搗核心，話別之際。別離在即，女子的滿腔愛慕，欲透話語傾出，卻聲嗚氣咽、泣不成音，僅能「相顧無言，惟有淚千行」〔註28〕，可語未訴，情已出，那顫巍的唇、止不住的淚，在在揭露女子依依不捨的眷戀；縱使言語能訴，可又如何能以三言兩語便可訴得盡那無法割捨的相陪？末以話別後作結。詞人以一「怕」字，簡潔有力的爲「鎮長獨立到黃昏」作一註解，並道盡女子的「有所思」；此思，是源自於對郎君的念想。思極成夢，縱然桃源幻境見一回，可一覺醒來，虛幻成空，如何承受得了夢醒之後、思情加倍的相思折磨？不如不夢！因戀極而怕捨，因思極而怕見，詞人巧妙地抓住此一心思，以一「怕」字，新穎且有力的埋下一筆未完——女子擔憂此思導致她跌入華胥這溫柔深淵，然而這無夢的不眠之夜，又該如何處之呢？

　　〈醉公子〉「岸柳垂金線」與〈玉樓春〉「拂水雙燕來去飛」二闋：一闋暗指別情；一闋明言別意。兩闋均以女子爲視角，淘寫女子心境變化。〈醉公子〉一闋，以「馬嘶芳草遠」，暗道別離，此闋著重於女子別後情態，刻畫女子別後深沉的眷戀難捨，末句更寫出女子心中最

　　　典墳，每覽前代興亡得失之事，皆三復其言。遂采《尚書》、《春秋後傳》、《史記》、《漢書》、《三國志》、《晏子春秋》、《吳越春秋》、《新序》、《說苑》等書，君臣行事可爲龜鑑者，集成十四篇，自製其序，寫於屏風，列之御座之右，書屏風六扇於中，宣示宰臣，李藩等皆進表稱賀。」（上海：上海商務印書館 1934 年《四部叢刊續編》本，第 337 冊，卷九，頁 9～10）

〔註28〕〔宋〕蘇軾：〈江神子〉：「十年生死兩茫茫，不思量，自難忘。千里孤墳，無處話淒涼。縱使相逢應不識，塵滿面，鬢如霜。夜來幽夢忽還鄉，小軒窗，正梳妝。相顧無言，惟有淚千行。料得年年腸斷處，明月夜，短松岡。」，見錄於唐圭璋編：《全宋詞》（北京：中華書局，1998 年 11 月），第 1 冊，頁 300。

惶恐的絕望──「相逢爾許難」，詞人以一「難」字，訴盡女子心中
懼怕。而觀〈玉樓春〉一闋，全篇著重於別時進程，道出女子別時的
心曲漣漪；並以一「怕」字，傳神地形容了女子心中所思。兩闋寫「別」，
卻瀰漫著兩種憂心：〈醉公子〉所憂，是相聚無期；〈玉樓春〉所憂，
是夢斷後的孤伶。兩相同憂，卻有著截然不同的心緒。

第三節　閒情──人生幾何　清閒自適

　　古代士人爲求飛黃騰達、出人頭地，仕途，往往被視作爲一展
長才的唯一路徑。可十年寒窗，縱然謀得一官半職，但這同一入口，
其下場卻不盡相同。有人平步青雲，扶搖直上；有人飽讀詩書，卻
與之無緣；有人爲一己尊嚴，而歸隱山居、懷抱田園；有人浮沉宦
海，飽嘗流放貶黜。而這些歷經官場是非、嚐盡人間百態的士人們，
自有一套排遣方式，其中借文字筆墨抒發個人情志便是一抒解之
道。他們遠離官場喧囂，縱情山水田園自然之間，「窮居而野處，升
高而望遠」。〔註29〕

　　顧夐的生平事蹟，雖礙於史料的殘闕與不足，其官涯之路究係
如何？難窺全豹。但透過「摩訶池事件」，可以肯定，顧夐的世宦生
涯，並非青雲直上、順遂無阻的。至少就「摩訶池事件」可知顧夐居
官之際，頗有之理念不合的「嫌隙者」。因詩險遭黜辱，受此境遇，
心中自不免升起無心較逐名利，欲求「身閒心靜」的想望，如〈漁歌
子〉：

　　　曉風清，幽沼綠。倚欄凝望珍禽浴。畫簾垂，翠屏曲。滿
　　　袖荷香馥郁。　　好攄懷，堪寓目。身閒心靜平生足。酒
　　　杯深，光影促。名利無心較逐。（卷七，頁 133）

起筆寫景，繪出一片清閒幽雅的池畔之靜；荷香四溢、珍禽嬉戲，風

〔註29〕〔唐〕韓愈：〈送李愿歸盤谷序〉，見錄於〔唐〕韓愈撰，〔清〕馬
　　　其昶校注：《韓昌黎文集校注》（臺北：頂淵文化事業有限公司，2005
　　　年 11 月），卷 4，頁 142。

和日麗，悠閒自在。詞人以物寫情、借景表意，由禽鳥之樂閒，映現己身之悠然，並挾帶主觀視野，著以「倚欄」、「滿袖」等詞彙，順勢將主體推出，引出下片的抒懷之筆。「好擄懷，堪寓目」，詞人直書對佳景之感觸，寫出映入眼簾、賞心悅目的好景色，進而發出「身閒心靜平生足」之感慨，並以「名利無心較逐」作一因果關係：唯有與世無爭，莫圖所求，知足知止，方可「身閒心靜」，流露出詞人超然自得之情懷。而「光影促」三字，則將這曠達閒適之氛圍，添上一味白駒過隙之情；人生幾何，杯酒滿深，光陰倏忽，名利何須較逐？再如〈更漏子〉：

> 舊歡娛，新悵望。擁鼻含顰樓上。濃柳翠，晚霞微。江鷗
> 接翼飛。　　簾半捲。屏斜掩。遠岫參差迷眼。歌滿耳，
> 酒盈樽。前非不要論。（卷七，頁 136）

詞起筆即直書感慨，「舊歡娛，多悵望」，道出詞人愁意：昔日歡笑，若如朝露，轉瞬即逝，愈思愈憶，平添愁緒。描摹「擁鼻含顰」形狀，將愁苦之狀表露無遺；再以「樓上」眺望，望見滿目蒼穹開闊，點染綠意蔥籠、晚霞淡紅，「江鷗接翼飛」的燦爛自由，此情此景，與倚樓懷愁之人，作一鮮明的對照。下片承接愁情，轉寫室內之景，卻仍遙望室外遠山。然而，「參差迷眼」，氤氳靉靆失了明亮，使得遠方青山教人難以摸清形概，詞人此筆宛若是對世態炎涼、人生百態，是參不透、也道不清。故詞人舉杯弦歌，大有「對酒當歌，人生幾何」之慨，而末句「前非不要論」，則歸結總要，直吐胸中心事。

顧夐借筆墨消解胸中塊壘，以山水自然之色，於繁華紅塵，覓得一處吟玩情性之所；珍禽遊戲、江鷗翱翔、荷香馥郁，風光佳景，教人心曠神怡、思悅開朗，亦暫離冗忙繁碌的紛擾俗世。〈漁歌子〉一闋，以「身閒心靜平生足」，道出閒適自得之情，卻入一筆光陰促破之嘆息；〈更漏子〉一闋，則寫「愁」隱沒其中，卻因那開闊蒼穹、青山迷眼得以抒懷；一闋閒適中添縷輕嘆，一闋借山水自然得以解憂。兩闋以不同角度寫出自適心情，並以金波入喉結句，慨然「人生幾何」之緒。

第四章　顧敻詞之藝術特色

　　顧敻五十五闋詞作，雖題材單一，多詠男女情事，然而隨著「詞體」漸趨興盛、成熟，其詞風亦有多元發展。顧敻不僅承襲了「花間鼻祖」溫庭筠之婉約，亦沾馥「西蜀之首」韋莊之清疏，更乘載著民間自然率眞之情調。是以本章探究顧敻詞作之藝術特色，以「藝術風格」、「表現手法」等二部分進行探討、研究。

第一節　顧敻詞之藝術風格

　　「風格」，最早用於「品人」，即評定人才標準。〔晉〕葛洪《抱朴子外篇・疾繆》：

> 以傾倚屈伸者，爲妖妍標秀；以風格端嚴者，爲田舍樸駿。

〔註1〕

此處「風格」，便指人物的言行品德，即「人品」，此乃受到魏晉南北朝的選士制度——九品中正制度所影響。漢末三國，時局混亂，曹魏爲鞏固政權，因應時勢，承襲了漢末清議之風、臧否人物，訂立了九

〔註 1〕〔晉〕葛洪撰：《抱朴子內外篇》（北京，中華書局，1985 年《叢書集成初編》，據〔清〕孫星衍輯《平津館叢書》本），卷二十五，頁605。

品中正，作為評定人物之準則。魏有劉劭《人物志》以「強毅」、「柔順」始；「樸露」、「蹈謾」結，將人物分成十二種個性類別，後有〔劉宋〕劉義慶《世說新語》細膩的道出「德行」、「言語」，歷「企羨」、「傷逝」，到「尤悔」、「惑溺」等三十六種品第，刻畫了三十六種人物的特色，謂之「風格」。

「風格」，由最初的品評人物風貌格調，幾經輾轉傳遞，於文學、繪畫、音樂等領域中亦見其事理論調。而最早將「風格」一詞應用於文學領域，並建立起較具系統的文學風格理論為《文心雕龍》一書。「風格」，在古時又稱之為「體」。劉勰《文心雕龍·體性》篇，將「體」分為八類，即文學作品的八種風格：

> 若總其歸塗，則數窮「八體」：一曰典雅，二曰遠奧，三曰精約，四曰顯附，五曰繁縟，六曰壯麗，七曰新奇，八曰輕靡。〔註2〕

從此，「風格」一詞用於文學作品，日益普遍。風格成因多元，主觀因素有作家的人格特性與內在修養；客觀因素有時代環境、地域風氣、文學體裁等，亦會使作品產生出不同的風格面貌。然而，礙於顧夐的生平不詳，故觀其整體詞作之風格，只得就其時代風氣與文學體裁洽連。

首先，受到時代環境的影響。劉勰《文心雕龍·時序》：

> 故知歌謠文理，與時推移，風動於上，而波震於下者也。
> 〔註3〕

文學作品，往往與時代環境有著密不可分的關係。劉勰將「風」喻為時代環境，以「波」視為歌謠文理。風動而波震起，伴隨時代環境更迭，文學作品也有所蛻變。《詩·大序》：「治世之音安以樂，其政和；亂世之音怨以怒，其政乖；亡國之音哀以思，其民困。」〔註4〕即借

〔註2〕〔梁〕劉勰，戚良德校注：《文心雕龍》（上海：上海古籍出版社，2008年12月），頁331。
〔註3〕同前註，頁491。
〔註4〕〔漢〕毛公傳、鄭玄箋，孔穎達正義：《毛詩正義》（北京：中華書局，

由音樂曲風之展現，表現出當朝世代的種種跡象。

　　顧夐爲西蜀詞人，而西蜀民風淫逸，其歌舞娛樂、酣歌醉舞之樂並不因外界擾攘而有所消弭，反而有過之而無不及；上至帝王，下至民間，琴樓楚館，處處逐絃吹之音，大有「今朝有酒今朝醉」之慨。如此享樂富庶之世，文人忘卻國事、沉迷於聲色之樂，致使筆墨間多詠男女之事、盡寫纏綿之意，少數反映社會現實。顧夐順乘此風，其筆下亦多是男女相思離別愁緒之作。

　　其次，受文學體裁的影響。根據文學體裁的不同，亦會使文學作品的風格受到影響。曹丕《典論·論文》：

　　　奏議宜雅，書論宜理，銘誄尚實，詩賦欲麗。〔註5〕

　　又，劉勰《文心雕龍·定勢》：

　　　章表奏議，則準的乎典雅；賦頌歌詩，則羽儀乎清麗……

　　〔註6〕

曹丕與劉勰均道章表奏議之書，當明義理、切世用；銘誄之文當篤實、確切；詩賦之語當獻儀、俊逸等，兩人分別指出不同的文學體裁，其所要求的本事手法不同，亦會形成不同的風格變化。

　　「飽暖思淫逸」，蜀地這般繁榮富庶，自然不能少了可供酣歌醉舞之娛樂場所，而爲了營造、活絡場所氣氛、增添歌舞感染力，依附於歌曲的文字——「詞」，此一文學體裁，便油然而生。而這類本於飲筵酒席間，配樂而歌，爲達「增加聲情之美，用助嬌嬈之態」所發展的文學體裁，加諸社會風氣、君主推崇，使得「詞」於晚唐五代漸趨興盛、成熟，終至兩宋達到高峰。顧夐便借此一文學體裁，承襲「花間鼻祖——溫庭筠」之婉約；沾馥「西蜀之首——韋莊」之清疏；乘載民間自然率眞之情調。

　　1957 年），第 1 冊，頁 40。

〔註 5〕〔魏〕曹丕撰：《典論》（北京：中華書局，1985 年《叢書集成初編》，據〔清〕孫馮翼輯《問經堂叢書》本），頁 1。

〔註 6〕〔梁〕劉勰，戚良德校注：《文心雕龍》，頁 358。

一、婉約細膩　工致綺麗

〔清〕況周頤《餐櫻廡詞話》云:「顧敻詞,一歸於豔。五代豔詞之上駟矣。」〔註7〕李冰若《栩莊漫記》亦云:「顧詞濃麗,實近溫尉。」〔註8〕受到溫庭筠的影響,顧敻詞作呈現婉約、濃豔之色。〔明〕張綖《詩餘圖譜・凡例》以爲:「婉約者,欲其辭調醞藉;豪放者,欲其氣象恢弘。」〔註9〕婉約與豪放,相互對應,宛若世間的女子,麗而含蓄之情;男子,壯而雄偉之慨。而顧敻便借著女子的麗而婉,展現出詞之幽眇、言長之態。如〈酒泉子〉其五上片:

> 掩卻菱花,收拾翠鈿休上面。金蟲玉燕,鎖香奩,恨厭厭。
> (卷七,頁 128)

顧敻不正面展現閨中的銜悲茹恨,反以美人斷絕花鈿艷飾,呈顯熾盛無限的恨意綿延。詞首營造出一片悄然無息的寂暗畫面,借「掩」、「收拾」、「休」、「鎖」等決絕語,排去了「金蟲玉燕」的富麗華美,隱去了柔荑纖纖的情態描寫,卻直指了美人「恨厭厭」的悲傷嗔怨,妝飾的華美,反映了舊日的情愛,如今「誰適爲容」?飾物愈華美,愈反襯出如今失愛的苦楚。「掩」、「收拾」、「休」、「鎖」等字,力度極強,形象地表現出內在情緒。宛如決裂般,捨棄一切「美」,而這「美」,正是舊愛的象徵。末結「恨厭厭」有力地收束,並著落於「情」之表述,虛實相生,餘韻無窮。〈酒泉子〉以「金蟲玉燕」之香鈿綴飾,映照美人思君之念;〈浣溪沙〉則以「寶帳玉爐」之閨閣器物,表白美人兩地惦念:

> 紅藕香寒翠渚平。月籠虛閣夜蛩清。塞鴻驚夢兩牽情。
> 寶帳玉爐殘麝冷,羅衣金縷暗塵生。小窗孤燭淚縱橫。(卷七,頁 124)

〔註7〕 〔清〕況周頤《餐櫻廡詞話》無此文,見錄於〔五代〕趙崇祚輯,李冰若注:《花間集評注》,卷六,頁 156。

〔註8〕 〔五代〕趙崇祚輯,李冰若注:《花間集評注》,卷六,頁 137。

〔註9〕 〔明〕張綖:《詩餘圖譜》(上海:上海古籍出版社,2002 年《續修四庫全書》影印〔明〕萬曆二十七年謝天瑞刻本),第 1735 冊,頁 473。

詞人借上片末句，點出相思情語，然而下片並未延伸閨閣女子的相思愁緒，反以閨閣器物將美人千絲萬縷的思念點滴，透過閨閣器物展露無遺。下片轉寫華麗器物之「殘像」。詞人描畫了「殘麝冷」與「暗塵生」之殘像，將「寶帳玉爐」、「羅衣金縷」，本該造就出的華麗氣息，卻因殘像地描畫將其掩蓋，使得富麗的堂皇不再因其華美的外表而嶄露鋒芒。下片詞人雖未延續女子的相思情意，卻繼承了上片的清冷獨寂。宛似夜半白霧般，詞人以一「冷」一「暗」，逐步濃烈了閨閣香居的黯淡色彩，增添了蛩居一人的孤悽無依。末句詞人仍復閨閣器物——燃燒著的「孤燭」，婉轉且含蓄地點出閨閣女子凝珠已墜。

　　〈酒泉子〉「掩却菱花」與〈浣溪沙〉「紅藕香寒翠渚平」雖呈顯凝重黯淡之色澤，但亦見潛藏於這片晦暗色調裏的華麗色系，如「翠鈿」、「香奩」、「玉爐」、「金縷」等。陸機〈文賦〉：「詩緣情而綺靡」〔註10〕，顧敻借綺麗字句，書發美人姿態富麗、神采心緒。〔唐〕司空圖《詩品・綺麗》：

> 神存富貴，始輕黃金。濃盡必枯，淡者屢深。霧餘山青，
> 紅杏在林。
>
> 月明華屋，畫橋壁陰。金樽酒滿，伴客彈琴。取之自足，
> 良殫美襟。〔註11〕

　　司空圖爲「綺麗」之風下一界定，提出了富貴氣、色彩和、談風月等，奠定了綺麗風格之面貌。顧敻即是借綺麗字句，一筆一畫勾勒出華美精緻的物與景，並賦予其耀眼奪目之光彩，締造出閨閣人兒的柔媚穠麗、軟弱嬌香之情態。如〈應天長〉上片：

> 瑟瑟羅裙金線縷。輕透鵝黃香畫袴。垂交帶，盤鸚鵡。裊
> 裊翠翹移玉步。（卷七，頁 130）

〔註10〕〔晉〕陸機撰，張少康集釋：《文賦集釋》（臺北：漢京文化，1987年2月），頁71。

〔註11〕〔唐〕司空圖撰：《詩品》（北京：中華書局，1985年《叢書集成初編》，據〔清〕張海鵬輯《學津討原》本），頁5。

　　詞中由斑斕色彩的綾羅錦繡，圖染出一片綺麗情調。「輕透」，呈現出羅裙的質地細緻而顯露；「瑟瑟」、「金線縷」、「鵝黃」等繽紛奪目之色澤，則將美人婀娜風華，添上一筆神采奕然之姿。而畫面一步一步往上移動，由腰繫「垂交帶」至髮式「盤鸚鵡」，末了定格於「玉步」二字，展現出美人款款嬌嬈、柔緩輕媚之態，並借一「移」，將美人步履注入了活色生香的生動景致。

　　不同於〈應天長〉的輕燦美人裝，顧敻亦有輕描美人顏，如〈遐方怨〉上片：

　　　　簾影細，簟紋平。象紗籠玉指，縷金羅扇輕。嫩紅雙臉似
　　　　花明。兩條眉黛遠山橫。（卷七，頁 129）

　　詞人以精工筆畫描繪出一美人的嬌嬈姿態與花容玉顏。詞人不先言美人情致，反而借由「簾」之隔而不隔的特性，塑造出一個從外部透視到內部的視角；此視角由簾外探進簾內、簟席，最後落在帳幃內的種種雅態。詞人以「象紗」引出了美人動作，借「紗」之細緻、「玉」之溫潤，映現出象紗帳裏的柔黃凝脂；再襯以美人物事——「縷金羅扇」之金色色調，烘托出柔白色系的「紗籠玉指」，兩相調和，隨宜點染了美人雍容華貴之氛圍。而鏡頭往上移動，畫出了美人姿色：春曉之花，紅綻吐放；眉如墨畫，神采煥發。詞人無須多加著墨其他，僅以「嫩紅雙臉」、「眉黛遠山」便將美人風采洋溢其中。

　　不論是描繪美人妝容、斑斕綴飾，抑或是閨閣器物，顧敻多用麗字如：玉、金、紅、香、翠等加以形容，借此營造出富麗堂皇之氛圍、點染出嫵媚明豔之畫面、映現出凝重晦暗之愁哀。然而，有別於前述婉轉細膩、綺麗華美之筆觸，顧敻或一反「豔科」，亦有語淡意幽、清疏秀逸之作。

二、語淡韻遠　清疏秀逸

　　顧敻詞作雖多以綺麗濃密作呈現，但亦有語淡韻遠之調。如〔清〕況周頤《餐櫻廡詞話》評顧敻詞有云：「顧太尉詞，時復清疏。」

〔註12〕〔清〕劉熙載《藝概・詞曲概》云：「詞淡語要有味」〔註13〕，顧敻部分詞作便具此特色。如〈臨江仙〉其一上片，以景結情，情韻幽遠：

> 暗想昔時歡笑事。如今贏得愁生。博山爐暖淡煙輕。蟬吟
> 人靜，殘日傍，小窗明。（卷七，頁 134）

此處著眼於情，點出了懷人心事。可詞人卻不多加著墨，僅描「暗想」二句，卻因這追憶過往之筆，更將相思情意推至高峰：滿腔愁憂難消、今是昨非難受，如此之愁，何以寬慰？愁調嘎然停止，詞人轉筆續寫室內之物、描畫室外之色，借室內之物——「博山爐」之裊裊，加諸室外之色——「蟬吟人靜」所造就的清幽之境，隱現出樓中人相思懷念之緒，渲染了寂寥孤伶之情。

顧詞以景描情，其情味深長，幾分惆悵，油然而生，又〈浣溪沙〉其四上片：

> 惆悵經年別謝娘。月窗花院好風光。此時相望最情傷。（卷
> 七，頁 123）

同為相思。借由月窗外的「好風光」，點出相思之人為其相思所受的「傷」；別離後，難聚首，守候長，觸景情更傷。詞人以「惆悵」起，至「最情傷」，將離愁別緒，淋漓盡致的灑落滿室；將其思念刻畫的如淒如訴。又〈訴衷情〉其二，直抒胸臆，透骨情話，盡是「人人意中語」：

> 永夜拋人何處去，絕來音。香閣掩。眉斂。月將沉。爭忍
> 不相尋。怨孤衾。換我心、為你心。始知相憶深。（卷七，
> 頁 131）

此闋言情，言良人無情。起句倏忽而來，質問：「永夜拋人何處去！」何以有此一問？乃「絕來音」；郎君一去，渺無音訊，孤身對

〔註12〕〔清〕況周頤《餐櫻廡詞話》無此文，見錄於〔五代〕趙崇祚輯，
　　　　李冰若注：《花間集評注》，卷六，頁 156。
〔註13〕〔清〕劉熙載撰：《藝概》（上海：上海古籍出版社，1978 年 12 月），
　　　　頁 120。

孤影，恍若被人拋棄在這漫漫長夜裏，自言獨語。詞人以一「拋」字
與一「絕」字，傳神地刻畫出深閨女子的「怨孤衾」，其情之怨，不
難想見。「香閣掩」三句，更以多層次、多視角描摹女子的怨情表現。
詞人以人物姿態渲染環境氛圍，從女子的動作表現、顏之情態，至心
思流轉，無不展現了深閨女子於漫漫長夜中，飽受無止盡的等待磨
難、愁苦煎熬，又爲其形單影隻的處境，添濃了漫漫長夜的孤淒。「香
閣掩」，掩卻了久盼未回，絕望深悲的無奈；「眉斂」，「斂」出了女子
心煩意亂，愁思百轉的糾纏；「月將沉」，破曉時分，一日將逝又再度
迎來一日，日日如此，年年如是。詞人此筆，充分的體現出「永夜」
二字的漫長，彷彿潑撒了永遠傾倒不完的黑墨，漫流在無邊無際的蒼
穹。縱然深閨女子的滿腔怨意，卻仍「爭忍不相尋」，這一發自肺腑
的沉重嘆息，怨之深，乃源自思之切啊！五字盡現一片癡情，泉湧而
出。末語「換我心、爲你心，始知相憶深」，展現了深閨女子幾近執
狂的迷戀與幾近無望的癡戀；兩情相悅，心自可相換，可面對著一去
無信息的郎君，又該如何換？評點此詞，湯顯祖彷若置身其中，故云：
「要到換心田地，換與他也未必好。」〔註14〕

　　顧夐以淡語清疏之墨，體現了詞之言長之特色，造就了情韻幽
遠之氛圍，並將相思情調的惆悵、哀苦，形容盡致刻畫的眞切動人，
猶如繞樑之音，久久不散。而有別於文人創作的「詩客曲子詞」所展
現的翩然高雅、優美婉約，顧夐亦採納民間曲子詞淺顯通俗的特性，
刻畫出民歌風華般熱情奔放、率眞眞摯的容顏。

三、民歌風華　眞摯熱烈

　　《花間集》收錄的「詩客曲子詞」，彌漫著濃豔色彩、嬌嬈之態，
言情亦多含蓄、委婉，顧夐的〈荷葉杯〉九闋，卻盡顯民歌風華，其
眞摯熱烈的情感，以簡潔有力的筆觸，於《花間集》中別開生面，獨

〔註14〕〔後蜀〕趙崇祚編，〔明〕湯顯祖評點：《花間集》（臺北：國家圖
　　　　書館藏，〔明〕烏程閔氏刊本），卷三，頁2。

具特色。李冰若《栩莊漫記》云：「其淋漓盡眞率之處，前無古人，如〈荷葉杯〉九首，已爲後代曲中《一半兒》張本。」﹝註15﹞可見顧夐〈荷葉杯〉九闋，於《花間》中堪稱卓殊獨行。茲羅列〈荷葉杯〉九首於次：

其一

春盡小庭花落。寂寞。凭檻斂雙眉。忍教成病憶佳期。**知麼知。知麼知。**（卷七，頁 131）

其二

歌發誰家筵上。寥亮。別恨正悠悠。蘭缸背帳月當樓。**愁麼愁。愁麼愁。**（卷七，頁 131）

其三

弱柳好花盡拆。晴陌。陌上少年郎。滿身蘭麝撲人香。**狂麼狂。狂麼狂。**（卷七，頁 131）

其四

記得那時相見。膽戰。鬢亂四肢柔。泥人無語不擡頭。**羞麼羞。羞麼羞。**（卷七，頁 132）

其五

夜久歌聲怨咽。殘月。菊冷露微微。看看濕透縷金衣。**歸麼歸。歸麼歸。**（卷七，頁 132）

其六

我憶君詩最苦。知否。字字盡關心。紅箋寫寄表情深。**吟麼吟。吟麼吟。**（卷七，頁 132）

其七

金鴨香濃鴛被。枕膩。小鬟簇花鈿。腰如細柳臉如蓮。**憐麼憐。憐麼憐。**（卷七，頁 132～133）

其八

曲砌蝶飛煙暖。春半。花發柳垂條。花如雙臉柳如腰。**嬌麼嬌。嬌麼嬌。**（卷七，頁 133）

﹝註15﹞﹝五代﹞趙崇祚輯，李冰若注：《花間集評注》，卷六，頁 171。

其九

一去又乖期信。春盡。滿院長莓苔。手捋裙帶獨徘徊。來
麼來。來麼來。（卷七，頁 133）

顧敻〈荷葉杯〉九闋可說是一聯章詞。此九闋雖看似獨立，卻
又有所聯繫；描畫同一心曲，卻又各富新意。詞人以「憶佳節」始，
以「乖期信」結，訴說著一相思女子情絲難斷的歷程，並於每闋詞作
的句末，以「知麼知」、「愁麼愁」、「狂麼狂」、「羞麼羞」、「歸麼歸」、
「吟麼吟」、「憐麼憐」、「嬌麼嬌」、「來麼來」等句，重疊復問；其反
覆問語，更將相思女子心中的企盼，再添一筆強烈心緒。如〈荷葉杯〉
之三，便描畫了女子春心萌動之情。詞人借景之渲染，繪出女子憧憬
愛情的美好時分；末以「狂麼狂」、「狂麼狂」的層層堆疊，體現了女
子對於心儀少年的滿腔歡喜，展現出女子熱情奔放之情調，十足十地
將「狂」字發揮的傳神巧妙！

同爲歡欣氣息，〈荷葉杯〉之四所刻畫的是男女幽會之時。既念
過往亦戀今時，詞人以「泥人無語不擡頭」，映照出男子對視著女子
嬌羞情態之形容，而「記得那時相見」，便是兩人對語傾訴時的呢喃；
念想過往相會之景，詞人以「膽戰」三句，婉轉且含蓄地傳達出男女
共赴巫山的情態，其心緒是歡忭澎湃、蕩漾且激動的。詞人末以疊句：
「羞麼羞」、「羞麼羞」顯露出男子的調笑、戲謔，是爲逗弄女子嬌甜
柔媚之情語展現。詞人以一「羞」字，將女子嬌而媚之情態，一覽無
餘。

而對於「憶」的描寫，顧敻另有展現出截然不同的情緒，如〈荷
葉杯〉之六開首即表白了「我憶思君詩最苦」，以「苦」字連串全詞，
何以苦？回首往事相思苦；回味君詩字字關心，亦苦。次句二字「知
否」，道盡了女子的「憶」、女子的「苦」，女子的滿腔相思痛楚。纖
纖萊黃重臉曾經的字字關心、句句道情，末以「吟麼吟」、「吟麼吟」
的疊句設問，把懷思女子滿腹相思重寄予君，問君：你仍會如我讀那
些詩箋般糾於心嗎？詞人以一「吟」字，吟出了昔日過往的歡情，吟

出了女子無處傾訴的情語。

　　而觸景生情，最傷情。〈荷葉杯〉之二便利用樓外風景與內在心緒作一強烈對比；詞人借樓外風光，引發懷思女子內心的恨情。樓外寥亮的筵歌，撩撥起懷思女子的心緒，隱隱作痛的相思孤寂；孤寂難任，加劇別恨，將樓外四溢的歡慶氛圍，增添了細微卻深遠的悲恨蔓延。歡慶與悲恨，兩種反差情緒，飄盪融入於夜空。沉煙飄裊，皎月清照，詞人借「愁麼愁」、「愁麼愁」的反覆問語，傳達了懷思女子對良人的嬌嗔怨懟：你可心疼我縈居一人於樓中的離愁？詞人以一「愁」字，肯定了女子的心中哀愁，亦反問了遠方良人是否會爲女子心疼愁憂？

　　許多的歡情思愁，都敵不過顧敻在最後，一句「來麼來」、「來麼來」的淒切守候。〈荷葉杯〉之九直指核心，將傷春懷人相思之意展露無遺。首言「一去又乖信期」表白了良人一去無消息，並以「又」字引發相思女子的嗔怨。一次又一次的爽約，如今春色已到盡頭，細雨朦朧，可良人未回。「手捚裙帶」寫盡了女子的嬌態情癡，揭示了女子心中那股迫切的守候心事；詞人末以「來麼來」、「來麼來」反覆尋問，問出了女子手絞裙帶，輾轉徘徊，心中的那股焦急等待，低喃：你會不會回來？你會不會回來？其情含思淒悲，似乎要隨著那問語一併問落滿眶打轉的珠淚。

　　顧敻以〈荷葉杯〉九闋形容了一女子的相思進程，由初見、邂逅、別離、守候，道盡了相思女子的種種情致嬌態，並各以「知麼知」、「愁麼愁」、「狂麼狂」、「羞麼羞」、「歸麼歸」、「吟麼吟」、「憐麼憐」、「嬌麼嬌」、「來麼來」等句，重疊復問，將相思女子的率眞性情映現的淋漓盡致，亦體現出民歌所獨有的熱情奔放之素心。

第二節　顧敻詞之創作手法

　　顧敻詞風多元，其鋪敘形容亦引人入勝，能以筆墨的「有限」，

堆疊出情韻悠揚的「無限」；並透過「情」與「景」的交匯、「閨閣器具」與「閨閣建材」的寄託展現，借此烘托出詞中人物的細膩情感，傳遞出詞中人物的相思繫念，此節將一探顧敻之創作手法，如何畫進閨閣人兒的心緒思念。

一、形容盡致　自是大家

顧敻描繪同一種情感或意境時，往往從各種角度進行淋漓盡致地刻畫，使得作品宛如一幅幅宋院畫工之作、親臨呈現，又似一幕幕微電影般，於腦海中播映。〔明〕湯顯祖云：

> 此公遣詞，動必數章。雖中間鋪敘成文，不如人之字雕句琢，而了無窮措大酸氣，即使瑜瑕不掩，自是大家。〔註16〕

顧敻以艷詞見長，然不論濃豔、清婉，皆形容盡致，「前無古人」〔註17〕。王國維《文學小言》：「文學中有二原質焉：曰景，曰情。」〔註18〕「情」，係指作者所蘊藏於心的「情緒」、「思緒」等主觀立場，展現出作品的主要意旨；而「景」，則是透過作者的「所遇」、「所聞」、「所思」，具體且眞實地建構出畫面，達到一種客觀的體驗，並乘載著主旨的形象，呈現出其風格與特色。〔清〕王夫之《夕堂永日緒論》云：「情景名爲二，而是不可離。」〔註19〕「情」與「景」，看似兩個不相關的物事，卻經由主觀的情致，圖染了客觀的實際景象，兩相交融、彼此匯合，使其作品得以達到蘊藉無限、悠揚無盡的境界，是文學作品能夠成爲上乘之作的重要因素，更是顧敻於後世之所以能得到「自是大家」、「前無古人」等讚譽的必要條件。

〔註16〕〔後蜀〕趙崇祚編，〔明〕湯顯祖評點：《花間集》（臺北：國家圖書館藏，〔明〕烏程閔氏刊本），卷三，頁16～17。

〔註17〕〔五代〕趙崇祚輯，李冰若注：《花間集評注》，卷七，頁171。

〔註18〕王國維：〈文學小言〉，收錄於《人間詞話手稿本全編》（內蒙：內蒙古人民出版社，2003年1月），頁240。

〔註19〕〔清〕王夫之撰：《夕堂永日緒論》，收錄於《四庫禁燬書叢刊補編》影印〔清〕王夫之《船山遺書》本，第79冊，頁556。

「今人用心，在有筆墨處；古人用心，在無筆墨處。」〔註 20〕
然而，筆墨之外的神韻、風采，亦需仰仗筆墨之內的技巧、工夫。故
下文將探析顧敻詞作，如何能以筆墨之內的有限，一展筆墨之外的悠
遠韻味。

（一）情景一致，物我交融

情景一致，係指兩處「相同」的情與景，予以糅和交匯，以景喻
情，景中含情，並情景交融，使得詞意達到韻味無窮的境界。如〈虞
美人〉其三上片：

> 翠屏閒掩垂珠箔。絲雨籠池閣。露沾紅藕咽清香。謝娘嬌
> 極不成狂。罷朝妝。（卷六，頁 114）

詞人以一「籠」字，將池閣與外界做一割裂，把盈滿的惆悵哀怨隔
絕於外，盡數籠罩在這池閣方圓。而這池閣景致，是絲雨紛紛、紅
荷相偎，詞人並以一「咽」字，表露出紅荷仍不敵雨打落墜，墜斷
了藕花帶清香、消盡了縷縷芬芳；池閣景致如此，而閣內景致如是。
鏡頭轉入室內，見美人嬌顏，「嬌極」凸顯了美人人比花嬌的豔麗絕
美，但這張絕美容顏，卻因心神渙散、神采朦朧恍惚，而「罷朝妝」。
詞人以閣外殘花，描畫室內容顏，明示暗喻地道出縱使人比花嬌，
但一夜落雨，只剩滿地殘紅，就算施加脂粉，終教落雨無情，空自
徒勞。

詞人以絲雨藕花斷清香，展現美人嬌顏憔悴，亦以風飄枝頭殘餘
花，描繪美人枯槁容顏，如〈臨江仙〉其三上片：

> 月色穿簾風入竹，倚屏雙黛愁時。砌花含露兩三枝。如啼
> 恨臉，魂斷損容儀。（卷七，頁 135）

詞人將女子的傷心、思量融於景中，「砌花」句便以枝頭殘花，寫人
受累之狀。以「砌花含露兩三枝」，道盡「剪不斷、理還亂」，藕斷絲
連的相思情感。不同於韋莊〈歸國遙〉的「春欲暮，滿地落花紅帶雨」，

〔註20〕 〔清〕惲格撰，〔清〕葉鍾進編：《惲南田畫跋三卷，題畫詩一卷》，
　　　　（舊鈔本，臺北：國家圖書館藏），卷一，頁 2。

顧詞直抒風雨過後的落花凋零所餘下的砌花枝頭。而這點砌花枝頭的殘存，正喻示著女子那點點的相思寄託、寄託於受過風雨摧殘仍安然無恙的花枝上，企盼久違的良人能歸回她的身旁；也是這點寄望，使得守候相思，損了芳菲年華，而相思苦淚難忍，「砌花含露」成了她的「啼恨臉」，於筆墨之外的，是那散灑一地的落花，終教「魂斷」人憔悴的畫面。

除了室外一片落花殘雨，詞人亦借室內一連串的閨閣物什，以景融情，表現出閨中人的單思苦念，如〈浣溪沙〉其二下片：

> 寶帳玉爐殘麝冷，羅衣金縷暗塵生。小窗孤燭淚縱橫。（卷六，頁124）

此片鉅細靡遺地描述著閨閣物什的殘像，並借殘像，映現閨閣人兒的心思意念。寶帳玉爐的失溫、綾羅縷衣的蒙塵，映現的是美人的心灰意冷，並以景喻情，透過閨閣殘像，展現出閨閣人兒的淚眼盈盈之狀。但詞人仍不直指人兒早已淚濕衫襟，而是借焚燒著的「孤燭」，婉轉地點出閨閣人兒的凝珠已墜，於末加諸閨閣物件，高懸於上的「小窗」，深切地劃開了閨閣人兒內心的纖弱與傷悲，而那股傷悲，是小窗孤獨一扇的淒涼，亦是閨閣人兒無處憑依的悽愴。

顧敻借情與景的「一致」，達到筆墨之外的蘊藉無限，亦以情與景的「不一致」，因相互分歧的條件下，造就出衝突的美感，蘊含了無限的情思。

（二）情景相反，物我衝突

情與景的「不一致」，往往可達到物我衝突所造成的悲劇性的內在張力，既能夠展現昂揚且癲狂的情感奔放，亦可映現惆悵而獨悲的情韻深遠；透過情景反襯的效果，更能加強情感的力量，並為其情加諸極端的表現。尤其在描寫閨怨主題時，文人雅士常以「情景相反」作為慣用筆調，顧敻亦是。如〈浣溪沙〉其一：

> 春色迷人恨正賒。可堪蕩子不還家。細風輕露著梨花。
> 簾外有情雙燕颺，檻前無力綠楊斜。小屏狂夢極天涯。（卷

七，頁 124）

詞人首開的「春色迷人」，不在於鳥語花香、不在於綠柳碧色，而是那一成雙入對的「有情雙燕」。詞人在這風光明媚，特意妝點了雙宿雙飛、形影不離的「有情燕」，亦彩繪出閨閣人兒心中「願為晨風鳥，雙飛翔北林」〔註21〕的想望。詞人以「人單」與「雙燕」的反襯效果，借「有情雙燕」牽引出「縈居獨守」的幽恨哀怨，且以此為基底，刻畫出獨守空閨的人兒於心境上強烈的一筆，這一筆，乃展現於「狂」字之上，詞人透過「景情不一致」的強烈反差，將「狂」這一字眼，所蘊含的不為外物所束縛的力量，再添幾分放縱、癲狂！

　　不同於〈浣溪沙〉「春色迷人恨正賒」彷若一發不可收拾的「狂放」情感，顧詞亦借「情景相反」，使得情味深長，增添幾分惆悵，如〈浣溪沙〉其四上片：

　　　惆悵經年別謝娘。月窗花院好風光。此時相望最情傷。（卷
　　七，頁 123）

此片則借「月窗花院」的好風光，點出相思之人為其相思所受的「傷」。詞人首句即表明了「傷」之緣由，乃「經年別謝娘」；「經年」，是展現出時間的漫長，而日增月益的思念，卻因這本該是椿賞心樂事的「月窗花院」，此刻竟無人相伴，僅能獨自流連、與之相望。詞人描畫出空間的妍麗景致，牽引了時間漫長的憂傷，詞人末以一「最」字的至極表現，將其守候相思，更添幾分惆悵。

　　情與景的衝突，使得詞中人兒觸物起情，引發了深沉的情感奔放，此外，顧敻亦多「以景截情」，突兀地將欲要達到飽和的情感中斷，切換視角、無關風月，彷彿船過水無痕，卻是藕斷絲連，「剪不斷，理還亂」的情韻悠遠。

〔註21〕曹丕〈清河作〉：「方舟戲長水，澹澹自沈浮。絃歌發中流，悲響有餘音。音聲入君懷，悽愴傷人心。心傷安所念？但願恩情深。願為晨風鳥，雙飛翔北林。」收錄於夏傳才、唐紹忠校注：《曹丕集校注》（河南：中州古籍出版社，1992 年 10 月），頁 17。

（三）以景截情，欲說還休

「以景截情」，是為了弦外之音，含蘊無限。一句寫情，一句寫景，上下毫無關聯，卻又繫連一線，成就「情景相對」之效。情未抒盡，卻以景截斷，看似將其飽和的情感，戛然而止，轉述他語，改描他景；實則不然，詞人「以景截情」，雖截住了情語擴展，但這乍然斷筆，卻將「情」之蘊藉更顯悠遠、深長並達到欲說還休之情意綿延。如〈臨江仙〉其二「幽閨小檻春光晚」下片：

> 何事狂夫音信斷，不如梁燕猶歸。畫堂深處麝煙微，屏虛枕冷，風細雨霏霏。（卷七，頁 134）

詞人先是抒情，後寫景語；將兩個看似不相關的聯繫，卻聯繫起深閨女子的悽怨心緒。詞人以「景」截「情」；以畫堂陳設，乃至堂外風景，截住了深閨女子的「思情怨意」，其怨乃「不如梁燕猶歸」，埋怨著郎君，連樑上燕都知道歸家，怎郎君卻是一去無消息呢？而紛來沓至的，應是抒發深閨女子更多的思情怨語，但詞人卻不再加以著墨，反描繪畫堂之色，描一「畫堂深處麝煙微」之清冷景致，渲染出女子縈居一人、悽楚孤寂之情；本該是兩人依偎於枕、情意纏綿之空間，如今卻餘下自己，形單影隻的處在這偌大的天地之中，這裡，大得教人發冷、深得教人顫寒；但刻畫室內淒迷還不足矣，詞人筆鋒一轉，再將場景轉出畫堂之外，以一「風細雨霏霏」，寫畫堂之外，風雨綿細濃密之勢，加添一股室外清冷、寒涼，室內淒薄、無依之境。詞人以「景」截「情」，再以「情」穿「景」，表現出「情景相對」之筆，使得深閨女子的幽怨愁意，若同瀰漫風雨，無止無盡……。

以景截情，欲說還休，顧夐借筆墨畫出了言外之情、弦外之音，又如〈楊柳枝〉一闋，亦借「雨蕭滴葉」，刻畫深閨女子的淚花啼痕：

> 秋夜香閨思寂寥。漏迢迢。鴛帷羅幌麝煙銷。燭光搖。　　正憶玉郎遊蕩去。無尋處。更聞簾外雨蕭蕭。滴芭蕉。（卷七，129）

詞人先是添了一語女子的「情」，此情如何？詞人不盡其言，僅以「思

寂寥」便嘎然作止，並以景截情，截斷了女子無處以對的心緒，轉而描畫外邊迢遠處、跟隨著夜風不請自來的漏刻聲，且風拂簾帳飄、燭火搖，亦隨著麝煙燃盡失去了溫度，增添了室內的一股清冷之幽，而詞人便借這般蕭條冷清之境，浸染出清冷孤寂之色調，烘托出深閨女子心上的悽楚苦意。「尋尋覓覓、冷冷清清、悽悽慘慘戚戚」〔註22〕，詞人下片便道出了「思寂寥」之「因」，乃「玉郎無處尋」。詞人著眼於「憶」，深刻地道盡女子對郎君的相思情「憶」；此憶，是憶昔日歡笑，傷今時別離，亦在這「今不如昔」的兩廂打擊下，其悲泗淋漓、痛苦之狀，恍若映現眼簾，無以復加。而此情遇上了「簾外雨蕭蕭」的冷落景象，雨中蕭瑟點點之音，一滴一滴的，滴落了芭蕉，亦落進了深閨女子的滿心憂寂，侵蝕著深閨女子淚花啼痕的思憶。「於景得景易，於事得景難，於景得情尤難」〔註23〕，顧敻借「情景相對」，襯托出「以景截情」的意在言外，一切景語皆情語。

　　顧敻以「有限」的筆墨，堆疊出「無盡」的蘊藉悠遠、弦外之音，借「情」與「景」的交匯，營造出詞中人兒的眷念，映現了筆墨之外的情韻纏綿。顧敻題材範圍大都圍繞於閨閣相思、兒女情長，故而其作不乏閨房器具或閨閣建材等運用，借此烘托人物的細膩情感，渲染出刻骨銘心的情愛糾葛，下文將接續以「託物寄情」為題，一探顧敻筆下的閨閣情懷。

二、託物寓興　相思寄情

　　顧敻善以閨閣器物與建材，傳達出詞中人的心思惦念。筆者針

〔註22〕〔宋〕李清照〈聲聲慢〉：「尋尋覓覓，冷冷清清，淒淒慘慘戚戚。乍暖還寒時候，最難將息。三杯兩盞殘淡酒，怎敵他、晚來風急。雁過也，正傷心，卻是舊時相識。　　滿地黃花堆積。憔悴損，如今有誰堪摘。守著窗兒，獨自怎生得黑。梧桐更兼細雨，到黃昏點點滴滴。這次第，怎一個愁字了得！」，見錄於唐圭璋編：《全宋詞》，第2冊，頁932。

〔註23〕〔清〕王夫之撰：《夕堂永日緒論》，收錄於《四庫禁燬書叢刊補編》影印〔清〕王夫之《船山遺書》本，第79冊，頁556。

對《花間》詞人，以敘述性統計方式，得出顧夐於「枕」、「窗」、「爐」、「簾」、「屏」、「帷（帳）」等閨閣器物與建材的運用，相較於《花間》其他十七位詞人都來得廣泛、數量亦勝眾位花間詞人。

為求凸顯顧夐行使閨閣器物與建材較其他十七位詞人特殊，故運用平均值之計算式：「用例數／總用例數」，作一直接呈現。「用例數」係指顧夐於詞作中運用之次數，而「總用例數」則指該詞於《花間集》中，所出現的總次數。以「枕」為例：顧夐詞作中，用「枕」字，總計有十七次，而於《花間集》中，「枕」字總共出現五十七次，故「17／57」，即顧夐於「枕」字的用例率，占《花間集》總用例數為 29%。以此計算方式，茲依探究顧夐筆下閨閣器物之運用。

（一）「枕」

人，一生近三分之一的時日，都因睡眠而與「枕」有著密不可分的關係。

於生，枕可代表著人的心理狀態。《新唐書‧三宗諸子傳》記載：「玄宗為太子，嘗製大衾長枕，將與諸王共之。」〔註24〕唐玄宗素來兄友弟恭，方即位時，欲做一長枕大被，好與兄弟話家常，故後人便以「枕」言手足情深之意。而今日洱海東部白族人舉辦婚慶時，會在新房中放置花枕，讓新人搶，作為預示何人為一家之主；於死，可代表著生者對逝者的緬懷與追思。《儀禮‧既夕禮》卷四十一云：「居倚廬，寢苫枕塊。」〔註25〕此乃古時宗法居父母喪之禮節。以草或石塊為枕入眠該有多難睡，藉此來表達生者對於逝者的悲慟情懷。

「枕」，是人類文化缺一不可之物，無論人類的生與死，都與之緊密的相連在一起。生，於寢睡間可帶來舒適、於思念有個寄託；死，於悲傷哀慟之人給予追思，這狀似微不足道的閨閣小物，對人具有深

〔註24〕〔宋〕歐陽修、宋祁撰：《新唐書》（臺北：中華書局，1965 年《四部備要》影印《武英殿》本），第 10 冊，卷八十一，頁 7。

〔註25〕〔東漢〕鄭玄，〔唐〕賈公彥疏：《十三經注疏‧儀禮注疏》（北京，中華書局，1975 年），第 3 冊，頁 481。

遠的影響，亦於顧敻筆下，幻化出一段段憂容華美的相思情意。以下
為花間詞人以「枕」入詞之使用例率：

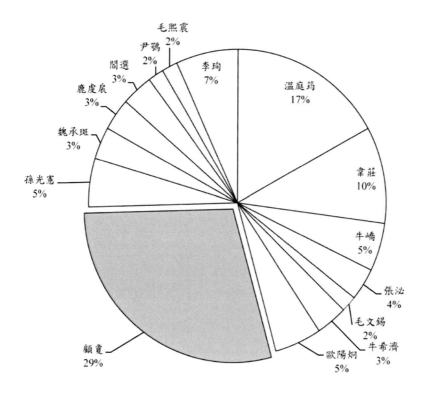

圖1　花間詞人以「枕」入詞之用例率

「枕」於《花間》中共出現五十九次，以顧敻十七例，占總用
例率最高，計29%，其他詞人除溫庭筠十例，占17%、韋莊六例，占
10%，其餘詞人之「枕」用例方面皆不足五，或不使用。（花間詞人
「枕」之用例數詳參附錄1-1）據此，顧敻對於「枕」之熱愛顯而易
見。以下列舉顧敻「枕」之用例，從中探索顧敻如何借「枕」這一閨
閣器具，詮釋出人物的內心世界，借「枕」來傳遞男女之間的情意繾
綣、恨別離緒：

表1　顧敻「枕」之用例句

詞　牌	首　句	「枕」字句
虞美人	觸簾風送景陽鍾	露清枕簟藕花香
虞美人	翠屏閑掩垂珠箔	膩枕堆雲髻
甘州子	一爐籠麝錦帷傍	山枕上
甘州子	每逢清夜與良辰	山枕上
甘州子	曾如劉阮訪仙蹤	山枕上
甘州子	露桃花裏小樓深	山枕上
詞牌	首句	「枕」字句
甘州子	紅爐深夜醉調笙	山枕上
玉樓春	月照玉樓春漏促	枕上兩蛾攢細綠
浣溪沙	庭菊飄黃玉露濃	覺來枕上怯晨鐘
浣溪沙	雲淡風高葉亂飛	粉黛暗愁金帶枕
浣溪沙	雁響遙天玉漏清	簟涼枕冷不勝情
酒泉子	掩卻菱花	淚侵山枕濕
酒泉子	水碧風清	帳深枕膩炷沉煙
獻衷心	繡鴛鴦帳暖	山枕上
荷葉杯	金鴨香濃鴛被	枕膩
臨江仙	幽閨小檻春光暖	屏虛枕冷
醉公子	漠漠秋雲淡	枕倚小山屏

　　顧敻以「枕」之物象，體現出狹窄的實地物樣，渲染出一段又一段，刻骨銘心的情愛糾葛；不僅刻畫出雙人於枕的甜蜜纏綿，亦展現了人兒獨守空閨的企盼苦楚。然而，此於《花間》亦不乏少見，雖然花間詞「枕」之用例不多，但亦有將「枕」作為悲歡離合之境遇描寫之例。尤其值得注意的是，除了悲歡之描繪，顧敻獨樹一格，將「枕」作為媒介，毗連起「虛」與「實」的銜結，將「枕」幻化成一座橋樑，一座通往著相思人兒所編織而成的幻夢世界。

　　「夢」往往伴隨著「枕」出現,「枕上片時春夢中,行盡江南數十里。」即言枕上片刻時間,便可行進數十里之遙,於此,「枕」成爲了通往夢境的一種媒介。如曹植〈洛神賦·並序〉:

> 黃初中入朝,帝示植甄后玉鏤金帶枕,植見之,不覺泣。時已爲郭后讒死。帝意亦尋悟,因令太子留宴飲,仍以枕賚植。植還,度轘轅,少許時,將息洛水上,思甄后。忽見女來,自云:『我本託心君王,其心不遂。此枕是我在家時從嫁前與五官中郎將,今與君王。**遂用薦枕席,懽情交集**,豈常辭能具。爲郭后以糠塞口,今被髮,羞將此形貌重睹君王爾!』言訖,遂不復見所在。遣人獻珠於王,王答以玉珮,悲喜不能自勝,遂作《感甄賦》。後明帝見之,改爲《洛神賦》。〔註26〕

　　甄后有一遺物「玉鏤金帶枕」欲贈與曹植,期盼能借由此枕,而「懽情交集」,但天人相隔之情況,該如何交集呢?是故希冀借由「枕」來傳遞兩人相會的情感,因思念所搭起的枕之橋樑,帶領著他倆通往枕中樂土,僅屬他倆的幻夢世界。而〔五代〕王仁裕《開元天寶遺事》存有「遊仙枕」之記載,由此處更明確指出,人因「枕」而可巡遊四方,遊歷各地:

> 龜茲國進奉枕一枚,其色如碼瑙,溫溫如玉,其製作甚樸素。**若枕之,則十洲三島,四海五湖,盡在夢中所見**,帝因立名爲「遊仙枕」,後賜與楊國忠。〔註27〕

　　「若枕之,則十洲三島,四海五湖,盡在夢中所見」說明此遊仙枕有著神奇的力量,於枕上,便可神遊千萬里,看盡世界奇觀。〔宋〕蕭立之:〈開元天寶雜詠·遊仙枕〉:「一枕仙遊足自娛,蕭然清思離塵區,十洲三島經行處,知有岷峨劍閣無。」且不論仙枕與否、枕中視界如何,古人認爲於枕入眠,便可進到另一境界,甚至到達其所想

〔註26〕〔梁〕蕭統選;〔唐〕李善注:《李注昭明文選》(臺北:河洛圖書出版社,1980年),頁401。
〔註27〕〔五代〕王仁裕撰:《開元天寶遺事》(臺北:藝文印書館,1967年),頁2。

之境、所盼之景，故而人們交託枕來傳達念想，企望將心中思念借枕傳至遠方。

　　「枕」作爲一通道，於〔唐〕沈既濟《枕中記》中有直述描寫：

> 翁乃探囊中枕以授之，曰：「子枕吾枕，當令子榮適如志。」其枕青瓷，而竅其兩端。**生俛首就之，見其竅漸大，明朗。乃舉身而入，遂至其家。**……明年，舉進士，登第；釋褐秘校；應制，轉謂南蔚；俄遷監察御史；轉起居舍人，知制誥。……盧生欠伸而悟，見其身方偃於邸舍，呂翁坐其傍，主人蒸黍未熟，觸類如故。生蹶然而興，曰：「豈其夢寐也？」〔註28〕

呂翁借枕於盧生，盧生枕其上，見其枕竅在眼前宛如黑洞般的擴大，隨擴大而逐漸明朗，猶如置身於洞穴之中，越往裏走卻忽見眼前一道曙光，而這曙光引領著是另一個恍如現世的地方，從此盧生平步青雲、扶搖直上，歷經一生人情冷暖，然似眞非眞的虛世，總歸夢一場。《枕中記》借由青瓷枕「俛首就之，見其竅漸大，明朗。」將枕作爲通道，一個通往幻想城市門扉的橋樑，盧生透過這一橋樑，享盡榮華富貴亦看盡人情冷暖，歷一生榮悴悲歡，最後於枕上醒轉，一切如故，悟世事原不過是過往雲煙罷了。

　　又〔南朝宋〕劉義慶《幽明錄・楊林》載：

> 宋世焦湖廟有一柏枕，或云玉枕，枕有小坼。時單父縣人楊林爲賈客，至廟祈求。廟巫謂曰：「君欲好婚否？」林曰：「幸甚。」巫即遣林近枕邊，因入坼中。**遂見朱樓瓊室，有趙太尉在其中。**即嫁女與林，生六子，皆爲祕書郎。歷數十年，並無思歸之至。忽如夢覺，猶在枕旁。林愴然久之。〔註29〕

　　這橋樑帶楊林直通到朱樓玉宇的繁華盛事，享萬千富貴，以「歷

〔註28〕〔唐〕沈既濟：《枕中記》，收錄於汪辟疆編：《唐代傳奇小說》（臺北：文史哲出版社，1988年4月），頁37〜39。

〔註29〕〔南朝宋〕劉義慶：《幽冥錄》，（〔清〕咸豐胡珽校刊，光緒董金鑑重刊琳琅秘室叢書本，臺北：國家圖書館藏）

數十年，並無思歸之至」呈現出夢中之境是多麼神怡心醉，教人流連忘返、難以忘懷，無奈夢覺一場，枕上甦醒，徒留無限夢逝哀傷。

在日本文化中，「枕」的語源，來自於「魂之藏」，意即枕乃爲靈魂的藏身之處，此文化認爲人安睡於枕上時，其魂魄會隨著枕到另一地方，若此枕毀損，則魂魄亦不復見。盧生與楊林身安於枕上，其魂魄透過「枕」之橋樑，到達了內心嚮往之處，不論是「枕竅」抑或是「枕坼」，盧生與楊林兩人均通過枕中通道，遊歷一世榮華富貴，看盡一生世態炎涼。

「枕」是通往幻夢境界的一條通道，是一條通往桃源的林野水路，是一座毗連著實與虛的橋樑，而花間詞人亦借由「枕橋」——能以綿延四方各處的特性，將獨守空閨的人兒，借枕上孤眠，形容盡致地把滿腔思念傳遞出去，一解相思情意。如顧敻〈獻衷心〉：

> 繡鴛鴦帳暖，畫孔雀屏欹。人悄悄，月明時。想昔年歡笑，
> 恨今日分離。銀釭背，銅漏永，阻佳期。　　小爐煙細，
> 虛閣簾垂。幾多心事，暗地思惟。被嬌娥牽役，魂夢如癡。
> 金閨裡，山枕上，始應知。（卷七，頁 129）

此闋以男子的嘆今憶昔，對佳人狀態的猜想，展現其滿溢的相思苦痛之內心世界。上片以「鴛鴦帳暖」、「孔雀屏欹」，顯示出男女曾經擁有濃情蜜意的歡樂光景，而如今卻是「人悄悄，月明時」，辛稼軒有詞云：「今宵鴛帳，有同對影明月。」〔註30〕於鴛鴦帳內，人月同圓，月下花前，美人隨身於側，堪稱銷魂哪！然此明月夜卻無人相守，人靜無聲，以月夜靜謐，更添一筆無人相對、形影相弔的淒涼之景；寂寞時分，月明之夜卻又靜悄無聲，如此之境、如此之寂，

〔註30〕〔宋〕辛棄疾：〈念奴嬌〉：「西真姊妹，料凡心忽起，共辭瑤闕。燕燕鶯鶯相並比，的當兩團兒雪。合韻歌喉，同茵舞袖，舉措□□別。江梅影里，迥然雙蕊奇絕。　　還聽別院笙歌，倉皇走報，笑語渾重疊。拾翠洲邊攜手處，疑是桃根桃葉。並蒂芳蓮，雙頭紅藥，不意俱攀折。今宵鴛帳，有同對影明月。」，見錄於唐圭璋編：《全宋詞》，第 3 冊，頁 1972。

使得男子憶起雙宿雙棲的過往情懷，思念起昔日歡愉韶光，傷今時
形單影隻的恨怨別情。詞人以「恨」字表達阻礙相聚的埋怨，再以
「阻」字，來深刻體現無法聚首的嘆息，相聚日子難料。此處雖未
明因何受阻，但其情濃烈地傳遞出對於當時的「別」，有著無限的
「恨」，更埋怨相會之日受「阻」，一切是身不由己般，男子只得日
復一日、日昇月殞的等待佳期到臨，縱使相會之日遙遙無期，但繫
念佳人之心是難以消停的。

　　下片，續寫人物心境，但不作明白敘述，可由兩方面觀之，一為
實境，一為虛境。實境乃描繪男子的孤寂，以「小」、「細」、「虛」、「垂」
等形容詞彙，渲染男子一人居於室，凸顯室內寂寥、空蕩，此刻憶起
佳人，魂牽夢縈、心心念念。虛境則為男子內心構築佳人的異想世界，
描摹男子幻想佳人於室的內心感受；詞人以「虛」字來傳遞「小爐煙
細，閨閣簾垂」的景觀，是男子心中的虛幻臆想，是男子編織著佳人
於閣樓的種種情事，猜測著佳人是否亦如他想念她般地思念著他。此
詞描繪男子的內心世界，抒發對佳人的思念，而惦念旖旎，牽情惹夢，
男子枕上遙望，望進所編織的佳人閨閣，最終以「山枕上，始應知」
作結，傳達出男子對佳人目盼心思、眠思夢想，並揣測兩人同枕於枕
上，其心意是彼此相通、相知。而此處「山枕上，始應知」便可見，
顧敻認為雙人於枕上，其心意是相通的，如何相通？應當將「枕」做
為一道彼此往來的橋樑與通道，言明身在房中，睡於枕上，兩地相思
一夢情。再如〈酒泉子〉：

　　掩卻菱花，收拾翠鈿休上面。金蟲玉燕，鎖香奩，恨厭厭。
　　雲鬟半墜懶重篸，淚侵山枕濕，銀燈背帳夢方酣，雁南飛。
　　（卷七，頁 128）

此闋為順筆，詞人先以「枕」上思君哭成淚人兒，再於淚眼愁眉中
睡去。上片直抒而入，「收拾」、「休上面」言閨中女子摘卻花飾與妝
容，以「恨厭厭」表閨中女子對這些「金蟲玉燕」的華美首飾，如
今已是無用武之地的怨嗔，怨縱使這些妝飾能增添其色，然而郎去

不歸，至今未回，增添美麗又有何用呢？這是閨中女子對無情良人無聲的控訴。顧詞以閨閣女子的動作情態描寫，以「收鏡」、「拾翠鈿」、「鎖香奩」抒發女子情懷，其形象鮮明，怨情之深溢於言表。下片則承接上片之景，「雲鬟半墜懶重簪」描繪女子就算髮飾凌亂，仍舊不加以理會；歐陽炯〈浣溪紗〉「落絮殘鶯半日天」，亦有其相類手法，詞云：「斜倚搖枕髻鬟偏，此時心在阿誰邊？」（卷 5，頁97）歐陽詞以女子心繫良人，一心就只想著良人牽繫哪位美人而嘎然作止，然顧詞卻以女子對良人的心心念念、朝思暮想之情，續寫情事，因其日有所思，夜有所夢，伴淚於枕，枕上入夢，夢裏聚首給了女子一點期待與企盼，女子對良人有日日思君不見君之嗔，又有著相思滿溢之情懷，故而淚濕山枕，女子意從夢枕中尋覓良人蹤跡，是期待良人歸於身旁的展現。

　　「枕」，因對良人的企盼而延展出與良人相聚首的橋樑，現實中良人離別，孤衾枕冷，獨守空閨，想念加劇、思念日溢，從而借枕上搭一相連，一解相思愁緒。顧詞此處「淚侵山枕」至「背帳夢酣」，由枕上入夢，亦有從先以夢境呈現，再於枕上醒轉，如〈浣溪沙〉：

> 庭菊飄黃玉露濃。冷莎偎砌隱鳴蛩。何期良夜得相逢。
> 背帳風搖紅蠟滴，惹香暖夢繡衾重。覺來枕上怯晨鐘。（卷七，頁 129）

上片以「菊飄黃」、「隱鳴蛩」來描繪秋之景，借風聲颯颯之「冷」，吹拂殘落菊瓣之「衰」，叢中伴隨蛩蟲鳴叫之「隱」，烘托出氣氛是何等清冷、何等淒迷。詞人寄情於景，緩緩道出閨閣女子的心懷惆悵，以種種秋日的自然現象，如殘菊表女子的美貌隨韶光逝去，再以「何期良夜得相逢」之女子心聲，傳遞了女子為何身容憔悴之情由，而這一切，都是為等待良人，煩憂何日歸來的守候所造就的呀！此情看似與〈獻衷心〉「繡鴛鴦帳暖」一詞的男子彷彿有同種情懷，都為等待相聚佳期而愁腸百轉，然實則非也，情調相同但感情濃度

卻有不同。〈獻衷心〉的男子是因「阻佳期」，相逢之日受阻，雖未言明爲何阻，但至少男子是知因事而阻，心中是有譜的，反觀此闋女子的等待，那種對聚首之日，心裏邊是沒個底的，相會之日對於女子而言，可說是不知何時年月才得以相逢，其身心受等待折磨，沒個完了。

然而此處卻是個雙重之境、虛與實的交疊描寫，「何期良夜得相逢」的雙關之語，本爲女子心聲的實境展現，卻有虛境之描摹，猶如《詩經・鄭風・風雨》所形容：「既見君子，云胡不夷？」〔註31〕遠方男子聽見女子的相思念想，出其不意地竟在這片秋景庭園中與之相會，其情該是多麼詫異，多麼驚喜啊！而下片「惹香暖夢繡衾重」則描繪女子以過往成夢境，以夢境爲現境，女子同良人雙宿雙飛，共度良宵春夜，一解相思愁緒。無奈，春宵苦短，一記晨鐘敲碎了無限春心，亦敲來了良人煙消雲散的驚與慌。夢境與現實的渾沌迷茫，最後以「怯」字收場，以晨鐘催斷枕橋，留下女子柔腸欲斷的纖細形象與滿室的惆悵獨悲之哀。

顧詞於此處將「枕橋」做一逆寫，本該是由「枕」先入夢，但詞人卻先描繪「夢」，呈現出女子已經身處幻夢虛境，下片敘寫夢中相會，然夢覺之際，是於枕上甦醒，雖未直言是由枕中入夢，然枕上夢醒仍可想見當時入夢路徑，乃是借「枕」得相逢呀！

顧夐以「枕」作爲一通道與橋樑，且魂牽心繫起一段段守於閨閣之內、無處傾訴地苦楚情絲，借虛體之形象，把相思人兒透過枕之毗連，將心中一滴一點對良人與佳人的惦念一線牽起，給予形單影隻的人們短暫地企望與盼想。

（二）「窗」

窗，於建築學上，是最早鑿於屋頂上，用以通風透氣的配置；於

〔註31〕〔漢〕毛亨注疏：《十三經注疏・詩經》（臺灣：藝文印書館，1993年9月），頁179。

古人眼中，是天與人之間一道帷幕；於今人口中，是打通自然與人的隔膜的眼睛〔註32〕。透過這道帷幕、這隻眼睛，天涯兩別的才子佳人，望去的，是窗外高懸夜幕的明月，亦是乘載著滿腔無處寄託的相思惦念。以下為花間詞「窗」字之使用例率：

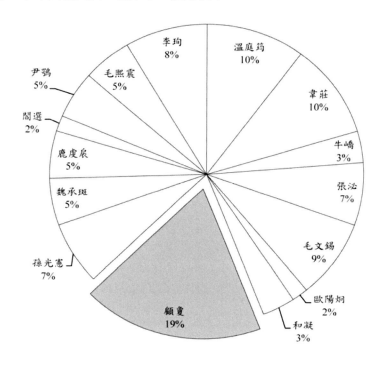

圖2　花間詞人以「窗」入詞之用例率

「窗」字於《花間》詞中共出現五十九次，其中又以顧敻十一例，占總用例率為最高，計19%；其次為溫庭筠、韋莊各六例，占總用例數為10%；第三則是李珣、毛文錫等人各五例，占總用例數為8%；其餘詞人於「窗」字用例率方面不足五，或不使用此字。（花間詞人「窗」之用例數詳參附錄1-2）下文即列舉出顧敻「窗」字用例，從中探索顧敻如何借「窗」這一建材，描畫出閨閣人兒的點滴傷懷。

〔註32〕錢鍾書：《寫在人生邊上》（臺北，開明書局，1947年9月），頁11。

表2　顧敻「窗」之用例句

詞　牌	首　句	「窗」字句
虞美人	碧梧桐映紗窗晚	碧梧桐映紗窗晚
虞美人	深閨春色勞思想	鎖窗前
河傳	燕颺	小窗屏暖
玉樓春	月皎露華窗影細	月皎露華窗影細
浣溪沙	紅藕香寒翠渚平	小窗孤獨淚縱橫
浣溪沙	惆悵經年別謝娘	月窗花院好風光
浣溪沙	雁響遙天玉漏清	小紗窗外月朧明
酒泉子	羅帶縷金	月臨窗
酒泉子	水碧風清	風度綠窗月悄悄
訴衷情	香滅簾垂春漏永	窗外月光臨
臨江仙	碧染長空池似鏡	小窗明

　　顧敻書寫「窗」入詞，往往伴隨著「月」。「情紆軫其所託，塑皓月而長歌」〔註33〕，顧敻借屋院小窗，眺望蒼穹夜幕的明月，將滿腔思念寄託於上，企盼能由這一輪他鄉同月，傳遞出這辰勾盼月、望眼欲穿的思念；咫尺天涯，面對觸得到、摸得著的「窗」，卻無論如何也觸不到、摸不著繫於天邊的「念想」。如〈訴衷情〉「香滅簾垂春漏永」，詞云：

　　　　窗外月光臨。沉沉。斷腸無處尋。負春心。（卷七，頁130）
與〈酒泉子〉「羅帶縷金」，詞云：

　　　　月臨窗，花滿樹，信沉沉。（卷七，頁127）
寥寥數語，寫盡月窗花院的美好，也將相思女子無處傾訴的深幽埋怨，盡付其中！夜色涼如水，窗外嬋娟，靜謐幽遠，但隨著一句「沉沉」，使得這股幽遠靜僻，透著一絲形單影隻的清冷涼意、含怨孤寂。顧詞「窗裏對月」，以寥寥數語，便借良辰美景，對比描畫出相思女

〔註33〕〔梁〕昭明太子，〔唐〕李善注述：《昭明文選》（臺北，文化圖書公司，1995年3月），頁181。

子獨守空閨，良人杳無音信的悽怨。

　　民間相傳，「賞月」起源於后羿思念奔向瑤宮的姮娥。姮娥奔月，后羿思念，望著天上一輪明月，終日心繫於瑤宮惦念。后羿望月，望的雖是一輪皎潔明月，更是滿腹的相思一片。而這片相思，溶入了顧夐的筆硯，把這片相思，盡數灑向了小窗外的那輪明月。窗裏對月，豈無所思？顧夐以「窗」作爲傳遞辰勾盼月的念想，以「月」作爲傾訴思念的寄託對象，刻畫出月窗花苑的佳麗景致，訴說著一句句魚沉燕杳的孤寂埋怨。

（三）「爐」

　　「爐」在形制上有多種大小、造型，依用處不同亦被賦予不同稱謂，如用於暖帳而壓在帳角的「帳角香爐」、或至於被褥中的「被中香爐」等；大者有安樂公主的「百寶爐」，兩丈之長、小者有《花間》中常出現的閨閣「金鴨」，不足二十公分的高度；又以動物爲基準設計的香爐，均喚「香獸」一語。洪芻《香譜・香之事》卷下云：

　　　香獸，以塗金爲狻猊、麒麟、鳧鴨之狀，空中以燃香，使
　　　煙自口出，以爲玩好，復有雕木埏土爲之者。〔註34〕

　　此段記錄了香獸之形、製作材料、使用之方等。香獸之形是借獅子、麒麟、水鴨（鳥）等獸禽造型，而材料方面則有銀、銅，偶有木製或陶製品，並塗彩鎏金色澤，顯其高貴、華麗。而受到香獸造形影響，其擺放地點亦有所差異。狻猊與麒麟這類香獸，或許是因其容貌展露出氣勢磅礴、威儀輒人之氛圍，故多出現於宮殿、或大型宴會之場合上。陸游（1125～1210 字務觀，號放翁）《老學庵筆記》云：「故都紫宸殿有二金狻猊，蓋香獸也。」〔註35〕又《陳氏香譜・麒麟》載：「晉儀禮大朝會郎鎮官，以金鍍九尺麒麟大爐。薛逢詩云：『獸坐金

〔註34〕　〔宋〕洪芻：《香譜》（北京，中華書局，1986 年《叢書籍成初編》，據〔清〕張鵬海輯《學津討原》本），〈香之事〉卷下，頁 20。
〔註35〕　〔宋〕陸游：《老學庵筆記》，收錄於《宋元筆記小說大觀》（上海：上海古籍出版社，2007 年 3 月），第 4 冊，頁 3482。

牀吐碧煙』是也。」〔註36〕宮殿中陳設這類香獸，目地大都是為了皇朝氣派、天子威儀，使其內部裝潢更顯富麗堂皇之色。

　　反之，如鸂鶒與金鴨這類小香獸，因外表玲瓏可愛，多置於室內擺設，亦是《花間集》詞中常見的香爐形制。採用香獸之形，主因是「以為玩好」，供人賞玩之用，是王公貴族為其奢侈日常再添一筆奢華享受，然而除了展現王公貴族的奢華感之外，有時香獸口中輕吐的飄煙冉冉，卻為寂寞守空閨的人兒，輕添些微生氣。

　　爐火燃燒沉香，產香，亦保有熱能，使得獨守空閨的人兒，為其閨閣添點溫度氣息，不至於被自身的悠悠長嘆所淹沒。以下為花間詞人以「爐」入詞之用例率：

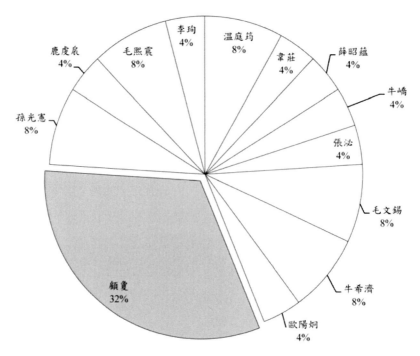

圖 3　花間詞人以「爐」入詞之用例率

〔註36〕〔宋〕陳敬撰：《陳氏香譜》（臺北：臺灣商務印書館，1985 年《景印文淵閣四庫全書》本），第 884 冊，卷四，頁 331。

　　「爐」於《花間集》詞中共出現二十四次，而除了顧敻八例，占總用例率最高，計32%以外，其他詞人於「爐」之用例率方面皆不足五例。（花間詞人「爐」之用例數詳參附錄1-3）下文列舉顧敻「爐」之用例，探索顧敻如何借「爐」這一閨閣器具，幻化出閨閣人兒的相思點滴：

表3　顧敻「爐」之用例句

詞　牌	首　　句	「爐」字句
虞美人	碧梧桐映紗窗晚	翠帷香粉玉爐寒
河傳	棹舉	小爐香欲焦
甘州子	一爐籠麝錦帷傍	一爐籠麝錦帷傍
甘州子	紅爐深夜醉調笙	紅爐深夜醉調笙
玉樓春	月皎露華窗影細	博山爐冷水沉微
浣溪沙	紅藕香寒翠渚平	寶帳玉爐殘麝冷
獻衷心	繡鴛鴦帳暖	小爐煙細
臨江仙	碧染長空池似鏡	博山爐暖淡煙輕

　　顧敻借「爐」之狀態，將閨閣人兒的心境歷程作一鮮明的呈現；借「爐」之金貴形象，加添閨閣陳設展示出富麗堂皇；借「爐」之煙裊、千縷凝香，顯露閨閣空間的氛圍——生氣與死寂；借「爐」之溫度，將熱、暖、冷、涼等感官形容，映現出閨閣人兒的心曲歷程。以下就顧敻詞作中，〈甘州子〉「紅爐深夜醉調笙」、〈玉樓春〉「月皎露華窗影細」以及〈河傳〉「燕颺」此三闋以見其概。

　　首先為〈甘州子〉其五「紅爐深夜醉調笙」：
　　　紅爐深夜醉調笙。敲拍處，玉纖輕。（卷六，頁118）
　　詞人以一「紅」字，將「爐」之熱感溫度發揮到極致，亦把詞中主人的情感渲染到最高處；「紅」字的視覺感受，再以「紅爐」一詞所帶出的觸覺熱感，兩相銜接，視覺與觸覺的感官交錯，堆疊出詞中

主人的恩愛纏綿，而其中情意，自不言而明了。

紅爐的炙熱燃燒，是熱戀纏綿、卻也為等候之心拉起了序幕。沉香於爐中的炙燒，是一點一滴的耗損；而隨沉香的逝去，紅爐，也正在一點一滴的失著熱度，轉向涼冷。〈玉樓春〉其三「月皎露華窗影細」敘寫的，便是失溫的開始。

　　博山爐冷水沉微，惆悵金閨終日閉。（卷六，頁120）

以沉香之「微」字，點出「爐冷」，此筆乃爐由熱轉冷的表現。爐中沉香並非是一燃即沒，而是一點一點的燃燒殆盡。詞人雖然以「博山爐冷」簡潔有力地道出爐之溫度，但透過後續的「水沉微」可見，爐中沉香依舊，尚未燃盡。而「冷」，是詞人的預言，詞人預示著沉香欲要燃盡，而博山爐終要邁入冰冷的下場，同時也預示了閨閣人兒的守候相思——日復一日地等待。時間如同那燃燒著沉香的火，不僅耗損了沉香，亦一點一滴的消磨掉閨閣人兒等待良人歸來的相思情愫。

沉香耗損，亦消磨心魂。當沉香燃盡，爐自當由熱轉冷，〈河傳〉其一「燕颺」，表現的便是這爐耗竭轉冰涼的末途。

　　繡帷香斷金鸂鶒。無消息。心事空相憶。（卷六，頁116）

詞人不直言爐之狀態，反以「香斷」二字，讓人不禁聯想起冷、聯想起閨閣人兒於繡帷之內，空虛寂寥之情。爐火燃燒，點燃沉香時，是有溫度的，且飄煙冉冉，飄散其中，可詞人卻以一「香斷」，表白了爐中沉香已燃燒至盡頭，連絲縷飄煙都不復見、連殘留室內的香氣也「斷」了，可想而知，這「爐」有些許工夫不再炙燒、漸轉冰涼，彷彿是那閨閣人兒於日復一日地等待中，殘燈油枯，心灰意冷之態。〔明〕文鎮亨《長物志・隔火》：「爐中不可斷火，即不焚香，使其長溫，方有意趣。」〔註37〕如今，「香斷爐冷」，這幾乎消逝的「意趣」，似乎在喃語著：就算存有一點念想，也只是虛無一場。

〔註37〕〔明〕文鎮亨撰：《長物志》（臺灣，商務印書館，1985 年《景印文淵閣四庫全書》），第 872 冊，卷七，頁 64。

　　顧敻詞，將「爐」的不同面向，展現在各闋作品中，形成了一種連續性的表現，亦道出主角們唯一不變的心曲——日復一日、永無止盡的等待……。

（四）「簾」、「屏」、「帷（帳）」

　　「簾、屏、帷（帳），障也。」〔清〕王先謙《釋名疏證補·器具》指出「簾」、「屏」、「帷（帳）」為藏匿、隱蔽之意。〔註38〕其主要功能可隔絕旁人之窺探，保障裏邊之隱私。馮桂芹〈簡析「簾」的文化象徵意義〉指出：

> 簾、幔、帷、屏、幕等被用來遮蔽視線或光線營造個人空
> 間。〔註39〕

　　中國古代建築，其空間多以木柱等支撐，少用牆泥塗壁，因此在空間結構上多呈寬敞、開放之姿，而為求劃分內部空間，是以用多寶格、書櫃等的形式，打造出內、外部空間的差別。其中，亦涵蓋了利用「簾」、「屏」、「帷帳」等物件，將之形成兩個獨立空間，造就兩處截然不同的環境氛圍。

　　以下為《花間》詞中「簾」、「屏」、「帷（帳）」之用例：

〔註38〕〔清〕王先謙撰：《釋名疏證補》，收錄於李學勤主編《中華漢語工具書庫》（安徽：安徽教育出版社，2002 年 1 月），第 51 冊，頁 602。
〔註39〕馮桂芹：〈簡析「簾」的文化象徵意義〉，《黃山學院學報》，第 2 期，2007 年，頁 2。

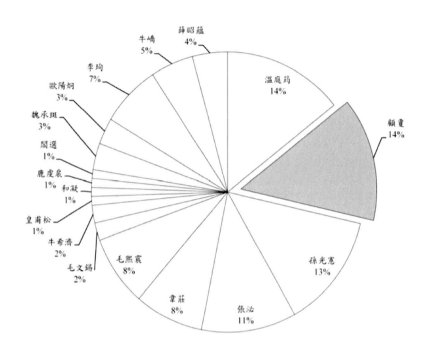

圖 4　花間詞人以「簾」入詞之用例率

　　根據中國建築「空間分隔」的構造而言，「簾」，是為最早的空間分隔物件，主要原因是因其機動性高。簾捲起時，可使內部空間透光，使之明亮；簾放下時，可使內部空間與外部空間，產生一隱匿藏身的處所，據上表《花間》詞中，簾之使用次數總計為九十八例，相較於其他閨閣器具而言，「簾」之比例是最高的，其次是「屏」。（花間詞人「簾」之用例數詳參附錄 1-4）

　　「屏」是繼「簾」之後，總用例數為第二高的閨閣物件，總計有八十七例，雖較「簾」略遜一籌，但十八詞家皆有詞例，可見「屏」於《花間》中，有著不可撼搖的地位。（花間詞人「屏」之用例數詳參附錄 1-5）

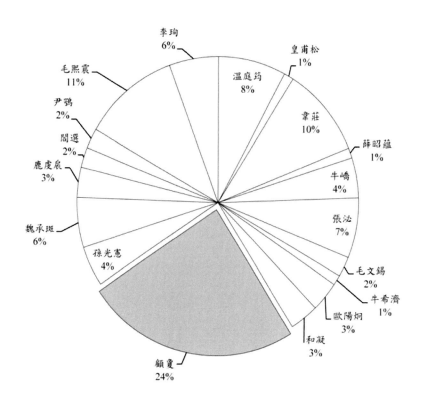

圖 5　花間詞人以「屏」入詞之用例率

　　而「帷（帳）」之總用例數雖不如「簾」、「屏」那般顯眼，有五十八例。但由「帷（帳）」之用例率可知，除了顧敻 17 例，占總用例率第一，計 35%；為毛熙震六例，占總用例數為 14%，其他詞人於帷（帳）之用例率方面皆不足五例，或不使用。（花間詞人「帷（帳）」之用例數詳參附錄 1-6）據此，更可說明顧敻多以閨閣器具來呈現美人心曲是有跡可循、無不道理的。

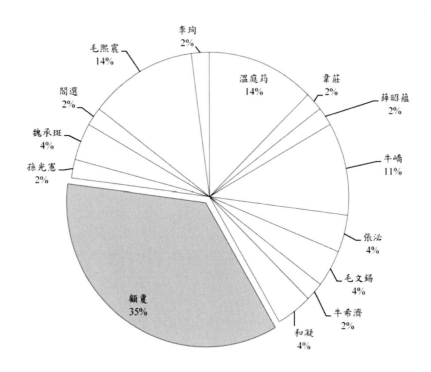

圖6　花間詞人以「帷（帳）」入詞之用例率

　　「簾」、「屏」、「帷（帳）」既爲「蔽匿一身」，隱匿了自身的蹤跡，
建築了隱密的所在，故花間詞人均抓住此一特點——「掩」，作爲落
筆的依據。而顧夐自當不例外，透過以下本研究所列舉出顧夐「簾、
屏、帷（帳）」之用例句，不難發現顧夐亦以「掩」爲著墨重點。爲
便於分析，茲將顧夐詞中，書寫「簾」、「屏」、「帷（帳）」詞句，騰
列於次：

表4　顧夐「簾」之用例句

詞　牌	首　句	「簾」字句
虞美人	曉鶯啼破相思夢	簾捲金泥鳳
虞美人	觸簾風送景陽鍾	觸簾風送景陽鍾

詞　牌	首　　句	「簾」字句
河傳	燕颺	海棠簾外影
玉樓春	月照玉樓春漏促	曉鶯簾外語花枝
浣溪沙	春色迷人恨正賒	簾外有情雙燕颺
浣溪沙	荷芰風輕簾幕香	荷芰風輕簾幕香
楊柳枝	秋夜香閨思寂寥	更聞簾外雨蕭蕭
遐方怨	簾影細	簾影細
獻衷心	繡鴛鴦帳暖	虛閣簾垂
訴衷情	香滅簾垂春漏永	香滅簾垂春漏永
漁歌子	曉風清	畫簾垂
臨江仙	月色穿簾風入竹	月色穿簾風入竹
醉公子	岸柳垂金線	高樓簾半捲
更漏子	舊歡娛	簾半捲

表5　顧敻「屏」之用例句

詞　牌	首　　句	「屏」字句
虞美人	曉鶯啼破相思夢	翠翹慵整倚雲屏
虞美人	翠屏閑掩垂珠箔	翠屏閑掩垂珠箔
虞美人	碧梧桐映紗窗晚	小屏屈曲掩青山
河傳	燕颺	小窗屏暖
河傳	曲檻	醉眼疑屏障
甘州子	一爐籠麝錦帷傍	屏掩映
甘州子	紅爐深夜醉調笙	小屏古畫岸低平
玉樓春	柳映玉樓春日晚	金粉小屏猶半掩
玉樓春	拂水雙飛來去燕	曲檻小屏山六扇
浣溪沙	春色迷人恨正賒	小屏狂夢極天涯
浣溪沙	荷芰風輕簾幕香	小屏閒掩舊瀟湘
浣溪沙	雲淡風高葉亂飛	深閨人靜掩屏幃
酒泉子	楊柳舞風	錦屏寂寞思無窮

詞　牌	首　句	「屏」字句
詞牌	首句	「屏」字句
酒泉子	羅帶縷金	畫屏欹
酒泉子	水碧風清	小屏斜
獻衷心	繡鴛鴦帳暖	孔雀畫屏欹
應天長	瑟瑟羅裙金線縷	倚屏慵不語
漁歌子	曉風輕	翠屏曲
臨江仙	幽閨小檻春光暖	屏虛枕冷
臨江仙	月色穿簾風入竹	倚屏雙黛愁時
醉公子	漠漠秋雲淡	枕欹小山屏
更漏子	舊歡娛	屏斜掩

表6　顧敻「帷（帳）」之用例句

詞　牌	首　句	「帷（帳）」字句
虞美人	觸簾風送景陽鍾	曉帷初捲冷煙濃
虞美人	碧梧桐映紗窗晚	翠帷香粉玉爐寒
河傳	燕颺	繡帷香斷金鸂鶒
甘州子	一爐籠麝錦帷傍	一爐龍麝錦帷傍
玉樓春	月照玉樓春漏促	背帳猶殘紅蠟燭
玉樓春	柳映玉樓春日晚	香滅繡帷人寂寂
浣溪沙	紅藕香寒翠渚平	寶帳玉爐殘麝冷
浣溪沙	荷芰風輕簾幕香	恨入空帷獨鸞影
浣溪沙	庭菊飄黃玉露濃	背帳風搖紅蠟滴
浣溪沙	雲淡風高葉亂飛	深閨人靜掩屏帷
浣溪沙	雁響遙天玉漏清	翠帷金鴨炷香平
酒泉子	小檻日斜	翠帷閒掩舞雙鸞
酒泉子	掩卻菱花	銀燈背帳夢方酣
酒泉子	水碧風清	帳深枕膩炷沉煙
楊柳枝	秋夜香閨思寂寥	鴛帷羅幌麝煙銷

詞　牌	首　句	「帷（帳）」字句
獻衷心	繡鴛鴦帳暖	繡鴛鴦帳暖
荷葉杯	歌發誰家筵上	蘭釭背帳月當樓

以「屏」爲例，如顧敻〈玉樓春〉其二「柳映玉樓春日晚」上片：

> 柳映玉樓春日晚。雨細風輕煙草軟。畫堂鸚鵡語雕籠，金粉小屏猶半掩。（卷六，頁 119）

詞人剪輯了向晚時分的畫面，並將此畫面與閨閣女子的心境，巧妙地作了調和，借「柳映玉樓春日晚。雨細風輕煙草軟」，營造出外境淒涼迷濛之感。向晚拂意，嫩草隨風輕擺；細雨煙塵，引片片水簾羽紗幔盪。景緻淒迷，寂然沉靜，窗外如是，內室亦如此。詞人借「畫堂鸚鵡」，渲染閨閣女子猶如被囚的籠中之鳥般，低聲泣訴，泣訴「郎何處」。金爐香斷，減滅了最後的一絲暖意，使其外邊沁冷凝寒，不住襲來；小屏半掩，掩不住窗外迳來的淒淒秋怨，將閨閣女子「人寂寂」之楚切，更添一籌。「掩屏」爲顧詞之一大宗，又如〈浣溪沙〉「雲淡風高葉亂飛」：「深閨人靜掩屏帷」等，皆著筆於「掩」。而「簾」、「帷（帳）」亦是，故不多加贅述。顧敻不僅使用一樣閨閣物件來映現美人心曲，往往透過多樣物件、多種形式，在一闋詞中進行刻畫、描寫。如「屏與帷」的共同造景，〈虞美人〉其四上片：

> 碧梧桐映紗窗晚。花謝鶯聲懶。小屏屈曲掩青山。翠帷香粉玉爐寒。兩蛾攢。（卷六，頁 114）

詞人先是以「晚」、「花謝」、「鶯聲懶」等暮氣委靡之色，再借一「小屏屈曲」的屏之形，掩去蔥籠蒼翠的活力生氣，一步一步地畫進閨閣裏；再透過「帷之垂」的空間感知，寫進了翠帷裏、畫出了閨閣人兒「兩蛾攢」的幽怨愁心。詞人的鏡頭描寫，由室外移至室內；再由室內陳設點出「曲屏」之狀，進而深入「翠帷」之中，如此循序漸進之步履，宛如抽絲剝繭般地，一層一層地描畫著閨閣人兒的相思之境。

　　詞人的描寫，漸進式地展現美人的閨房陳設，層層寫進美人的幽怨愁心。又如〈玉樓春〉其一下片，則借「簾與帳」所形成的對比差異，一展美人傷懷淚滴。

〈玉樓春〉

惆悵少年遊冶去，枕上兩蛾攢細綠。曉鶯簾外語花枝，背帳猶殘紅蠟燭。（卷六，頁119）

詞人不直接以「簾」拓展出內、外部的空間，反以「簾外」與「帳內」，分割出兩個明確且迥異的氛圍，並爲內、外部呈現出一鮮明且強烈的對比方式。簾之外，是「曉鶯語花枝」，詞人借「簾外」的寬闊，堆疊出桃紅柳綠的明媚風光，湧現出鶯啼燕語的美好景致；帳之內，卻是「蠟紅殘燭」，燒盡了徹夜通宵的殘燭，滴落了長夜漫漫的孤獨。詞人以「簾外」與「帳內」，分割出一大一小的極致空間感。由簾外的寬闊，緊挨著帳內的窄小；由一個大空間，轉化至一個小空間，而此一急速反差，教人措手不及，尚未從簾外的一片明媚景致跳脫，畫面便隨即轉進帳內狹窄、教人窒息的晦暗，然而此一急速轉換，卻將閨閣人兒孤衾枕寒的涼意，更顯憂傷。

　　詞人以「簾」與「帳」之閨閣物件，打造出「大」與「小」兩種截然有別的實體空間。而〈浣溪沙〉「春色迷人恨正賒」一詞，則借「簾」與「屏」之閨閣物件，營造出「實」與「虛」的兩種不同視界：

簾外有情雙燕颺，檻前無力綠楊斜。小屏狂夢極天涯。（卷七，頁124）

詞人以「夢」切開了兩個迥然有異的視野。一個是展現了「實景」；一個是映畫出了「華胥」。實景，是簾外的那片風光。詞人以「簾之外」，展現出一片悅目景致、明媚春色的風采，而這春光風采，不在於鳥語花香、不在於綠柳碧色，而是那一成雙入對的「有情雙燕」。詞人於這妙麗佳景，特意妝點了雙宿雙飛、形影不離的「有情燕」，亦彩繪出閨中人心中的渴望，但這一層渴望，卻是難以實現的妄想，那麼，只得超脫現狀、借由幻夢華胥成就「它」！「華胥」在哪兒？

即是「小屏」上的那一屏畫，那畫著時下流行的池上鴛鴦、蝶舞叢花、飛禽肆意來去的屏畫。而「日有所思，夜有所夢」，簾外所見的「雙燕」，喚醒了朝思暮想的依戀，閨中人便憑依著「屏畫」所圖繪出的「華胥」，一路追尋，追尋至天涯，成就心中的渴望。詞人以「簾外」之實景，映現出「屏畫」之華胥，亦將閨中人心中的想望，借「屏畫虛境」抒發。

　　顧敻以「簾」、「屏」、「帷（帳）」等閨閣物件，展現了閨中人的內心情話。以「屏與帷」，渲染閨中人幽獨僻靜，層層堆疊起美人的幽怨；借「簾與帳」造就的空間之對比，道出閨閣人兒的孤枕寒心；以「簾與屏」之虛實空間的視野轉換，將美人心中的企盼、渴望，一展於前。顧敻看似以不同的表現手法，將美人心曲寄託於「簾」、「屏」、「帷（帳）」之上，然而筆墨之外，「掩」仍為著墨重點，仍以「掩」，掩卻了閨閣人兒難以傾訴的憂悲。

三、微語媚態　強烈情懷

　　高峰《花間集研究》論顧敻詞作有所論述，且於著墨不多的篇幅中，扼要提出其觀點，以「細微化」〔註40〕當其重要特徵。「細微化」，係指顧敻詞作於描摹物象與情感時，多「小」、「細」、「微」、「輕」等用字，借此展露閨中人嫋娜纖巧之姿態，表現纖緻麗密之特質。據筆者統計，《花間》詞人「細微化」用字「小」、「細」、「微」、「輕」等，總計有249例（詳參附錄二），統計如下：

表7　花間詞人「細微化」用字之使用例率

詞人	作品數	用例數				用例數合計	用例率
		小	細	微	輕		
溫庭筠	66	9	7	2	6	24	0.096

〔註40〕高峰：《花間詞研究》（南京：江蘇古籍出版社，2001 年 1 月），頁202。

詞人	作品數	用例數				用例數合計	用例率
		小	細	微	輕		
孫光憲	61	7	0	5	7	19	0.076
顧敻	55	23	14	10	14	61	0.245
韋莊	48	5	3	2	6	16	0.064
李珣	37	6	3	4	4	17	0.068
牛嶠	32	7	0	0	1	8	0.032
毛文錫	31	1	0	2	6	9	0.036
毛熙震	29	6	1	3	14	24	0.096
張泌	27	8	1	1	5	15	0.060
和凝	20	4	1	2	6	13	0.052
薛昭蘊	19	2	2	0	5	9	0.036
歐陽炯	17	3	1	1	1	6	0.024
魏承斑	15	4	0	0	3	7	0.028
皇甫松	12	1	2	1	0	4	0.016
牛希濟	11	1	0	1	5	7	0.028
閻選	8	2	1	1	2	6	0.024
鹿虔扆	6	0	0	1	1	2	0.032
尹顎	6	1	0	0	1	2	0.032
總數	500	90	36	36	87	249	1

　　據上表統計，顧敻用例數計有六十一例，占總用例率最高，計有 25%；其次為溫庭筠、毛熙震二十四例，占總用例率為 10%；第三則為孫光憲十九例，占總用例率為 8%。由此可知，顧敻於「細微化」用字之熱愛，顯而易見。

　　其中以，「小」字之用例數，最為突出，出現十九次。顧敻於「小」字運用，多半與「大」相對，多是形容一物件，如「小屏」、「小窗」、「小髻」等等。「小」，讓人不自覺產生一種精細玲瓏、小巧可愛卻也薄弱易碎的氛圍，它需要讓人捧於掌心之間，給予萬般呵護與照顧，

猶如美人那顆嬌滴可愛，卻也柔弱、不堪折毀的蘭心。如：〈酒泉子〉「黛薄紅深」：

> 小鴛鴦，金翡翠。稱人心。（卷七，頁 127）

「小」之形容，不單僅是描述金飾的小巧、可愛，詞人更展現出「小」之視覺觀感，營造出一股美人麗而俏、小而嬌的秀美悅人，故詞末以「稱人心」，一展美人歡心情緒。顧敻以「小」來形容美人嬌小翠鈿，亦表現於器具樓閣之上。如〈虞美人〉「翠屏閑掩垂珠箔」：

> 小金鸂鶒沈煙細，膩枕堆雲鬢。（卷六，頁 114）

再如〈獻衷心〉「繡鴛鴦帳暖」：

> 小爐煙細，虛閣簾垂。幾多心事，暗地思惟。（卷七，頁 130）

「金鸂鶒」係指一閨閣器物，是一種燃香的工具。二闋均以「小」字，著重於香爐的體積。詞人冠以「小」字，說明體積不大；而香爐燃煙，煙香渺渺，詞人既然以「小」冠之，那麼裊裊香煙，自然是細而輕渺，絕非是濃濃彌漫遮人眼的肆意濃煙。裊裊香煙，似斷而連，好似美人嬌吐的芬芳，可這芬芳，彷彿就要為相思拖累，枯槁了容顏，消磨了嬌態。又如〈浣溪沙〉其八下片：

> 記得泥人微斂黛，無言斜倚小書樓。暗思前事不生愁。（卷七，頁 126）

詞人借一連串「泥人」、「微斂」、「小書樓」傳神地映現出畫樓女子的嬌憐柔弱。詞人以「微」字展現出不經意之感，傾瀉了女子強忍思念的情態，如此渺小的情致，那是旁人所查覺不出，亦是強忍思念的痛楚；詞人接續「無言」二字，描畫女子仍受相思牽役，並以一「小書樓」之空間形容，襯托出女子受其相思「深鎖」，淪陷其中、難以自拔。

從以上詞作，亦可發現顧敻於「細微化」語言的運用，不單單只是做個別呈現，亦有組合之姿。如〈臨江仙〉「幽閨小檻春光晚」便是「微」與「細」之組合：

> 畫堂深處麝煙微。屏虛枕冷，風細雨霏霏。（卷七，頁 134）

詞人借「深」之重，體現「微」之渺。畫堂深處，所表現的是彷彿濃墨般的幽暗，而這股幽暗，是源自於「屏虛」、「枕冷」、「風細」、「雨霏」所匯流交聚而成的色彩，渲染出一幅濃彩重墨的幽深。詞人以「微」刻畫了閨閣外的幽渺，亦以「細」描摹了閨閣外的迷濛，裏裏外外，展現出畫堂女子孤單寂寥、茫然無依的惆悵，然而這一惆悵，卻夾雜了一絲「期待」，期待著離去的人兒能如樑燕般，逢春歸來。這一絲期待，是畫堂深處所展露的一點生息──那渺而似滅的「微煙」；「微」，不單描繪了麝煙的淡渺，亦展現出畫堂女子的那一點企盼，但也隨著詞末之「細」，揭示了畫堂女子守候離人時，內心苦意。

又如〈遐方怨〉「簾影細」，即為「細」與「輕」的組合描繪：

> 簾影細，簞紋平。象紗籠玉指，縷金羅扇輕。嫩紅雙臉似花明。兩條眉黛遠山橫。（卷七，頁 129）

詞人借由描繪一連串的精美物什，再透過簾影之「細」，展現出「象紗玉指」、「嫩紅雙臉」的美感。影之細，帶出了「偷覷」之視覺感官描寫，「細」，帶了點「隱」、帶了點一種無法直視的「朦朧」氛圍。惟有這無法直視、又帶點若隱若現的美，方可透顯簾幕之後，美人如「羅扇輕」般的嬌顏體態；羅扇「輕」，也流露了美人輕盈嬝嬝、纖細婉柔之色，而如此美妙的色調，簾影若無「細」，影即是影，那麼這股厚重的視覺感官，又如何能描畫出美人象紗玉指的想像，又如何能塑造出美人若隱若現的輕嬝呢？故而詞人以影之「細」，映現出美人彷若羅扇「輕」般地柔媚情狀。

顧夐於「輕」字的描摹，除了一展美人的風姿綽約，亦悄然地揭露了美人芳心幾許愁，如〈酒泉子〉「楊柳舞風」：

> 楊柳舞風。輕惹春煙殘雨。杏花愁，鶯正語。畫樓東。（卷七，頁 126）

詞人以一「輕」字，悄然地帶出美人心中淡然憂傷的泣語，借由「輕」之重量，輕巧無息地揭開了由春煙殘雨所編織而成的「帷幕紗

帳」，洩露了「帷幕紗帳」裏，屬於「杏花愁」的憂心；那愁，明裏指著杏花受到春雨侵擾的憂慮，暗裏卻直指畫樓女子的傷心。整闋詞透著一股淺色傷懷的淡筆，而詞人此處所添一「輕」字，卻也宛若一隻纖纖細指，輕巧地揭起了畫樓深處的秘密。

　　顧敻除了以微語媚態之「細微化」：小、細、輕、微等用字，體現美人的嫋娜纖巧、情致嬌柔之姿態外，亦借濃烈情懷之「激情化」的字眼：恨、狂、負等用字擇選，亦爲顧詞之一大特色。據筆者統計，《花間集》中「激情化」的用詞，總計有 114 例（詳參附錄三），如下統計：

表 8　花間詞人「激情化」用字之使用例率

詞人	作品數	用例數			用例數合計	用例率
		恨	負	狂		
溫庭筠	66	6	0	1	7	0.06
孫光憲	61	7	0	5	12	0.11
顧敻	55	16	7	11	34	0.30
韋莊	48	5	1	1	7	0.06
李珣	37	5	1	0	6	0.05
牛嶠	32	3	1	3	5	0.04
毛文錫	31	6	0	0	6	0.05
毛熙震	29	5	0	1	6	0.06
張泌	27	1	0	2	3	0.03
和凝	20	1	0	2	3	0.03
薛昭蘊	19	4	0	0	4	0.04
歐陽炯	17	3	2	0	5	0.04
魏承斑	15	7	0	1	8	0.07
皇甫松	12	0	0	0	0	0
牛希濟	11	2	0	1	3	0.03

詞人	作品數	用例數			用例數合計	用例率
		恨	負	狂		
閻選	8	3	0	0	3	0.02
鹿虔扆	6	0	0	0	0	0
尹鶚	6	2	0	0	2	0.02
總數	500	76	12	28	114	1

　　經由上表可見，顧夐用例數計有三十四例，占總用例率最高，計有 30%；其次為孫光憲十二例，占總用例率為 11%；第三則為溫庭筠、韋莊七例，占總用例率為 6%。顧夐以男女情詞為一大主題，而詞中所顯露的情感，乃是由哀轉怨、因怨生恨的漸進式描寫。透過「激情化」的展現，使得顧詞中獨守空閨、縈居一人的女子，不再只是猶如深宮婦的哀愁自傷。顧夐更進一步地，描摹綺怨孤獨之外的強烈情感，如「恨」、「狂」、「負」等這類比「悲哀」、「愁苦」的程度，來得更加鮮明的情感；而在這更深一層的情感表達中，亦可見顧夐作閨音，卻是替女子發出最深沉且激烈的心曲。「人生最苦是離別」，顧夐選擇這類「激情化」的字眼，泰半以「別緒」展現，如〈河傳〉「棹舉」：

　　　　天涯離恨江聲咽。啼猿切。此意向誰說。（卷六，頁 117）

詞人以一「恨」字，表離別之苦；離別不只苦，還「很」苦。顧詞以一「恨」字，呈現加倍的情感，顯示出離別之「恨」，乃是「至極」的苦；日積月累的離別苦楚，日日加疊，夜夜加劇，使得這「苦」轉化成「恨」。而這「恨」，接續了一「猿聲」，猿聲何如？乃悲切萬分。猿之聲，將其離別之「恨」，再添一筆哀怨淒苦。顧夐單以「恨」等激情化的字眼作呈現之外，亦有組合之形式。如〈酒泉子〉其六，借「恨」與「負」的組合，孕育出深長而幽遠的恨意綿延。試觀其詞：

　　　　水碧風清，入檻細香紅藕膩。謝娘斂翠，恨無涯，小屏斜。
　　　　堪憎蕩子不還家。謾留羅帶結，悵深枕膩炷沉煙，負當年！

　　　　（卷七，頁 128）

此闋乃描摹夢覺後的滿室淒迷，供人細細品嘗與回味，並將焦點置於「果」，明白訴說夢覺後的相思情恨。此「恨」，出自於夢覺後哀怨。「天涯」是有盡的，而「無涯」卻是無邊的；詞人以一「恨無涯」，把謝娘心曲形容至極，將這段苦苦守候，因著時間推移，積年累月的哀怨愁緒，借由「恨無涯」，表現得淋漓盡致。「水碧」二句道出「因」，乃現實中的苦守，全因這夢裏聚首而煙消雲散；這佳辰美景，是實景，亦是虛幻。他既傳達出風光明媚的艷色荷塘，亦體現夢裏團聚的歡欣喜悅。水是碧綠的、風是清爽的、花飄散著芬芳，而美景仍須美心才能顯其美麗。詞人以「水碧風清，入檻細香紅藕膩」，扼要地刻畫華胥裏相守之景，一展守候女子的滿心歡喜；可夢覺之際，美景破碎，再添一縷怨意。「謝娘斂翠」，是美人夢覺後的惆悵，夢裏纏綿，醒轉卻獨守空閨，此情此景，教人情何以堪？詞人透過「謝娘」句為一轉折，更見美人心中的哀怨愁緒。可這哀怨尚未停歇，詞人於末結再增一「負」字，是美人的憎怨。過去的年少無知，竟聽信了蕩子的蜜語甜言，如今「謾留羅帶結」，本該是佳辰美景的相會相見，卻成了錦帳深淵似的獨守空閨，徒留昔日一同結下的同心結；這「結」卻成了美人的「劫」，終教相思磨累了紅顏的劫難；當年同結羅帶結的初心，如今卻睹物思情、相思加倍，怨情轉烈，滋長了「恨」意無限，亦因「負」字再添一筆綿延。

　　顧夐透過「恨」與「負」的組合，大篇幅地刻畫美人縈居的「心怨」；亦有「恨」與「狂」的組合，短短一句便傾盡了美人「泣怨」。如〈玉樓春〉其二下片：

> 香滅繡帷人寂寂，倚檻無言愁思遠。恨郎何處縱疏狂？長使含啼眉不展。（卷六，頁119）

詞人投入一石子漣漪般地，短短一句，以「恨」始，以「狂」結，便將美人心緒迸發洶湧，明白清晰。詞人先是描畫出一幅了無生意的幽暗死寂，並濃彩重墨地塗上沉悶寂寥的氛圍。美人「無言」，卻是一筆心中積怨。美人並非「無言」，詞人以一「愁思遠」，將美人

心中蘊怨，一覽無遺；美人之所以無言，乃因心中有太多望而不見的愁思積累。而慢火煮水，終將達至沸點，「恨郎何處縱疏狂」便是這沸點上限；美人滿溢的愁怨轉烈，由怨轉恨，恨郎無情、恨郎寡意、恨郎疏狂不知歸！詞人末以一「長」字，拉開了時間的距離，顯示了這「啼眉不展」，並非僅僅一朝一夕，而是歷時久遠，積年累月的孤寂恨怨。

「恨」字的投入，使得美人的心愁添加一筆更濃烈、更深沉的哀怨。而在〈臨江仙〉「幽閨小檻春光晚」一詞中，「狂」字的展現，則是妻子對夫婿的思念：

何事狂夫音信斷，不如梁燕猶歸。（卷七，頁 134）

其怨乃因「不如梁燕猶歸」，妻子埋怨：就連樑上燕都知道歸家，怎丈夫卻一去不回、消息全無呢？「何事狂夫因信斷」乃是女子對其夫婿的埋怨嬌嗔。「狂夫」自李白〈搗衣篇〉詩云：「玉手開緘長歎息，狂夫猶戍交河北。」本意為古代妻子對於丈夫的謙稱，然而此處卻添加其他蘊涵，乃借「狂」字顯其丈夫放浪不羈之形象，以「狂」謙稱丈夫，同時又代表著放蕩不羈的夫婿，拋家棄子，彷彿了無牽掛般地一去不知回，以現代話來說，便是妻子稱呼另一半：「你這死鬼！」「死鬼」當然並非真的詛咒丈夫，而是妻子懷著一種半嬌半嗔之情感，來叫喚平日裡最情深的夫婿，同為女子惦念丈夫之愁緒，到達了極致的體現。

顧夐以「細微化」的語言，借「小、「細」、「微」、「輕」等用字選擇，展露閨閣美人的纖巧婀娜、婉柔嫵媚之特質，彰顯閨閣美人小巧可愛，卻也薄弱易碎的蘭心；而這顆蘭心所湧現的情感，加諸「激情化」這一類「恨」、「負」、「狂」等極致情緒，顯露出宛若古琴拔弦的音色般，愈奏愈強、愈強愈烈的情感，使得綺怨孤獨的哀愁自傷，再添一層強烈情懷，也描繪出閨閣美人更加鮮明的心境。顧夐透過「細微化」的語言，乘載了「激情化」的思念，描畫出閨閣美人的「身」與「肉」，映現了閨閣美人的「心」與「情」；顧夐五十五闋作品，好似無聲的微電影，一場場的上檔、一幕幕的播映。

第五章　顧敻詞之傳播接受

　　選本，是一種重要的傳播媒介，係編選者對詞人若干作品，按照其輯錄標準，並依某種體例編纂而成。歷朝各代的選本，都有隸屬於自己的編選成因、編選目的，以及編選標準，如同創作者都有其創作風格；每一部選本都會表現出編選者的價值觀念與審美標準，此外，從中亦可考察其所處的時代風氣、文化背景、藝術涵養，甚至詞學思潮變遷等各層面。選本的問世，乃「刪汰繁蕪，使莠稗咸除，菁華畢出。」〔註1〕係因應時代而生的產物，它與總集、一般選集的不同之處，在於其所輯錄的作品，具備了代表性與普遍性，且易於廣泛流傳。然而，選本的編纂有其困難之處，〔明〕俞彥《爰園詞話》云：

　　　　非惟作者難，選者亦難。〔註2〕

　　又〔清〕陳廷焯《白雨齋詞話》亦云：

　　　　作詞難，選詞尤難。以我之才思，發我之性情，猶易也；
　　　　以我之性情，通古人之性情，則非易矣！〔註3〕

　　顯見，選本的編纂並非易事。選本並非僅僅是為了蒐集與保存作品，其深刻處，乃在於編選者的審美標的，及其選錄的用心程度，魯

〔註1〕〔清〕紀昀等：《四庫全書總目提要》（石家莊：河北人民出版社，2000年3月），第4冊，卷一百八十九，頁5080。

〔註2〕〔明〕俞彥：《爰園詞話》，見錄於唐圭璋《詞話叢編》，第1冊，頁401。

〔註3〕〔清〕陳廷焯：《白雨齋詞話》，見錄於唐圭璋主編：《詞話叢編》，第4冊，頁3790。

迅曾云：「選本所顯示的，往往非作者的特色，倒是選者的眼光。」
〔註4〕透過編選者的「眼光」，即個人文學素養、接受態度等種種變因，
成就了選本，並使之成為重要的傳播媒介。以接受美學的角度觀之，
選本的產出，不啻為是一種「接受」的過程，更是考察詞人作品於歷
代接受之情況，不可或缺的重要環節。

　　本文所採集的選本，涵蓋唐五代宋、明、清等歷代著名的詞集選
本，共得 28 種詞選。北宋詞選，迄今僅存《尊前集》、《金奩集》，其
他如無名氏《家宴集》、孔夷《蘭畹曲會》等皆已亡佚。而南宋詞選
之選錄範圍，涵蓋唐五代者，有：書坊所刊刻《草堂詩餘》、黃昇《唐
宋諸賢絕妙詞選》等，其餘以宋詞為選錄範圍，如黃昇《中興以來絕
妙詞選》、曾慥《樂府雅詞》、趙聞禮《陽春白雪》等，或是專錄梅花
詞之黃大輿《梅苑》，皆不列入討論。故於宋編詞選的探討上，以〔北
宋〕不著撰人《尊前集》、〔北宋〕不著撰人《金奩集》、〔南宋〕書
坊刻《草堂詩餘》、〔南宋〕黃昇《唐宋諸賢絕妙詞選》等 4 種詞選。
而於金、元二代之選本，其選錄範圍多不出南宋、金、元三代，顯見
唐五代詞人的作品，於金、元詞選上，有嚴重停滯之狀況，本文亦不
列入討論。

　　而明編詞選則著重於「自歷代作品中擇其精華之選本」〔註5〕為
主要探討，如：顧從敬《類編箋釋草堂詩餘》、錢允志《類編箋釋續
選草堂詩餘》、不著撰人《天機餘錦》、楊慎《詞林萬選》、楊慎《百
琲明珠》、陳耀文《花草粹編》、董逢元《唐詞紀》、周履靖《唐宋元
明酒詞》、茅暎《詞的》、卓人月《古今詞統》、陸雲龍《詞菁》、潘游
龍《古今詩餘醉》等，計有 13 種選錄範圍涵蓋唐五代之明代詞選。

〔註4〕魯迅：《魯迅全集・且介亭雜文二集》（臺北：谷風出版社，1980 年
　　　12 月），卷七，頁 135。
〔註5〕陶子珍將明代詞選分作兩大趨勢：一為將詞人別集或詞選總集，匯集
　　　成一部大型叢編；一為自歷代作品中擇其精華之選本。參陶子珍：《明
　　　代四種詞集叢編研究》（臺北：秀威資訊科技股份有限公司，2006 年
　　　7 月），頁 166。

　　清代爲詞學鼎盛期，詞選編纂亦邁入高峰，因本文研究重心以唐五代爲主，故以選錄範圍涵蓋唐五代之清代詞選爲探討範疇，如朱彝尊《詞綜》、沈辰垣、王奕清《歷代詩餘》、沈時棟《古今詞選》、夏秉衡《清綺軒詞選》、黃蘇《蓼園詞選》、張惠言《詞選》、董毅《續詞選》、周濟《詞辨》、陳廷焯《詞則》、王闓運《湘綺樓詞選》、成肇麐《唐五代詞選》、梁令嫻《藝蘅館詞選》等 12 種清編詞選探討之。

　　此外，本文亦將「詞譜」視爲選本的一種。詞本倚聲而塡，因聲擇調，因調以配律。〔宋〕楊纘《作詞五要》云：

> 第一要擇腔。腔不韻則勿作。如〈塞翁吟〉之衰颯，〈帝台春〉之不順，〈隔浦蓮〉之寄煞，〈鬥百花〉之無味是也。第二要擇律。律不應月，則不美。如十一月調須用正宮，元宵詞必用仙呂宮爲宜也。第三要塡詞按譜。自古作詞，能依句者已少，依譜用字者，百無一二。詞若歌韻不協，奚取焉。或謂善歌者，融化其字，則無疵。殊不知詳製轉折、用或不當，即失律，正旁偏側，凌犯他宮，非復本調矣。〔註6〕

可見詞譜於塡詞者之必要性。然宋以前的詞譜，乃曲調之譜，惜已失傳，今日所見明、清詞譜，乃屬格律之譜，故明清詞譜首要注重於詞體本身的字數、聲律、句式等各方面，其所選之範式，亦具備標準性、代表性。詞譜不僅兼具了詞選的審美功能，亦可供塡詞者參照與學習，爲塡詞者之準繩，自不可棄之。今蒐得之詞譜，有明編詞譜：周瑛《詞學筌蹄》、張綖《詩餘圖譜》、謝天瑞《詩餘圖譜·補遺》、徐師曾《文體明辨附錄·詩餘》、程明善《嘯餘譜》等 5 種。清編詞譜有：賴以邠《塡詞圖譜》、萬樹《詞律》、徐本立《詞律拾遺》、杜文瀾《詞律補遺》、陳廷敬、王奕清等《欽定詞譜》、秦巘《詞繫》、葉申薌《天籟軒詞譜》、舒夢蘭《白香詞譜》、謝元淮《碎金詞譜》等 9 種，共得 14 種明清詞譜。

〔註 6〕〔宋〕楊纘：《作詞五要》，收錄於唐圭璋《詞話叢編》，第 1 冊，頁 267～268。

　　本節將透過宋編詞選、明編詞選、清編詞選、明編詞譜、清編詞譜等五種研究範疇，探究顧敻作品於歷代選本之收錄情形，而其研究方法，係以「計量分析」進行統計、研究。據王兆鵬《詞學史料學》云：

> 一部詞選，入選有哪些人，各人入選多少，都反映出選詞者的審美趣味和審美判斷。因而根據詞選又可考察一首詞作的影響與地位。入選率越高的詞作，表明其受歡迎的程度越高，對讀者的影響力就越大。可以用計量分析的方法，統計說明詞史上那些作品入選率越高，影響力最大。總而言之，詞選作為傳播詞的一種特殊媒介，具有多方面的功能與價值。〔註7〕

從入選的有無、入選率的高低，得以直接表現出歷代讀者對其作品的歡迎程度，「計量分析」，無疑是最為客觀的方法。故本文藉由計量分析之方法，探究顧敻詞作於歷代選本之收錄現象，以窺顧敻作品於歷代之傳播接受。（顧敻作品見錄於歷代選本一覽表，詳參【附錄四】）

第一節　宋編詞選

　　據〔北宋〕不著撰人《尊前集》、〔北宋〕不著撰人《金奩集》、〔南宋〕書坊輯刻《草堂詩餘》、〔南宋〕黃昇《唐宋諸賢絕妙詞選》等書，見顧敻作品入選情形，如下表所示：

表9　顧敻作品於宋編詞選入選情形

序	時代	作者	詞集	收錄數量	收錄作品
1	北宋	不著撰人	尊前集	0	無
2	北宋	不著撰人	金奩集	0	無

〔註7〕王兆鵬：《詞學史料學》（北京：中華書局，2009年2月），頁308。

序	時代	作者	詞集	收錄數量	收錄作品
3	南宋	書坊輯刻	草堂詩餘	0	無
4	南宋	黃昇	唐宋諸賢絕妙詞選	4	〈河傳〉「棹舉」 〈玉樓春〉「拂水雙飛來去燕」 〈浣溪沙〉「春色迷人恨正賒」 〈臨江仙〉「幽閨小檻春光暖」

　　由表中得見，宋編詞選中，僅有黃昇《唐宋諸賢絕妙詞選》選錄顧敻四首作品。《尊前集》、《金奩集》、《草堂詩餘》等三書，均未收錄其作，故本文茲就黃昇所著《唐宋諸賢絕妙詞選》，進行析論。

　　黃昇（？～？），字叔暘，號玉林，又號花庵詞客，晉江（今福建）人，輯有《唐宋諸賢絕妙詞選》、《中興以來絕妙詞選》，各十卷，合爲《花庵詞選》，著有《玉林詞》等。《唐宋諸賢絕妙詞選》，凡十卷，其編選以詞人爲序，目的爲存史，故抱持客觀態度採錄詞家作品〔註8〕。選錄詞家作品自唐五代，迄於北宋詞人，計有 134 家，523 闋，數量堪稱豐富。此選以博觀約取見稱，據其自序云：

> 佳詞豈能盡錄，亦嘗鼎一臠而已。然其盛麗如游金、張之堂，妖冶如攬嬙、施之袪，悲壯如三閭，豪俊如五陵，花前月底，舉杯清唱，合以紫簫，節以紅牙，飄飄然坐騎鶴揚州之想，信可樂也。〔註9〕

可見，此選將不同類型風個的作品都兼顧了。此書分「唐詞」一卷、「宋詞」九卷，其中，收錄五代西蜀詞人，計有 13 家，46 闋作品。觀之顧敻入選有 4 闋，超出西蜀詞人人均數 3.5 首，可知其作受到編者所注意。

　　上述宋編詞集選錄結果，可知《尊前集》、《金奩集》、《草堂詩餘》、

〔註 8〕蕭鵬：《群體的選擇——唐宋人選詞與詞選通論》（臺北：文津出版社，1992 年 11 月），頁 152～153。
〔註 9〕金啓華等：《唐宋詞籍序跋匯編》（臺北：臺灣商務印書館，1993 年 2 月），頁 359。

《唐宋諸賢絕妙詞選》等四書，皆有選錄唐五代的詞家作品，但《草堂詩餘》所收錄詞家作品，以北宋爲主，而《尊前集》、《金奩集》所收詞家作品雖以唐五代爲宗，但收詞的過程中，皆未收錄顧夐及其作品。僅〔南宋〕黃昇《唐宋諸賢絕妙詞選》收錄顧夐 4 闋詞作。由此可見，顧夐詞於兩宋詞集選本傳播之情形，極不顯著。

第二節　明編詞選

　　本文據顧從敬《類編箋釋草堂詩餘》、錢允志《類編箋釋續選草堂詩餘》、不著撰人《天機餘錦》、楊愼《詞林萬選》、楊愼《百琲明珠》、陳耀文《花草粹編》、董逢元《唐詞紀》、茅暎《詞的》、卓人月《古今詞統》、陸雲龍《詞菁》、潘游龍《古今詩餘醉》等書，見顧夐詞入選情形。並依據陶子珍《明代詞選研究》一書，亦將明代詞選分爲三期〔註10〕：嘉靖時期、萬曆時期、崇禎時期，以便見於顧夐詞作在明代詞選之收錄情形，如下表所示：

表 10　顧夐作品於明編詞選入選情形

序	時期	作者	詞選	收錄數量	收錄作品
1	嘉靖時期	顧從敬	類編箋釋草堂詩餘	0	無
2		錢允志	類編箋釋續選草堂詩餘	0	無
3		不著撰人	天機餘錦	0	無
4		楊愼	詞林萬選	6	〈甘州子〉「一爐籠麝錦帷傍」〈甘州子〉「每逢清夜與良辰」

〔註10〕參陶子珍：《明代詞選研究》（臺北：秀威資訊科技股份有限公司，2003 年 7 月），頁 45～420。

序	時期	作者	詞選	收錄數量	收錄作品
4		楊慎	詞林萬選	6	〈甘州子〉「曾如劉阮訪仙蹤」 〈甘州子〉「露桃花裏小樓深」 〈楊柳枝〉「秋夜香閨思寂寥」 〈醉公子〉「漠漠秋雲淡」
5		楊慎	百琲明珠	1	〈醉公子〉「漠漠秋雲淡」
6	萬曆時期	陳耀文	花草粹編	34	〈虞美人〉「碧梧桐映紗窗晚」 〈虞美人〉「深閨春色勞思想」 〈河傳〉「燕颺」 〈河傳〉「曲檻」 〈河傳〉「棹舉」 〈甘州子〉「一爐籠麝錦帷傍」 〈甘州子〉「每逢清夜與良辰」 〈甘州子〉「曾如劉阮訪仙蹤」 〈玉樓春〉「月照玉樓春漏促」 〈玉樓春〉「柳映玉樓春日晚」 〈玉樓春〉「拂水雙飛來去燕」 〈浣溪沙〉「紅藕香寒翠渚平」 〈浣溪沙〉「惆悵經年別謝娘」 〈浣溪沙〉「庭菊飄黃玉露濃」 〈浣溪沙〉「雁響遙天玉漏清」 〈浣溪沙〉「露白蟾明又到秋」 〈酒泉子〉「楊柳舞風」 〈酒泉子〉「羅帶縷金」 〈酒泉子〉「黛薄紅深」 〈酒泉子〉「黛怨紅羞」 〈楊柳枝〉「秋夜香閨思寂寥」 〈遐方怨〉「簾影細」 〈獻衷心〉「繡鴛鴦帳暖」 〈應天長〉「瑟瑟羅裙金線縷」 〈訴衷情〉「香滅簾垂春漏永」 〈訴衷情〉「永夜拋人何去處」 〈荷葉杯〉「春盡小庭花落」

序	時期	作者	詞選	收錄數量	收錄作品
7	萬曆時期	陳耀文	花草粹編	34	〈荷葉杯〉「記得那時相見」 〈荷葉杯〉「夜久歌聲怨咽」 〈荷葉杯〉「金鴨香濃鴛被」 〈荷葉杯〉「一去又乖期信」 〈臨江仙〉「碧染長空池似鏡」 〈醉公子〉「漠漠秋雲淡」 〈更漏子〉「舊歡娛」
8		董逢元	唐詞紀	55	顧夐詞作 55 闋全收錄
9		周履靖	唐宋元明酒詞	1	〈漁歌子〉「曉風清」
10		茅暎	詞的	6	〈玉樓春〉「拂水雙飛來去燕」 〈應天長〉「瑟瑟羅裙金線縷」 〈訴衷情〉「永夜拋人何去處」 〈荷葉杯〉「記得那時相見」 〈荷葉杯〉「金鴨香濃鴛被」 〈醉公子〉「漠漠秋雲淡」
11	崇禎時期	卓人月徐士俊	古今詞統	12	〈虞美人〉「深閨春色勞思想」 〈河傳〉「燕颺」 〈河傳〉「曲檻」 〈河傳〉「棹舉」 〈玉樓春〉「月照玉樓春漏促」 〈浣溪沙〉「荷芰輕風簾幕香」 〈荷葉杯〉「記得那時相見」 〈荷葉杯〉「夜久歌聲怨咽」 〈荷葉杯〉「我憶君詩最苦」 〈荷葉杯〉「一去又乖期信」 〈醉公子〉「漠漠秋雲淡」 〈醉公子〉「岸柳垂金線」
12		陸雲龍	詞菁	0	無
13		潘游龍	古今詩餘醉	2	〈虞美人〉「深閨春色勞思想」 〈浣溪沙〉「紅藕香寒翠渚平」

由上表可見，明代詞選選錄顧敻作品之情況，因本文研究對象為「顧敻」，故針對收錄顧敻作品之明代詞選，進行探究，茲將明代詞選劃分為三個時期：

一、嘉靖時期之發展期

復古運動的盛行，主張「北宋詞為尊」的「學古」風氣，但過度的強調「襲古」、模擬古法，使得「學古」偏失、食古不化，而為了反對此一風氣的選家，便將選詞的重心延伸至南宋以降，此舉，是對以「北宋詞為尊」的復古觀念，所做的修整與突破，並奠定日後詞選發展的基礎。此時期的詞選書目有：顧從敬《類編箋釋草堂詩餘》、錢允志《類編箋釋續選草堂詩餘》、不著撰人《天機餘錦》、楊慎《詞林萬選》、《百琲明珠》等詞集。其中《類編箋釋草堂詩餘》、《類編箋釋續選草堂詩餘》、《天機餘錦》等三書皆未收錄其作，故本文乃就楊慎所著《詞林萬選》、《百琲明珠》二書，進行析論。

楊慎（1488～1559），字用修，別號升庵，江西盧陵（今江西省吉安）人，後遷居至新都（今四川省新都），為明代著名學家。其學養深厚、見解獨到，著作豐富，舉凡詩文、詞曲、雜劇等，皆有作品流傳於世。其中，《詞林萬選》與《百琲明珠》之輯錄，更為當代漸趨衰頹的詞壇，賦予新氣象。此二書編選用意有二：一為補《草堂詩餘》未收者，一為反對「學古」之風氣。據〔明〕任良幹〈詞林萬選序〉云：

> 升庵太史公家藏有唐宋五百家詞，頗為完備。暇日取其尤綺練者四卷，名曰《詞林萬選》，皆《草堂詩餘》之未收者也。〔註11〕

《草堂詩餘》選詞範圍，上自晚唐五代，下迄南宋，以北宋詞家作品為主，計370闋作品；而《詞林萬選》與《百琲明珠》所選納的

〔註11〕〔明〕徐良幹：〈詞林萬選序〉，見錄於施蟄存主編：《詞籍序跋萃編》，卷八，頁707。

範圍更廣，所收作品亦多。前者選錄詞家作品自唐五代至金、元、明詞人，計 76 家，234 闋；後者選錄詞家作品自南北朝、隋唐，直至元、明兩代，計 101 家，159 闋作品。從時間而言，楊慎不僅拉長了選詞範圍的年代，更跳脫了當時以「北宋詞為尊」的「學古」框架，不再鍾情於北宋，此亦為編選二書之用意。

而選詞標準方面，則「取綺練之詞，規握明珠」〔註 12〕。據〔明〕杜祝進〈刻揚升庵百琲明珠引〉云：

> 若乃規明珠之在握，遊象罔以中繩，則博人通名，換名定格，君子審樂，從易識難，未必非升庵是集之雅言矣。
> 〔註 13〕

何以為「優秀之詞選」？乃是選詞若能依一定的標準，選擇雅麗精當之作品，並由淺入深，從而使人通透其中的妙理意趣，以此為選詞之要點，方可成為一部數一數二的佳作。《詞林萬選》與《百琲明珠》便依循此要點，於音節方面，要求婉麗；於詞句方面，力求簡明；於意境方面，追求高遠〔註 14〕。要言之，以「綺練者」為選擇標的。

檢視顧夐詞入選情況，《萬林詞選》收錄 6 闋作品、《百琲明珠》收錄 1 闋作品，雖二書收錄顧夐作品不多，《百琲明珠》所收錄的 1 闋作品〈醉公子〉「漠漠秋雲淡」，與《萬林詞選》重複。但單就二書輯錄西蜀詞人而言，顧夐 6 闋，列於第一；韋莊 5 闋，足見楊慎對於顧夐詞作有所注意。楊慎借《詞林萬選》與《百琲明珠》二書，不僅跳脫出以「北宋詞為尊」的復古框架，更成為明代日後詞壇上的「指標性之詞選」〔註 15〕。

〔註 12〕陶子珍：《明代詞選研究》，頁 132。
〔註 13〕〔明〕杜祝進〈刻揚升庵百琲明珠引〉，見錄於王文才、萬光治等編：《楊升庵叢書》（成都：天地出版社，2002 年），第 6 冊，頁 1156。
〔註 14〕陶子珍：《明代詞選研究》，頁 134。
〔註 15〕陶子珍：《明代詞選研究》，頁 136。

二、萬曆時期之鼎盛期

　　嘉靖時期過度的「復古」、「擬古」，使得文壇困頓，流弊孳生。此時，文壇提出「復古」新主張，強調直抒胸臆，反對盲目擬古之習氣，及公安派「獨抒性靈」、「非從自己胸臆流出，不肯下筆」的眞率浪漫；詞壇則是「花草」之風熾盛，並與反雅正主張相互衝擊，形成詞選的繁盛現象。此時期的詞選有：陳耀文《花草粹編》、董逢元《唐詞紀》、周履靖《唐宋元明酒詞》、茅暎《詞的》等，其選錄詞家作品，大體以晚唐、五代與北宋爲主。其中，選錄顧敻作品有：陳耀文《花草粹編》，收錄 34 闋、董逢元《唐詞紀》，收錄 52 闋、茅暎《詞的》，收錄 6 闋。茲分述如下：

（一）陳耀文《花草粹編》

　　陳耀文（？～？），字晦伯，號筆山，確山人（今河南省汝南縣），生卒年不可考，在世約於〔明〕嘉靖至萬曆期間（1522～1619）。陳耀文性格求知好古，無所不覽，並擅長考證之學，其治學嚴謹，著述豐富，有《天中記》、《正楊》、《學林就正》等書，流傳於世。《花草粹編》乃是明代大型詞選，影響後世深遠。其所選錄詞家作品，單以數量而言，便無人能出其右，選錄範圍自晚唐五代至宋、金、元三個朝代，計有 626 位詞家，3702 闋作品。而其編選《花草粹編》初衷，乃爲「彰顯《花間》」。〔明〕徐士俊云：

　　　　《草堂》之草，歲歲吹青；《花間》之花，年年逞艷。〔註16〕

　　僅此四句，徐士俊便形象地描述了《草堂詩餘》與《花間集》二書，於明代流傳之情形。但隨著明代以「復古」爲宗旨的觀念，使得當時被視爲最古之總集的《花間集》，地位日益上升，備受重視。究其選詞原則，由陳耀文之自序可見一斑。《花草粹編·自序》云：

　　　　因復以諸人之本集，各家之選本，紀錄之所附載，翰墨之
　　　　所遺留，上溯開天，下迄宋末，曲調不載於舊刻者，元詞

〔註16〕〔清〕馮金伯《詞苑萃編》卷八引徐士俊語，見錄於唐圭璋編：《詞話叢編》（臺北：新文豐出版公司，1988 年 2 月），第 2 冊，頁 1940。

間亦與焉。其義例以世次為後先，以短長為小大，為卷一
十有二，計詞三千二百八十餘首。麗則兼收，不無有乖於
大雅，文房取玩，略闚前輩之典型。……是刻也，由《花
間》、《草堂》而起，故以「花草」命編。〔註17〕

《花草粹編》所輯豐富，上溯晚唐五代，下迄宋、金、元、明等
朝代。其選詞原則，乃「佳詞」、「孤調」，或為備載詞人而選錄。觀
其收錄顧敻作品情形，計有 34 闋：〈虞美人〉「碧梧桐映紗窗晚」、〈虞
美人〉「深閨春色勞思想」、〈河傳〉「燕颺」、〈河傳〉「曲檻」、〈河傳〉
「棹舉」、〈甘州子〉「一爐籠麝錦帷傍」、〈甘州子〉「每逢清夜與良
辰」、〈甘州子〉「曾如劉阮訪仙蹤」、〈玉樓春〉「月照玉樓春漏促」、
〈玉樓春〉「柳映玉樓春日晚」、〈玉樓春〉「拂水雙飛來去燕」、〈浣
溪沙〉「紅藕香寒翠渚平」、〈浣溪沙〉「惆悵經年別謝娘」、〈浣溪沙〉
「庭菊飄黃玉露濃」、〈浣溪沙〉「雁響遙天玉漏清」、〈浣溪沙〉「露
白蟾明又到秋」、〈酒泉子〉「楊柳舞風」、〈酒泉子〉「羅帶縷金」、〈酒
泉子〉「黛薄紅深」、〈酒泉子〉「黛怨紅羞」、〈楊柳枝〉「秋夜香閨思
寂寥」、〈遐方怨〉「簾影細」、〈獻衷心〉「繡鴛鴦帳暖」、〈應天長〉
「瑟瑟羅裙金線縷」、〈訴衷情〉「香滅簾垂春漏永」、〈訴衷情〉「永
夜拋人何去處」、〈荷葉杯〉「春盡小庭花落」、〈荷葉杯〉「記得那時
相見」、〈荷葉杯〉「夜久歌聲怨咽」、〈荷葉杯〉「金鴨香濃鴛被」、〈荷
葉杯〉「一去又乖期信」、〈臨江仙〉「碧染長空池似鏡」、〈醉公子〉
「漠漠秋雲淡」、〈更漏子〉「舊歡娛」等作，雖就選詞原則來說，編
選人將選詞重心放在晚唐五代、北宋之作品，但以「佳詞」為選錄
標準，可見顧敻詞作於編者心中具有一定水準。

（二）董逢元《唐詞紀》

董逢元（？～？），字善長，號芝田生，常州（今江蘇省武進）
人，生卒年不詳，約於〔明〕萬曆年間前後在世，另有《詞原》二卷。

〔註17〕〔明〕陳耀文：《花草粹編·自序》，見錄於張璋等編：《歷代詞話》
（鄭州：大象出版社，2002 年 3 月），上冊，頁 364。

　　《唐詞紀》選錄詞家作品的跨越年代較長，選錄範圍上自隋唐、五代，下迄南宋與元代，收錄詞家作品計有 101 家，九百餘闋作品。據陶子珍《明代詞選研究》統計〔註18〕，《唐詞紀》選詞範圍多以唐、五代為主軸，其中，詞人比例以唐代較五代多；而作品比例卻係五代勝於唐代，究其原因，乃是《唐詞紀》以《花間集》、《尊前集》二書，為主要選錄基礎，因此對於《唐詞紀》之選詞標準，有著極大影響。《唐詞紀》收錄《花間集》所收顧敻作品 55 闋全數入選，可見編者對於顧敻作品之喜愛。透過董逢元《唐詞紀・序》云：

> 夫詞，若宋富矣，而唐實振之，則其間藻之青黃，描之婉媚，吐之啁哳激烈，輒能令人熱中。皆其糾纏哉！試繹之，即隻字單詞，殊微世代。是集也，與蓋廬引商刻羽之妙，與〈陽阿〉、〈薤露〉之音，渺乎無分。故特采初範，廣攄跃蔓，以志緣起。〔註19〕

可見《唐詞紀》輯詞初衷，乃是「愛其所好」。董逢元熱愛音律流暢、清切婉麗、嫵媚動人的作品，並依編選緣由，審其選詞標準，以「藻之青黃，描之婉媚，吐之啁哳激烈」，作為選錄詞家作品的準則。依此標準，顧敻詞所展現的婉約、細膩之藝術風格，符合輯錄之要件。

（三）周履靖《唐宋元明酒詞》

　　周履靖（？～？），字逸之，號梅墟，秀水（今浙江省嘉興）人，生卒年不詳。性喜讀書，嘗散金購書，並專力於古文詩詞，後居於鴛湖之濱，種梅數百餘株，人喚其「梅顛道人」〔註20〕。其著述甚富，

〔註18〕陶子珍：《明代詞選研究》，頁 285～286。

〔註19〕《四庫全書存目叢書》本之《唐詞紀》無此序，見余意：《明代詞學建構》（上海：上海古籍出版社，2009 年 7 月）附錄一「明仁詞學序跋、詞話匯輯」引，頁 216。

〔註20〕〔明〕鄭琰：《梅墟先生別錄》載：「（履靖）性恬淡無所適，一切聲華玩好不入其心，唯喜梅樹，故以『梅墟』為號；人以其溺於梅，若有大贅不可藥石者，故稱之『梅顛』云。」見錄於《叢書集成新編》（臺北：新文豐出版公司，1989 年 7 月），第 103 冊，頁 183。

刻有《梅顚稿》、編選《唐宋元明酒詞》等著作。

《唐宋元明酒詞》於明代詞選中，隸屬專題性詞選，多輯歷代酒宴歌飲之作，其選錄重心主以晚唐五代爲主，計有 31 家，62 闋作品。〔註21〕此選與他人不同處，在於周履靖選詞一闋，便唱和一闋於後。周氏未傳詞序，陶子珍曾論其編選動機有云：

> 周履靖去經生之業，不慕功名，隱居不仕，雖未參與社團組織，然受時風之影響，其「日與賓客倡和爲樂」、「晚年屢賓鄉飲」之生活情景，皆明白顯示《唐宋元明酒詞》之編輯，乃爲訴諸有朋相與唱和之詠酒詞篇。〔註22〕

顯見，周氏編選《唐宋元明酒詞》之成因，乃以酒爲依託，藉酒唱和互娛，間以表現心思情緒。而其輯錄標準，由書名亦見以詠酒調爲主，據陶子珍先生統計，《唐宋元明酒詞》收《花間集》有 37 闋，其中以李珣 12 闋爲最。〔註23〕此選以「酒調」爲選錄對象，而顧敻五十五闋作品中，有 2 闋酒詞，周履靖雖僅收顧敻〈漁歌子〉「曉風清」一闋，亦可謂對其作有所注意。

（四）茅暎《詞的》：

茅暎，字遠士，西吳（今浙江省吳興）人，其生卒年與行誼事迹，無從查考。

《詞的》詞家作品選錄範圍上起晚唐、五代，至宋、元、明等代，獨缺金人作品，計有 145 家，392 闋作品。而輯詞之因，乃爲「情」之傳承、延續。其《詞的・序》云：

> 竊以芳性深情，恆藉文犀以見；幽懷遠念，每因翠羽以明。故桑中之喜，起詠於風人；陌上之情，肇思於前哲。陳宮月冷而韻協〈後庭花〉，琉璃研匣生香；隋苑春濃而曲成〈清夜〉，翡翠筆床增彩。清文滿篋，無非訴恨之辭；新製連篇，時有緣情之作。……及夫錦浪江翻，珠林綠綴；臨池漱露，

〔註21〕陶子珍：《明代詞選研究》，頁 303。
〔註22〕陶子珍：《明代詞選研究》，頁 306。
〔註23〕陶子珍：《明代詞選研究》，頁 308。

> 憑牖邀風；伴炎宵以孤坐，送永日而無聊。或託言於短韻，
> 石韞玉而山輝；或寄意於新腔，水沉珠而川媚。〔註24〕

由此可見，茅暎編選《詞的》要旨，乃透過自然萬物，舉凡浪濤、翠林、露珠、窗風等，遇物所思，引發出心靈五感、觸動情懷，並緣情而歌、韻協曲成，將自古使然、亙古常新的情感，藉由詞篇傳承下來、得以不朽。檢視顧夐入選情形，《詞的》收錄作品有：〈玉樓春〉「拂水雙飛來去燕」、〈應天長〉「瑟瑟羅裙金線縷」、〈訴衷情〉「永夜拋人何處去」、〈荷葉杯〉「記得那時相見」、〈荷葉杯〉「金鴨香濃鴛被」、〈醉公子〉「漠漠秋雲淡」等 6 闋作品，且多為濃麗、嬌嬈之作。有此選詞風格，係與明代詞學風氣，有著密不可分的關係。透過《詞的·凡例》中，可見其選詞標準：

> 幽俊香豔，為詞家當行，而莊重典麗者次之；故古今名公，
> 悉多鉅作，不敢攔入。匪曰偏狗，意存正調。〔註25〕

是知茅暎選詞標準，首重「幽俊香豔」，其次為「莊重典雅」，並以之為「正調」。《詞的》成書於萬曆晚期，明人崇拜「花草」之風，故選詞重心，偏於綺豔幽隱的晚唐五代之作，所選顧夐詞，亦傾向於綺麗風格。

三、崇禎時期之轉型期

　　時至晚明，流派紛然，復古主義與浪漫主義的相互影響，亦使得明代詞壇之審美標準，有所變化，選詞範圍不再侷限於唐、五代，或是北宋之作品，轉而推崇南宋之作。此時期的詞選有：卓人月、徐士俊《古今詞統》、陸雲龍《詞菁》、潘游龍《精選古今詩餘醉》、等，其選錄詞家作品，大體已從晚唐、五代以及北宋，轉移南宋與明代為重心。

〔註24〕〔明〕茅暎：《詞的·序》（北京：北京出版社《四庫未收書輯刊》
　　　　本，2000 年 1 月），輯 8，第 30 冊，頁 467。
〔註25〕〔明〕茅暎：《詞的·序》，頁 470。

（一）卓人月、徐士俊《古今詞統》

《古今詞統》爲明末大型詞選，選詞重心，以南宋爲主。此書係由卓人月彙選，徐士俊參評。卓人月（？～？），字珂月，號蕊淵，仁和（今浙江省杭州）人，生卒年不詳。卓人月才華橫溢，文有理致，詩不受格律所拘，著有《蟾臺集》、《蕊淵集》與雜劇《花舫緣》等作品，流傳於世。徐士俊（1602～？），原名翽，字野君，一字三有，號紫珍道人，仁和（今浙江省杭州）人。徐士俊年少好讀書，於書無所不讀，通曉音律，爲人和善。著有《春波影》、《落冰絲》等雜劇。而《古今詞統》便係由卓、徐兩位莫逆之交，合作而成的重要著作，備受詞壇矚目。

《古今詞統》編選時間，上起隋唐、五代，歷宋、金、元至明代，涵蓋至廣，而所收錄詞家作品，計有 486 家，2037 闋，數量亦夥。據〔明〕孟稱舜〈古今詞統序〉云：

> 詩變而爲詞，詞變而爲曲。詞者，詩之餘而曲之祖也。樂府以曒徑揚屬爲工，詩餘以宛麗流暢爲美，故作詞者率取柔音曼聲，如張三影、柳三變之屬。而蘇子瞻、辛稼軒之清俊雄放，皆以爲豪不入格。宋伶人所評〈雨淋鈴〉、〈醉江月〉之優劣，遂爲後世塡詞者之定律矣。予竊以爲不然。蓋詞與詩、曲，體格雖異，而同本於作者之情。古來才人豪客，淑姝名媛，悲者喜者，怨者慕者，懷者想者，寄興不一。或言之而低佪焉、宛戀焉，或言之而纏綿焉、悽愴焉，又或言之而嘲笑焉、憤悵焉、淋漓痛快焉。作者極情盡態，而聽者洞心聳耳，如是者皆爲當行，皆爲本色，寧必妹妹媛媛，學兒女子語而後爲詞哉？故幽思曲想，張、柳之詞工矣，然其詩則俗而膩也，古者妖童冶婦之所遺也。傷時弔古，蘇、辛之詞工矣，然其失則莽而俚也，古者征夫放士之所託也。兩家各有其美，亦各有其病，然達其情而不以詞掩，則皆塡詞者之所宗，不可以優劣言也。〔註26〕

〔註26〕〔明〕孟稱舜：〈古今詞統‧序〉，（明崇禎間刊本，臺北：國家圖書

　　按徐士俊《古今詞統‧序》云:「無欲分風,風不可分;吾欲劈
流,流不可劈。」〔註27〕將詞之風格,比作清風、流水般,不是說分
便分的,詞之風格亦如是。詞之風格應當順應自然風流,不可強行劃
分,就詞家個人而言,其作品風格往往兼具「婉約」與「豪放」之特
色。若強行區分,便有失偏頗、實爲不當。風無法分、水劈開不能,
伴隨著作者體悟的不同、性情之差異,訴諸於詞,自然有不同於他人
的風格展現。是故,無須崇婉約而抑豪放,亦不用尊豪放而棄婉約,
因「兩家各有其美」,兩者同爲塡詞者所尊崇、效法,故無須一較高
下、優劣相較。徐士俊、卓人月二人便藉由《古今詞統》之編選,闡
明婉約與豪放,二者不可偏廢也。

　　於選詞標準,孟稱舜〈古今詞統序〉云:

> 予友卓珂月,生平持說,多與予合。已已秋,過會稽,手
> 一編示予,題曰《古今詞統》。予取而讀之,則自隋、唐、
> 宋、元,以迄於我明,妙詞無不畢具。其意大概謂詞無定
> 格,要以摹寫情態,令人一展卷而魂動魄化者爲上,他雖
> 素膾炙人口者,弗錄也。〔註28〕

由此可見,「摹寫情態,令人一展卷而魂動魄化者爲上」,即《古今
詞統》的編選標準。詞貴「情性」,有深厚之情,方不至於浮淺;有
眞率之性,方不至於庸俗,展卷之際,便可使人「魂動魄化」。故而,

館藏)。

〔註27〕〔明〕徐士俊《古今詞統‧序》云:「詞盛于宋,亦不止于宋,故稱
　　　古今焉。古今之爲詞者,無慮數百家,或以巧語致勝,或以麗字取
　　　妍;或望斷江南,或夢回雞塞;或床下而偷詠纖手新橙之句,或池
　　　上而重翻冰肌玉骨之馨;或以至春風弔柳七之魂,夜月哭長沙之伎,
　　　諸如此類,人人自以爲名高黃絹,響落紅牙。而猶有議之者,謂銅
　　　將軍鐵綽板,與十七、八女郎,相去殊絕,無乃之者無其人,遂使
　　　倒流三峽,竟分道而馳耶?余與珂月起而任之日,是不然,無欲分
　　　風,風不可分;吾欲劈流,流不可劈,非詩非曲,自然風流,統而
　　　名之以詞。」(明崇禎間刊本,臺北:國家圖書館藏)。

〔註28〕〔明〕孟稱舜:〈古今詞統‧序〉,(明崇禎間刊本,臺北:國家圖書
　　　館藏)。

凡是極情盡態、情摯率真之作，皆選錄其中。檢視《古今詞統》收錄西蜀詞人作品計有 12 家，66 闋作品，顧夐入選有 12 闋，分別爲：〈虞美人〉「深閨春色勞思想」、〈河傳〉「燕颺」、〈河傳〉「曲檻」、〈河傳〉「棹舉」、〈玉樓春〉「月照玉樓春漏促」、〈浣溪沙〉「荷芰輕風簾幕香」、〈荷葉杯〉「記得那時相見」、〈荷葉杯〉「夜久歌聲怨咽」、〈荷葉杯〉「我憶君詩最苦」、〈荷葉杯〉「一去又乖信期」、〈醉公子〉「漠漠秋雲淡」、〈醉公子〉「岸柳垂金線」等。這 12 闋作品顯然符合孟稱舜、徐士俊所言「摹寫情態，令人一展卷而魂動魄化」之審美標準而入選。

（二）潘游龍《精選古今詩餘醉》

潘游龍（？～？），字鱗長，荊南（今湖北省江陵縣一帶）人，生卒年不詳，事蹟亦無可考。《精選古今詩餘醉》，凡十五卷，其選錄範圍極廣，起自隋唐，歷宋、遼、金、元，至明，爲明代選錄範圍最廣的選本，計有 325 家，1395 闋作品，且其選錄重心爲宋、明二代。此選成書之因，據潘游龍〈自序〉云：

> 詞則自極其意之所之，凡道學之所會通，方外之所静悟，閨帷之所體察，理爲眞理，情爲至情；語不必蕪而單言隻句，餘于清遠者有焉，餘于摯刻者有焉，餘于莊麗者有焉，餘于悽惋悲壯、沉痛慷慨者有焉。令人撫一調，讀一章，忠孝之思，離合之況，山川草木，鬱勃難狀之境，莫不躍躍于言後言先，則詩餘之興起人，起在《三百篇》之下乎？……蓋詞與曲異，曲須按腔挨調而後成闋，有意鋪張，此心聲之所以無餘味也。空中之音、水中之月、象中之色、鏡中之境，可摹而不可即者，其詩餘也。蓋無俟較高平、分南北、按篇目，而余之醉心于古今詞者久矣，遂記其言之餘而爲引。〔註29〕

是知潘游龍編選《精選古今詩餘醉》，一方面乃「醉心于古今詞」，另

〔註29〕〔明〕潘游龍：《精選古今詩餘醉・自序》（明崇禎丁丑十年海陽胡氏十竹齋刊本，臺北：國家圖書館藏）。

一方面，爲一掃當代詞壇之弊病。主張復古者，陷於泥古守舊、公安末流的追求解放，卻導致粗率莽蕩之行徑，故潘游龍編選標準，以《三百篇》爲本，認爲好詞應當「撫一調，讀一章，忠孝之思，離合之況，山川草木，鬱勃難狀之境」，其填詞立意須是「眞理」、「至情」之作，是以忠孝之思、離合之時，山川草木爲鬱勃難狀之境，皆錄其中。而觀其收錄顧敻作品情形，計有 2 闋，爲〈虞美人〉「深閨春色思寂寥」與〈浣溪沙〉「紅藕香寒翠渚平」，兩闋雖爲閨怨之作，然其意境雋美，感情眞切，符合其「至情」之選錄標準。

第三節　清編詞選

　　自清初始，文人爲寄託感慨而書寫、帝王爲鞏固政權而推動與提倡，使得詞體於清代有了前所未有的盛況，詞派也宛若雨後春筍般，一波接著一波，無間斷的相繼崛起。孫克強《清代詞學》云：

> 清代的詞學流派貫穿於整個清朝始終，可以說清代的詞學
> 史即是一部流派史。〔註30〕

可見清代詞學與時代脈動有著密不可分的關係。本文據〔清〕朱彝尊《詞綜》、〔清〕沈辰垣、王奕清《歷代詩餘》、〔清〕沈時棟《古今詞選》、〔清〕夏秉衡《清綺軒詞選》、〔清〕黃蘇《蓼園詞選》、〔清〕張惠言《詞選》、〔清〕周濟《詞辨》、〔清〕董毅《續詞選》、〔清〕陳廷焯《詞則》、〔清〕王闓運《湘綺樓詞選》、〔清〕成肇麐《唐五代詞選》、〔清〕梁令嫻《藝蘅館詞選》等書，見顧敻詞入選情形，並將之分作四派：明末的雲間詞派、陽羨詞派、浙西詞派、常州詞派等清代詞壇三大派別，如此，不僅可略見清代詞壇風氣，亦能詳知顧敻詞作在清代詞選之收錄情形，如下表所示：

〔註30〕孫克強：《清代詞學》（北京：中國社會科學出版社，2004 年 7 月），頁 21。

表11　顧敻作品於清編詞選入選情形

序	派別	作者	詞選	收錄數量	收錄作品
1	官修之書	沈辰垣王奕清	歷代詩餘	36	〈虞美人〉「曉鶯啼破相思夢」 〈虞美人〉「觸簾風送景陽鐘」 〈虞美人〉「翠屏閑掩垂珠箔」 〈虞美人〉「碧梧桐映紗窗晚」 〈虞美人〉「深閨春色勞思想」 〈虞美人〉「少年艷質勝瓊英」 〈河傳〉「燕颺」 〈河傳〉「曲檻」 〈河傳〉「棹舉」 〈甘州子〉「露桃花裏小樓深」 〈甘州子〉「紅爐深夜醉調笙」 〈玉樓春〉「月照玉樓春漏促」 〈玉樓春〉「柳映玉樓春日晚」 〈玉樓春〉「月皎玉樓春日晚」 〈玉樓春〉「拂水雙飛來去燕」 〈浣溪沙〉「紅藕香寒翠渚平」〈酒泉子〉「楊柳舞風」 〈酒泉子〉「羅帶縷金」 〈酒泉子〉「小檻日斜」 〈酒泉子〉「黛薄紅深」 〈酒泉子〉「掩卻菱花」 〈酒泉子〉「水碧風清」 〈酒泉子〉「黛怨紅羞」 〈楊柳枝〉「秋夜香閨思寂寥」 〈遐方怨〉「簾影細」 〈獻衷心〉「繡鴛鴦帳暖」 〈應天長〉「瑟瑟羅裙金線縷」 〈訴衷情〉「香滅簾垂春漏永」 〈荷葉杯〉「春盡小庭花落」 〈荷葉杯〉「夜久歌聲怨咽」

序	派別	作者	詞選	收錄數量	收錄作品
					〈漁歌子〉「曉風清」 〈臨江仙〉「碧染長空池似鏡」 〈臨江仙〉「幽閨小檻春光暖」 〈醉公子〉「漠漠秋雲淡」 〈醉公子〉「岸柳垂金線」 〈更漏子〉「舊歡娛」
2	雲間	許寶善	自怡軒詞選	3	〈虞美人〉「曉鶯啼破相思夢」 〈楊柳枝〉「秋夜香閨思寂寥」 〈酒泉子〉「掩卻菱花」
3	浙西	朱彝尊	詞綜	9	〈河傳〉「燕颺」 〈河傳〉「棹舉」 〈玉樓春〉「月照玉樓春漏促」 〈楊柳枝〉「秋夜香閨思寂寥」 〈訴衷情〉「香滅簾垂春漏永」 〈訴衷情〉「永夜拋人何去處」 〈臨江仙〉「碧染長空池似鏡」 〈醉公子〉「漠漠秋雲淡」 〈醉公子〉「岸柳垂金線」
4		沈時棟	古今詞選	1	〈荷葉杯〉「記得那時相見」
5		夏秉衡	清綺軒詞選	3	〈甘州子〉「紅爐深夜醉調笙」 〈醉公子〉「漠漠秋雲淡」 〈楊柳枝〉「秋夜香閨思寂寥」
6		黃蘇	蓼園詞選	0	無
7	常州	張惠言	詞選	0	無
8		董毅	續詞選	0	無
9		周濟	詞辨	0	無

序	派別	作者	詞選	收錄數量	收錄作品
10		陳廷焯	詞則・大雅集	0	無
			詞則・放歌集	0	無
			詞則・別調集	1	〈河傳〉「棹舉」
			詞則・閑情集	5	〈玉樓春〉「月照玉樓春漏促」 〈浣溪沙〉「紅藕香寒翠渚平」 〈浣溪沙〉「雲淡風高葉亂飛」 〈楊柳枝〉「秋夜香閨思寂寥」 〈訴衷情〉「永夜拋人何去處」 〈醉公子〉「岸柳垂金線」
11	／	王闓運	湘綺樓詞選	1	〈訴衷情〉「永夜拋人何處去」
12	／	成肇麐	唐五代詞選	12	〈河傳〉「燕颺」 〈河傳〉「棹舉」 〈玉樓春〉「月照玉樓春漏促」 〈浣溪沙〉「紅藕香寒翠渚平」 〈浣溪沙〉「雲淡風高葉亂飛」 〈楊柳枝〉「秋夜香閨思寂寥」 〈訴衷情〉「香滅簾垂春漏永」 〈荷葉杯〉「夜久歌聲怨咽」 〈荷葉杯〉「一去又乖期信」 〈臨江仙〉「碧染長空池似鏡」 〈醉公子〉「漠漠秋雲淡」 〈醉公子〉「岸柳垂金線」
13	／	梁令嫻	藝蘅館詞選	2	〈荷葉杯〉「夜久歌聲怨咽」 〈荷葉杯〉「一去又乖期信」

　　本表之選本派系分類，大致分作四派：明末清初的雲間詞派、陽羨詞派、浙西詞派、常州詞派等清代詞壇。而為免混亂，官修之選《歷

代詩餘》先行於四派之前概述。

　　《歷代詩餘》，乃沈辰垣、王奕清等人，奉康熙御令所編之大型詞選。凡一百二十卷。前一百卷爲詞選，錄有唐、宋、元、明詞，9009闋作品；卷一百零一至卷一百一十爲詞人姓氏，併案時代先後列詞人小傳，計有 957 家；卷一百十一至卷一百二十爲歷代詞話之彙集，計有 763 條。此選因蒐羅宏富、考證精祥，被譽爲「自詞選以來，可云其大成者」〔註31〕。因爲是官修之選，故以存詞備體爲主要目的，其〈欽定歷代詩餘一百二十卷提要〉云：

> 凡柳、周婉麗之音，蘇、辛奇恣之格，兼收兩派，不主一隅。旁及元人小令，漸變繁聲，明代新腔，不因舊譜者，苟一長可取，亦眾美胥收。〔註32〕

可見，《歷代詩餘》存詞意味明確，且「兼收兩派，不主一隅」，亦知選詞標準，乃典麗而不涉綺靡、沉鬱排宕且寄託深遠之作，「亦眾美胥收」。檢視收錄顧貞作品之情形，《歷代詩餘》計收有 36 闋，雖顧貞詞未全部收錄，但所填之詞調無一漏失，可見達到其存詞備體之目的，且以該書人均數 9.41 首而言，顧貞詞之藝術價值是備受肯定的。

　　以下本文依清代詞壇，大致分作四派：明末清初的雲間詞派、陽羨詞派、浙西詞派、常州詞派等清代詞壇三大派別。首要概述各詞派之主要代表人物及其宗旨，次要概述各詞派之重要著作、或是受到其影響之選本，並檢視收錄顧貞作品之情形。

一、雲間詞派

　　「雲間」，乃松江縣之古稱，今江蘇省上海市，而雲間詞派屬於地域性之文人詞派。文人結社，自唐宋以來皆有之，而雲間詞人便多

〔註31〕〔清〕紀昀等：《四庫全書總目提要》，第 4 冊，卷一百九十九，頁5496。

〔註32〕〔清〕永瑢、紀昀等：《四庫全書總目・御訂歷代詩餘一百二十卷》，見錄於施蟄存主編：《詞籍序跋萃編》，卷九，頁 759。

爲「幾社」成員。「幾」之名，據〔清〕杜登春《社事始末》云：

> 絕學有再興之幾，而得知幾其神之義也。〔註33〕

是知其立社宗旨，乃以「復興古學」，研習古文詩詞爲主的文人社團。
「幾社」，成立於明崇禎二年（1629），並由「幾社六子」創辦建立。
六子者何？據〔清〕杜登春《社事始末》又云：

> 六子者何？先君子與彝仲兩孝廉主其事，其四人則周勒卣
> 先生立勳、徐闇公先生孚遠、彭燕又先生賓、陳臥子先生
> 子龍是也。〔註34〕

由此可見，「幾社六子」係由杜麟徵、夏允彝、周立勳、徐孚遠、彭
賓、陳子龍等人爲幾社創始人。而當時明末局勢混亂，朝綱衰敗、匪
寇爲患，幾社六子力求於文辭，慨然天下爲己任。據葉嘉瑩〈從雲間
詞派之轉變談清詞中興〉云：

> 最初他們（按：雲間詞人）寫春令之作，還是繼承著明朝
> 的遺風；可是一個國變下來以後，他們的詞就有了不同的
> 內容。甲申的國變與晚唐、五代的亂離有暗合之處。而那
> 種憂危念亂，隱藏在內心最深處的、最悲哀、最婉曲的；
> 最痛苦的一段感情，他們在詞裡邊表現出來了。……所以
> 是甲申國變造成了雲間詞風的轉變。〔註35〕

是知雲間詞人在家國巨變、局勢動盪之中，將隱藏於心中最悲哀、最
苦痛的情感，寄詞而作，使得明末詞風之轉變，力挽了明末詞壇之頹
風，亦開啓了詞體於清代詞壇復興之前奏。雲間詞派之詞學理論，大
體有二：其一爲推尊詞體；其二爲崇尚雅正高渾。

其一、推尊詞體

由於明代科舉推行以八股文寫卷得進取，因此明代文人多研習八
股文章，認爲「詞」無關乎名利，而多以「小道」視之，可見詞於明

〔註33〕〔清〕杜登春纂：《社事始末》，見錄於《叢書集成新編》（臺北：新
文豐出版公司，1989 年 7 月），第 26 冊，頁 458～459。
〔註34〕同前註。
〔註35〕葉嘉瑩、陳邦炎撰：《清詞名家論集》（臺北：中央研究院中國文哲
研究所籌備處，1996 年 12 月），頁 344。

代不被重視。然而，雲間詞派卻提出了不同的看法與見解，認爲「物獨有至，小道可觀也」，據陳子龍〈三子詩餘序〉云：

> 是以鏤裁至巧而若出自然，警鏤已深而意含未盡，雖曰：
> 「小道」，工之實難；不然何以世之才人，每濡首而不辭
> 也。〔註36〕

陳子龍以詞之「形式」、「意涵」等各方面，提出「雖曰小道，工之實難」的看法。詞雖「小道」，卻是粲然可觀，並溯本追源，積極推尊詞體之地位。其云：

> 詩與樂府同源，而其既也，每迭爲盛衰，豔辭麗曲，莫盛
> 於梁、陳之季，而古詩遂亡。詩於始於唐末，而婉暢穠逸，
> 極於北宋。〔註37〕

以詩歌與樂府同源，再借詞調出自於樂府，並由「詩餘」始，且又起自於唐宋，如此可見，陳子龍力追晚唐五代、北宋，表示詞已非「小道」，而是不容小覷的古體了。

其二、崇尙雅正高渾

陳子龍其審美觀點，乃崇尙北宋之元音高渾，其〈幽蘭草詞序〉云：

> 自金陵二主以至靖康，代有作者，或穠纖婉麗，極哀豔之
> 情；或流暢澹逸，窮盼倩之趣。然皆境繇情生，詞隨意啓，
> 天機偶發，元音自成，繁促之中尚存高渾，斯爲最盛也。
>
> 〔註38〕

是以詩詞所表現的詞境、字句，當與作者當下流淌的感情，參合通徹，無鑿斧之痕跡，宛若渾然天成，如此，便可得自然神韻。故陳子龍提出「填詞四難」，具體說明填詞之法，其〈王介人詩餘序〉云：

> 蓋以沉至之思而出之必淺近，使讀之者驟遇如在耳目之
> 表，久誦而得沉永之趣，則用意難也。以婉利之詞而製之

〔註36〕〔明〕陳子龍撰：《安雅堂稿》（臺北：偉文圖書出版社，1977 年 9
　　　月），卷三，頁 27。
〔註37〕同前註，卷三，頁 26～27。
〔註38〕〔明〕陳子龍撰：《安雅堂稿》，卷五，頁 3。

竟工鍊，使篇無累句，句無累字，圓潤明密，言如貫珠，
則鑄調難也。其為體也纖弱，所謂明珠翠羽，尚嫌其重，
何況龍鸞，必有鮮妍之姿，而不藉粉澤，則設色難也。其
為境也婉媚，雖以警露取妍，實貴含蓄，有餘不盡，時在
低回唱歎之際，則命篇難也。〔註39〕

陳子龍認為填詞之法，應秉持四大要項，以提升作詞水準。其一
「用意」乃指內容立意上，應當雋永深長；其二「鑄調」乃指音律合
諧，宛若珠落玉盤，圓潤密響；其三「設色」，即字句應清麗俊逸，
不借濃豔粉飾；其四「命篇」，即無斧鑿之跡，結構天成，臻於化境。
顯見雲間詞派多循雅正之跡，追高渾之境。其後，文人填詞，莫不以
此為最高規範與準則。雲間詞派自崇禎，迄於順至四年（1647），隨
著陳子龍、夏完淳抗清殉難，李雯、宋徵輿出仕新朝，雲間詞派遂成
終局。然其詞派雖散、詞論不敗，雲間詞派不僅扭轉了明代晚期淺俗
卑弱之詞風，亦為清代詞壇帶來中興的契機，產生了深遠之影響。而
其餘韻支脈：西泠詞派、柳州詞派、廣陵詞派、毗陵詞派等雲間四大
支派，亦嗣響不絕。而受到此時期影響的詞選，有〔清〕許寶善《自
怡軒詞選》。

許寶善（1731～1803），字敩虞，號穆堂，江蘇青浦（今江蘇上
海市）人。尤工散曲，常以詞曲自娛，著有《南北宋填詞譜》、《五經
皆要》等，流傳於世。其《自怡軒詞選》，凡八卷，選錄範圍自唐、
宋至金、元二代，計有 199 調，391 闋作品。檢視收錄顧貞詞作，計
有 3 闋，收錄數量不多，係因其選詞標準，據《自怡軒詞選·凡例》：

一小令唐人最工，即北宋已極相懸，南宋佳者更少。故集
中以唐人為主，而南北宋人附之。

一是選以雅潔高妙為主，故東坡、清真、白石、玉田之詞，
較他家獨多。〔註40〕

〔註39〕同前註，卷三，頁 28～29。
〔註40〕〔清〕許寶善：《自怡軒詞選·凡例》，見錄於施蟄存主編：《詞籍序
跋萃編》，卷九，頁 767。

可見，《自怡軒詞選》選詞標準，既以唐宋人為選錄重心，亦以清高雅正之詞家作品為準則。此選不僅有雲間詞派對於唐人小令之喜愛，亦受到當時浙西詞派之審美標準，而顧貞詞作多濃豔、綺靡之風，顯然與許寶善「雅潔高妙」之輯選理念，有所差異。

二、陽羨詞派

「陽羨」，舊縣名，始於秦代，今江蘇省宜興縣。此派始於康熙五年（1666），最晚於康熙三十四年（1695）解散，約略維持三十年左右，其領袖為陳維崧，主要詞人有曹亮武、蔣景祁、萬樹、史惟圓、董儒龍等詞人。

陳維崧（1625～1682），字其年，號迦陵，江蘇宜興人。陳維崧填詞，不僅題材豐富，詞作數量亦堪稱一絕。今人錢仲聯於〈論陳維崧的湖海樓詞〉〔註41〕中統計，陳維崧單就詞作，便有 1944 闋作品，〔清〕陳廷焯亦評及：「填詞之富，古今無兩。」〔註42〕其詞作之豐，無人可擬。陳維崧開陽羨一派，據蔡嵩雲《柯亭詞論》云：

> 陽羨派倡自陳迦陵，吳園次、萬紅友等繼之，效法蘇辛，惟才氣是尚。〔註43〕

是知陳維崧首倡陽羨詞派。「陽羨」一地，與毗陵同屬常州府，且相鄰廣陵陽州府，故詞人間常互通有無、活動頻繁。陳維崧早期屬毗陵詞人，曾與鄒祇謨、董以寧等友人填詞唱和，成為「毗陵四子」之一。亦參與廣陵詞壇，與王士禎等人雅聚酬唱。其父陳貞慧因熱衷參與反清勢力的聚會，隨著庇護瓦解，家族恐遭受政治迫害，遷離家鄉，陳維崧亦嚐盡人生之坎坷顛沛。至此，陳維崧專注於作詞，詞風漸變，〔清〕陳廷焯《詞壇叢話》云：

〔註41〕錢仲聯：〈論陳維崧的湖海樓詞〉，《江海學刊》，1962 年第 2 期，頁 41。

〔註42〕〔清〕陳廷焯：《白雨齋詞話》，見錄於唐圭璋主編：《詞話叢編》，第 4 冊，頁 3837。

〔註43〕蔡嵩雲：《柯亭詞論》，見錄於唐圭璋編：《詞話叢編》，第 5 冊，頁 4908。

其年年四十餘，尚爲諸生，故學業最富，其一種潦倒名場，
抑鬱不平之氣，胥於詩詞發之。〔註44〕

爲抒發心中抑鬱不平氣，陳維崧轉向悲慨、豪壯之風格，遂開陽
羨一派。然而，陳維崧雖開啓蘇、辛魂雄蒼茫的豪放路線，但仍未摒
棄早期的婉麗詞風。這一點，於陽羨派之詞學理論可見一二。陽羨詞
派之詞學理論，大體有二：其一爲尊體存詞；其二爲不主一格，「婉
約」與「豪放」，二體兼備。

其一、尊體存詞。

陳維崧將詞提升到一個與「經」、「史」同等高度，認爲詞就如
「經」、「史」一般，具有知興替、鑑得失的功能，廓清「詞之小道」
的傳統觀念。其《詞選·序》云：

蓋天之生才不盡，文章之體格亦不盡。……要之，穴幽出
險以屬其思，海涵地負以博其氣，窮神知化以觀其變，竭
才渺慮以會其通；爲經爲史，曰師曰詞，閉門造車，諒無
異轍也。〔註45〕

陳維崧提出爲經爲史，要有「屬其思」、「博其氣」、「觀其變」、「會其
通」，而作詩填詞亦不可背離此四要，云：「選詞所以存詞，其即所以
存經存史。」〔註46〕陳維崧將詞與「經」、「史」並舉，提尊詞體，希
冀能扭轉世人「詞爲小道」之傳統觀念，並以選詞就是存經、存史之
概念，具體提升詞學向上發展之動力。

其二、不主一格，「婉約」與「豪放」，二體兼備。

由於明人選詞，偏向婉麗綺豔之「花草」風格，而張綖雖大分詞
體爲：「婉約」與「豪放」，但仍強調詞以「婉約」爲本色。且陳維崧
早期亦多婉麗、哀豔之作，如友人王士禎云：「友人中，陳其年工哀

〔註44〕〔清〕陳廷焯《詞壇叢話》，見錄於唐圭璋編：《詞話叢編》，第 4 冊，
　　　　頁 3731。
〔註45〕〔清〕陳維崧撰：《陳迦陵文集》（臺北：臺灣商務印書館，1979 年
　　　　11 月《四部叢書正編》），第 82 冊，卷二，頁 14。
〔註46〕〔清〕陳維崧著，陳振鵬標點，李學穎校補：《陳維崧集·今詞苑序》
　　　　（上海：上海古籍出版社，2010 年 12 月），上冊，頁 54。

豔之辭。」〔註47〕、友人鄒祇謨亦云:「同里諸子,好工小詞,如文友之環豔,其年之矯麗,雲孫之雅逸,初子之清揚,今則陳(指陳維崧)、董愈加綿渺,二黃亦屬深妍。」〔註48〕是知陳維崧早期詞風爲「婉約」所屬,然歷經家園劇變、看盡世態炎涼,使得陳維崧之詞風有了變化。〔清〕陳廷焯《詞壇叢話》云:

> 陳其年詞,縱橫博大,海走山飛,其源亦出蘇、辛。而力量更大,氣魄更勝,骨韻更高,有吞天氣、走風雷之勢,前無古、後無今。〔註49〕

陳維崧以其絕大豪壯之氣魄,迸發滿腔悲慨、抑鬱之情,展現出陽羨一派之豪壯雄音。陳維崧不主一格,「婉約」、「豪放」,二者兼容並蓄,且追隨陳維崧多年的蔣景祈,對其更是推崇備至,亦反對獨尊一格的偏執觀念,強調多元並蓄的理念,其〈陳檢討詞鈔序〉云:

> 讀先生之詞,以爲蘇、辛可;以爲州、秦可;以爲溫、韋可;以爲左、國、史、漢、唐、宋諸迤之文亦可。蓋既具什佰眾人之才,而又篤志好古,取材非一體,造就非一詣,豪情豔趣,觸緒紛起,而要皆含咀醞釀而後出。〔註50〕

「取材非一體,造就非一詣。」若有其豐厚學養,便不該墨守一家,而是要擴大視野,兼容各家,更重要的,是眞心實意,「含咀醞釀而後出」,方屬至文。陽羨詞派的主要詞集:有陳維崧《今詞苑》、曹亮武《荊洪詞初集》與蔣景祁《瑤華集》,並稱「陽羨三大詞選」。然而因前二集現藏於北京圖書館,未能得見,故僅以蔣景祁《瑤華集》論之。

〔註47〕〔清〕王士禎:《花草蒙拾》,見錄於唐圭璋編:《叢話詞編》,第 1 冊,頁 685。

〔註48〕〔清〕鄒祇謨:《遠志齋詞衷》,見錄於唐圭璋編:《詞話叢編》,第 1 冊,頁 659〜660。

〔註49〕〔清〕陳廷焯《詞壇叢話》,見錄於唐圭璋編:《詞話叢編》,第 5 冊,頁 4908。

〔註50〕〔清〕蔣景祁〈陳檢討詞鈔序〉,見錄於〔清〕陳維崧著,陳振鵬標點,李學穎校補:《陳維崧集》,下冊,頁 1832

　　《瑤華集》，凡二十二卷。選錄範圍涵蓋至明、清二代，選詞計有 2476 闋作品，482 個詞調。主要輯選對象，據〈刻瑤華集述〉自云：「景祁生長東南，未免南、浙擄探較富。」〔註51〕《瑤華集》選詞對象多為江、浙兩地的詞人。而輯錄目的，據宋犖〈瑤華集序〉云：

> 夫填詞非小物也，其音以宮、商、徵、角，其按以陰陽歲序，其法以上生下生，其變以犯調、側調；調有定格，字有定數，韻有定聲，法嚴而義備，後之欲知樂者，必於此求之。……蔣子之意蓋將使後之學者，由此知樂也，何則？古詩與樂一也，今詩與樂二也？詩自言志而依永、而和聲、而成文，而後謂之音。古樂不可得見，而宋之填詞，太宗親定之，大晟樂府領之，煌煌乎一代之制，今其聲律較然可考，非如李、杜詩篇，短長隨意，用以自適其旨趣而已。……今日諸名家之詞，可任其湮沒弗傳矣乎！審音知樂者，知必有取乎爾也。〔註52〕

填詞，不單只是抒發內心情感，若兼顧詞之體式、字句、用韻等填詞技巧，加諸於情，使之相輔相成。蔣景祁輯錄《瑤華集》，乃是希望後學審音知樂者，能有所取法，追求詞作聲情之美，使其填詞創作上更臻於完美。雖未收錄顧貞作品，但有集顧貞之詞句，為〈臨江仙〉「幽閨小檻春光晚」：「翠鬟紅斂」。雖僅一句，但其「婉約」風格，仍表現出了陽羨一派「不主一格」之詞學理論。

三、浙西詞派

　　「浙西」，指錢塘江以西之浙江省北部地區，其地域廣袤，不專指一縣一地，為江南一帶諸府、縣之通稱。「浙西」之名，始於《浙西六家詞》，係由朱彝尊、李良年、李符、沈岸登、沈皞日、龔翔麟

〔註51〕〔清〕蔣景祁編：《瑤華集》（北京，中華書局，1982 年 11 月），上冊，頁 5。
〔註52〕〔清〕蔣景祁編：《瑤華集》，上冊，頁 4～7。

等六位詞人的詞作選本，故稱「浙西詞派」，是以浙西正式成派。

　　浙西詞派始於康熙十六年（1679），因有自身傳統，又廣納雲間詞派，及其支派柳州詞派與西泠詞派，成為清代初期、中葉時期的代表詞派，綿延百餘年。嚴迪昌《清詞史》曾以「創作」層面，將浙西詞派分為前、中、後等三期，其云：

> 「浙西詞派」自朱彝尊創始起，歷經康、乾、嘉四朝，直至道光年間仍綿延味覺，是清代詞史上演變時間最久的一個流派。……「浙派」在各個時期流變的歷程，根據該詞派的實際創作面貌，大體分前、中、晚三期。前期以朱彝尊為旗幟，中期以厲鶚為宗匠，晚期以吳錫麒為中介環節，，而以郭麐為詞風嬗變之代表。這三個時期恰好都是五十年上下為一期，基本上籠蓋了「浙派」詞史約經三個甲子的總流程。〔註53〕

三個時期、三位領袖、三種理念。首先，以朱彝尊為旗幟的前期浙派：

　　朱彝尊（1629～1709），字錫鬯，號竹垞，浙江嘉興人。朱彝尊善讀書，過目成誦，博通經史，且精於金石考證之學，亦善於詞，是浙西詞派之領袖人物，並建構出浙西詞派之詞學理論的基礎。朱彝尊崇尚雅正，以「雅正」為論詞主張，並標舉姜夔、張炎為宗，遂衍為詞壇「家有白石而戶玉田」之習。朱彝尊〈黑蝶齋詩餘序〉云：

> 詞莫善於姜夔，宗之者張輯、盧祖皋、史達祖、吳文英、蔣捷、王沂孫、張炎、周密、陳允平、張翥、楊基，皆具夔之一體。〔註54〕

是知朱彝尊在姜夔詞風之引領下，樹立浙西詞派之雅正之風。朱彝尊倡導「雅正」，認為詞應歸於醇雅。此番「復雅」理念，不僅為浙西詞派奠定了「雅正」詞風之根基，亦恰恰迎合了權政者統治教化之需求。

〔註53〕嚴迪昌：《清詞史》（南京：江蘇古籍出版社，1999年8月），頁436。

〔註54〕〔清〕朱彝尊：〈黑蝶齋詩餘序〉，見錄於《清詞別集百三十四種》（臺北：鼎文書局，1976年8月），第1冊，頁75。

其次，以厲鶚爲宗匠的中期浙西詞派：

厲鶚（1692～1752），字太鴻，號樊榭，浙江杭州人。自幼家貧，後寄居佛門，於書無所不閱。厲鶚乃繼朱彝尊之後，成爲浙西詞派的一大巨匠。據〔清〕謝章鋌《賭棋山詞話》卷十一云：「雍正、乾隆間，詞學奉樊榭爲赤幟，家白石而戶梅溪矣。」〔註55〕厲鶚的論詞主張，仍繼承前期以姜夔、張炎爲典範基礎，但追加上溯自北宋，推崇周邦彥。據汪沆《槐塘文稿・籽香堂詞序》云：

> 竊聞予師樊榭先生，論詞之餘序有年矣。爲詞權輿於唐，盛於宋，沿流於元、明以及迄今，門戶各別，好尚異趣。然豪邁者失之於粗礦，香豔者失之於纖褻，唯有宋姜白石、張玉田諸君，清眞雅正，爲詞律之極則。〔註56〕

厲鶚不僅強化了前期推尊姜夔、崇尚南宋詞的詞學理念，亦將「清雅」獨立於明代所分「婉約」與「豪放」二體之外，成就一新主張。厲鶚發揚前期理念的同時，亦提出新見解，將北宋周邦彥歸納於「清雅」一體，其〈吳尺鳧玲瓏簾詞序〉云：

> 兩宋詞派，推吾鄉周清眞，婉約隱秀，律呂諧協，爲倚聲家所宗。〔註57〕

是知厲鶚視同鄉前輩周邦彥爲姜夔、張炎等詞人群體於北宋之先聲。厲鶚之詞，意蘊清空幽渺、語言清麗雅致，其作多詠風景名勝，並強調「清空」之說，將浙西詞派之「雅正」理念，推至「清空」之層次，成就浙西詞派中期的審美特質。然而，過度的追求「雅正清空」，卻演變成華而不實，內容空泛的滿紙虛華字。

第三，爲郭麐爲詞風嬗變之代表的浙西詞派晚期：

〔註55〕〔清〕謝章鋌《賭棋山詞話》，見錄於唐圭璋編：《詞話叢編》，第 4 冊，頁 3458。

〔註56〕〔清〕汪沆：《槐塘文稿・籽香堂詞序》，見錄於清代詩文集彙編編纂委員會編：《清代詩文集彙編》（上海：上海古籍出版社，2010 年），第 301 冊，頁 452。

〔註57〕〔清〕厲鶚：〈吳尺鳧玲瓏簾詞序〉，見錄於施蟄存主編：《詞籍序跋萃編》，卷七，頁 555。

　　郭麐（1767～1831），字群伯，號頻伽，因右眉全白，又號白眉生，江蘇吳江人。工詞章，善篆刻，間畫竹石，別有天趣，為乾、嘉年間，浙西詞派後期的代表人物。郭麐仍一貫承襲浙西詞派初期朱彝尊的「雅正」理念，但此時浙西詞派弊端叢生，雖仍尊於雅正，但內容立意卻空泛、浮華，無真心實意的情感描摹，只求片面清空雅致。郭麐對於此癥結已了然於心，並直言批判：

> 倚聲家已姜、張為宗，是矣。然必得其胸中所欲言之意，
> 與其不能盡言之意，而後纏綿委折，如往而復，皆有一
> 唱三歎之致。近人莫不宗法雅詞，厭棄浮豔，然多為可
> 解不可解之語，借面裝頭，口吟舌言，令人求其意怡而
> 不得，此何為者耶？昔人已鼠空鳥即為詩妖，若此者，
> 亦詞妖也。〔註58〕

　　昔日夙負盛名的浙西詞派，如今流於「詞妖」，此番嚴厲批判，可感於郭麐之疾首痛心。郭麐以「借面裝頭，口吟舌言，令人求其意怡而不得」，指出浙西詞派之流弊乃由此而生，精美的字句堆砌，而忽略了詞意內容。面對「詞妖」之痛心，郭麐不僅不迴避，亦進行深思，以詞風演變之歷程，進而提出「寫其心之所欲出，而取其性之所近」〔註59〕之方針，指出人心、人性，係隨著時代更迭而有所變易，其感悟亦隨之產生不同的變化；無關乎派系、無所謂優劣，知其變而匯其通，然而卻使得浙西詞派的根本，產生了變化。

　　浙西詞派之主要詞集為《詞綜》。《詞綜》，凡三十八卷，由朱彝尊輯錄，《詞綜》選錄範圍起自晚唐五代，歷宋，至金、元二代，計有 686 家，2251 闋作品。朱彝尊強調「雅正」，其〈群雅集序〉

〔註58〕〔清〕郭麐：《靈芬館詞話》，見錄於唐圭璋編：《詞話叢編》，第 2
　　　　冊，頁 1524。
〔註59〕〔清〕郭麐〈無聲詩館詞序〉云：「姜、張祖騷人之遺，盡洗穢豔，
　　　　而清空婉約之旨深。自是以後，雖有作者，欲離去別見，其道無由。
　　　　然寫其心之所欲出，而取其性之所近，千曲萬折，以赴聲律，則體
　　　　雖異而其所以為詞者，無不同也。」見錄於 1989 年《叢書集成續編》，
　　　　第 193 冊，卷二，頁 26。

云：

> 蓋昔賢論詞，必出於雅正。是故曾慥錄《雅詞》，鲖陽居士
> 集《復雅》。〔註60〕

是知朱彝尊以「雅正」為宗，亦為《詞綜》之選詞標準。朱彝尊借輯
錄《詞綜》，闡發浙西詞派之「雅正」宗旨，並以姜夔為典範，所選
皆為清空醇雅之作，而所收錄顧敻詞作，計有9闋：〈河傳〉「燕颺」、
〈河傳〉「棹舉」、〈玉樓春〉「月照玉樓春漏促」、〈楊柳枝〉「秋夜香
閨思寂寥」、〈訴衷情〉「香滅簾垂春漏永」、〈訴衷情〉「永夜拋人何去
處」、〈臨江仙〉「碧染長空池似鏡」、〈醉公子〉「漠漠秋雲淡」、〈醉公
子〉「岸柳垂金線」等作，雖間有綺麗字句，然其詞境清婉典雅，不
失《詞綜》「雅正」之選錄標的。而此時期受到浙西詞派之影響的詞
選，有沈時棟《古今詞選》與夏秉衡《清綺軒詞選》，二書均有收錄
顧敻作品，茲逐一概述。

（一）沈時棟《古今詞選》

沈時棟（？～？），字成廈，號瘦吟詞客。《古今詞選》，凡十二
卷，選錄範圍起自唐五代至明、清，計有286家，994闋作品。選錄
重心雖以宋代與清代為主，但仍見其選詞標準，據《古今詞選・選略
八則》云：

> 一是集雄奇、香豔者俱錄，惟或粗或俗，間有敗筆者置之。
> 即名作不登選者，猶所不免。
>
> 一不因人而濫選，亦不以人而廢詞。若章法不亂，情致動
> 人者，即非作手，蓋錄不遺。〔註61〕

可知沈時棟輯錄《古今詞選》，不僅對「婉約」與「豪放」二體，兼
容並之。收錄顧敻作品，雖僅有1闋：〈荷葉杯〉「記得那時相見」，

〔註60〕〔清〕朱彝尊：《曝書亭集・群雅集序》（北京：商務印書館，2005
年《文津閣四庫全書》本），第440冊，頁88。

〔註61〕〔清〕沈時棟輯：《古今詞選・選略八則》（臺北：東方書局，1956
年5月），頁1。

然其字句艷麗、詞境婉轉、動人，符合《古今詞選》之選錄標準，「香
豔者俱錄」、「章法不亂，情致動人」者。

（二）夏秉衡《清綺軒詞選》

夏秉衡（1726～？），字平千，號谷香，華亭（今上海松江）人，
此選又名《歷朝名人詞選》。《清綺軒詞選》，凡十三卷，其選錄範圍
自唐、五代，歷宋、金、元，至明、清，此選收錄範圍極廣，選錄重
心以宋代與清代爲主，收錄顧敻作品，計有 3 闋。此選成書之因，據
《清綺軒詞選・自序》云：

> 唐末五代，李後主、和成績、韋端己輩出，語極工麗而體
> 制未備。至南北宋而作者日盛，如清眞、石帚、竹山、梅
> 溪、玉田諸集，雅正超乎，可爲詞家之上乘矣。〔註62〕

又《清綺軒詞選・發凡》云：

> 是集所選，一以淡雅爲宗。〔註63〕

顯而易見，夏秉衡輯錄《清綺軒詞選》，與浙西詞派推尊姜夔、張炎
之雅正理念相一致。但細究其所選內容，卻非如此。據〔清〕陳廷焯
《白雨齋詞話》卷五云：

> 《清綺軒詞選》，大半淫詞穢語，而其中亦有宋人爲最高之
> 作。涇渭不分，雅鄭並奏，良由胸中毫無識見。選詞之荒
> 謬，至是已極。〔註64〕

陳廷焯見其內容，謂「涇渭不分，雅鄭並奏」，可見其選詞內容
與之理念不相符合，如收錄歐陽炯〈相見歡〉「相見休言有淚珠」一
闋，其香豔綺麗的詞風創作，顯然與「一以淡雅爲宗」有所落差。又
嚴迪昌《清詞史》云：

> 全書（按：清綺軒詞選）錄唐宋人詞居半，元明詞偶選一

〔註62〕〔清〕夏秉衡：《清綺軒詞選・自序》，見錄於施蟄存主編：《詞籍序
　　　　跋萃編》，卷九，頁 763。
〔註63〕同前註，頁 764。
〔註64〕〔清〕陳廷焯：《白雨齋詞話》，見錄於唐圭璋主編：《詞話叢編》，
　　　　第 4 冊，頁 3790。

二，清人詞篇什幾與兩宋相等，雖明曰歷朝，實際宗旨是
博於今而約於古。夏氏乃雲間詞派信奉者，堅守陳子龍之
觀念，專取唐五代北宋一路，蘇、辛豪放之作以及張炎、
吳文英雕琢之作，選錄甚少。〔註65〕

可見夏秉衡輯錄此詞選，實為取徑雲間詞派，宗法南唐北宋，與實際
選詞，有所矛盾。檢視《清綺軒詞選》收錄收錄顧夐作品內容，有〈甘
州子〉「紅爐深夜醉調笙」的雅而不俗、〈醉公子〉「漠漠秋雲淡」的
語淡韻遠、〈楊柳枝〉「香閨秋夜思寂寥」的含蓄有致。如此看來，卻
又不失《清綺軒詞選》以雅為宗之輯選標準。

四、常州詞派

「常州」，地處江蘇長江、太湖附近，亦為毗陵詞派與陽羨詞派
之發祥地。此處物產豐饒、人文薈萃，政商仕紳往來絡繹。常州詞派
派大略始於乾、嘉，大盛於道光，直至宣統。其領袖為張惠言。據徐
珂《清代詞學概論》云：

浙派（指浙西詞派）至乾嘉間而益散，張皋文起而改革之，
其弟翰風和之，振北宋名家之緒，闡意內言外之旨，而常
州派成。〔註66〕

因與之唱和者，多為常州籍人士，故名曰：「常州詞派」。此派自浙西
詞派後，另開宗風，影響清代詞壇亦達百年之久，成為清中葉後期的
代表詞派。常州詞派的領袖為張惠言，其代表詞人有周濟、董士錫、
宋翔鳳等人。

張惠言（1761～1802），自皋文，號茗柯，武進（今江蘇常州）
人。其弟張琦，與之一同編選《詞選》。張惠言為古文經學家，曾轉
引〔西漢〕孟喜（字長卿，東海蘭陵人）《周易章句‧繫辭上傳》：「意
內而言外，謂之詞。」〔註67〕據此提出「意內言外」的詞學主張。據

〔註65〕嚴迪昌：《清詞史》，頁345。
〔註66〕徐珂：《清代詞學概論》（臺北：廣文書局，1979年5月），頁6。
〔註67〕〔東漢〕許慎：《說文解字》（北京：商務印書館，2005年《文津閣

念述〈試談周濟介存齋論詞雜著〉云：

> 張惠言在嘉慶二年開始提出「意內言外」的「微言」，周濟隨後標榜「感慨所寄」的「詞史」，正是清代文學經受了數十年之久的壓抑迫害之後，隨著歷史變動，乘時以發的曲折表現。〔註68〕

乾、嘉年間，當時詞壇遇衰頹之風，浙西詞派的華美堆砌、立意空泛，對時事視若無睹的填詞行徑，已不合時宜，難以應付日益衰敗的國政朝綱。而朝綱廢弛，內憂外患紛來沓至；有志之士，既須面臨「文字獄」動輒得咎之危機，亦憂外患掠奪、「吸食鴉片」漸成病國之命運，其悲憤無奈、悵然若失的隱曲心情，正是奠定常州詞派的創作基礎，亦是促使常州詞派日益壯大的重要原因。所謂「意內言外」、「感慨所寄」，正是常州詞派之詞學理論的重點核心。常州詞派的詞學理論有二：其一爲推尊詞體；其二爲崇尚比興寄託。

其一、推尊詞體。

自明末清初以來，雲間詞派推尊詞體，至此各家各派沿襲其說，常州詞派亦參與其中。然而，有別於他派著眼於形式體製上提尊詞體，常州詞派乃從內容立意上，加以發揚。張惠言〈詞選序〉云：

> 詞者，蓋出於唐之詩人，採樂府之音以制新律，因繫其詞，故曰詞。……蓋《詩》之比興，變風之義，騷人之歌，則近之矣。然以其文小，其聲哀，放者爲之，或跌蕩靡麗，雜以昌狂俳優。然要其至者，莫不惻隱盱愉，感物而發，觸類條鬯，各有所歸，非苟爲雕琢曼辭而已。〔註69〕

是知張惠言強調「詞」與《風》、《騷》乃屬同源，是以推尊詞體。且又從「感物而發，觸類條鬯」內容立意上，提高詞之格調，實踐尊詞

四庫全書》本），第 76 冊，頁 590。按：《漢書藝文志》錄有《周易孟氏章句》二卷，今已佚。此段文字乃轉引自許慎《說文解字·上司部》卷九，對「詞」之解說。

〔註68〕念述：〈試談周濟介存齋論詞雜著〉，《文學遺產增刊》（香港：聯合出版社，1962 年 6 月），第 9 輯，頁 101。

〔註69〕〔清〕張惠言：《詞選》（臺北：廣文書局，1979 年 6 月），頁 6。

要旨。周濟《介存齋論詞雜著》亦云：

> 感慨所寄，不過盛衰。或綢繆未雨，或太息厝薪，或己溺
> 己饑，或獨清獨醒，隨其人之性情學問境地，莫不有由衷
> 之言。見事多，識理透，可爲後人論世之資。詩有史，詞
> 亦有史，庶乎自樹一幟矣。若乃離別懷思，感士不遇，陳
> 陳相因，唾瀋互拾，便想高揖溫、韋，不亦恥乎！〔註70〕

周濟借由「感慨所寄」，點出塡詞動機，乃發自心中感慨。此番「感
慨」，應當是「對時代有感」，猶如「詩言志」一般，以詞代替「詩言
志」之功能，讓「詞」具備等同於詩的紀實作用，如同陽羨詞派陳維
崧「選詞，就是存經存史」的理念。所謂「感慨所寄，不過盛衰」，
則是更具體的表現出張惠言「感物而發」的創作基礎。張惠言以詞之
淵源，係出唐之樂府，藉此來提高詞體地位，以「感物而發」提升詞
之格調，使得「詞」，不再只是立意空洞，言之無物的創作體式；周
濟則進一步以「詞亦有史」之觀點，重新並整合雲間、陽羨等詞派提
尊詞體的理念，提倡「詞言志」之功能。而「尊詞之旨」之具體之道，
則以「比興寄託」爲途徑。

其二、崇尚比興寄託。

「比興寄託」，是創作手法，亦是常州詞派的詞論綱要。張惠言
〈詞選序〉即明言比興寄託於詞作中之內涵：

> 傳曰：意在言外謂之詞。其緣情造端，興於微言，以相感
> 動。極命風謠里巷男女哀樂，以道賢人君子幽約怨悱不能
> 自言之情，低回要眇，以喻其致。〔註71〕

張惠言揭示，詞之「意在言外」，強調塡詞首要，乃通過發之於外的
「言」，達到內心之「意」。張惠言的此「意」，即「賢人君子幽約怨
悱」，難以爲外人道，故寄託於「風謠里巷男女哀樂」，以達「興於微
言，以相感動」之目的，相對於只重視「言」之雕琢，忽略詞之「意」

〔註70〕〔清〕周濟：《介存齋論詞雜著》，見錄於唐圭璋編：《詞話叢編》，
第 2 冊，1630。

〔註71〕〔清〕張惠言：《詞選》，頁 6。

的浙西末流，此說，恰恰砭治了浙西末流之弊端。透過詞之含蓄蘊藉之特色，低回要眇之意境，娓娓道出，婉轉而動人。但過度以比興寄託來詮釋詞句意義，一味地斷章取義，反致穿鑿附會、牽強地令人難以信服，終歸背離本心。而周濟針對此弊，提出「寄託出入」，其《介存齋論詞雜著》云：

> 初學詞求有寄託，有寄託，則表里相宣，斐然成章。既成格調，求無寄託，無寄託，則指事類情，仁者見仁，知者見知。〔註72〕

又〈宋四家詞選目錄序論〉亦云：

> 夫詞非寄託不入，專寄託不出。一物一事，引而伸之，處類多通。驅心若游絲之罥英，含毫如郢斤之斲繩翼，以無厚入有間。〔註73〕

周濟以張惠言「意內言外」爲論詞基礎，並加以調整、革新，主張詞應「有所寄託」，且必須「表裏相依」。其「裏」，乃上文所提到的「感慨所寄，不過盛衰」；其「表」，則爲「詞亦有史」，以寓社會現實之功能。如此表裏合一，此即爲「有寄託入」。而「指事類情」、「觸類多通」，即使主體之我，能融於客體之中，「以無厚而入有間」，寄託之情自在其中，自然的宛若天成渾化之境，此即「無寄託出」。而浙西詞派後期的詞人譚獻，便承接周濟「寄託出入」說，從批評角度加以發揚，提出「作者之用心未必然，讀者之用心何必不然」〔註74〕的「接受再創作」的核心理論。

　　常州詞派的主要詞集，有張惠言、張琦兄弟合輯之《詞選》、周濟《詞辨》。

　　《詞選》，凡兩卷。原名《宛鄰詞選》，後人因「詞選」屬通名，

〔註72〕〔清〕周濟：《介存齋論詞雜著》，見錄於唐圭璋編：《詞話叢編》，第 2 冊，1630。
〔註73〕〔清〕周濟：〈宋四家詞選目錄序論〉，見錄於施蟄存主編：《詞籍序跋萃編》，卷九，頁 820。
〔註74〕〔清〕譚獻：《復堂詞話》，見錄於唐圭璋：《詞話叢編》，第 4 冊，頁 3987。

爲示區別，又稱《茗柯詞選》、《張氏詞選》。其選錄範圍起自唐、五
代至宋，計有44家，116闋作品。《詞選》成書之因，據張琦〈詞選
序〉云：

> 嘉慶二年，余與先兄皋文先生，同館歙金氏；金氏諸生好
> 填詞，先兄以爲詞雖小道，失其傳且數百年，自宋之亡而
> 正聲絕，元之末而規矩隳，腳宦不闢，門戶卒迷。乃與余
> 校錄唐、宋詞四十四家，凡一百十六首，爲二卷，以示金
> 生，金生刊之。〔註75〕

是知張惠言輯編《詞選》初衷，乃爲學詞之讀本。而選詞雖未直言準
則，但其〈詞選序〉云：「唐之詞人，溫庭筠最高，其言深美閎約。」
〔註76〕可見，張惠言最是欣賞溫庭筠之作品，認爲其詞之格調最高。
且《詞選》所輯之唐宋詞人中，溫庭筠之詞作即選錄十八闋，居於《詞
選》之冠，意在推舉溫庭筠之作爲準則典範。繼《詞選》之後，周濟
《詞辨》亦爲常州詞派之重要選本。

周濟（1781～1839），字保緒，號止庵，又號介存居士，荊溪（今
江蘇宜興）人。曾任官淮安府教授，後退隱潛心著述。《詞辨》，原帙
十卷，因書稿未及刊刻落水，今存二卷，並承張惠言「正聲」與「變
聲」之說。《詞辨》選本之成因，是爲教授弟子學詞而編選此書，因
書稿散落於水，今存數量僅存14家，計94闋作品。其選錄範圍，自
晚唐、五代至宋。雖此派主要詞集均未收錄顧敻作品，但有受到此派
影響的陳廷焯所輯錄《詞則》，收錄顧敻6闋作品。

陳廷焯（1853～1892），原名世焜，字耀光，一字亦峰，江蘇丹
徒人。少年即致力於詩文，後習詞，早期受浙西詞派之影響，作《雲
韶集》，後宗常州詞派，自云：

> 卓哉皋文，《詞選》一編，宗風賴以不更，可謂獨具隻眼，

〔註75〕〔清〕張琦：《詞選‧續詞選序》（臺北：廣文書局，1979年6月），
　　　　頁79。

〔註76〕〔清〕張惠言：《詞選‧序》（臺北：廣文書局，1979年6月），頁6
　　　　～7。

惜篇幅狹隘，不足以見諸賢之面目，而去取未當者，十亦
有二三。〔註77〕

逐刪削〈雲韶集〉三分之一，成就《詞則》。其選錄範圍自唐迄
清，計有470多家，2360闋作品，並分爲四集：《大雅集》、《閒情集》、
《別調集》、《放歌集》等，據《詞則‧序》云：

> 自唐迄今，擇其尤雅者五百餘闋，匯爲一集，名曰《大雅》。
> 長吟短諷，覺南豳雅化，湘漢騷音，至今猶在人間也。顧
> 境以地遷，才有偏至，執是以導源，不能執是以窮變。《大
> 雅》而外，爰取縱橫排戛、感激豪宕者四百餘闋爲一集，
> 名曰《放歌》；取盡態極妍、哀戚頑豔者六百餘闋爲一集，
> 名曰《閒情》；其一切清圓柔脆、爭奇鬥巧者，別錄一集，
> 得六百餘闋，名曰《別調》。《大雅》爲正，三集副之，而
> 總名之曰《詞則》。求諸《大雅》，固有餘師，即遁而之他，
> 亦即可於《放歌》、《別調》、《閒情》中求《大雅》，不至於
> 入崎趨。〔註78〕

《詞則》以《大雅集》爲正，且其特質乃楚騷遺音，合乎風人之旨，
另三集副之：即《放歌集》的豪放馳騁、《別調集》的哀豔婉約、《閒
情集》的清圓柔脆，且此三集當中，亦不失《大雅集》之輯錄標準，
「本諸風騷，歸於忠厚」之最高宗旨，且「鬱其辭、隱其義」，讀出
作品中所隱含的婉曲之意志、香草美人之遺音。〔註79〕

檢視顧敻詞作收錄情形，《詞則》輯錄了6闋作品。顧敻詞作一
歸於豔，尤其作品泰半以「閨音」爲主題，顯然不符合《大雅集》與
《放歌集》的選詞標準，故此二集皆未收錄顧敻作品。然而《別調集》
收錄〈河傳〉「棹舉」一闋，與《閒情集》收錄〈玉樓春〉「月照玉樓

〔註77〕〔清〕陳廷焯：《詞則‧序》（上海：上海古籍出版社，1984年5月），
　　　　上冊，頁1。
〔註78〕〔清〕陳廷焯：《詞則‧序》（上海：上海古籍出版社，1984年5月），
　　　　上冊，頁1～2。
〔註79〕〔清〕陳廷焯：《詞則‧大雅集序》（上海：上海古籍出版社，1984
　　　　年5月），上冊，頁7。

春漏促」、〈浣溪沙〉「紅藕香寒翠渚平」、〈浣溪沙〉「雲淡風高葉亂飛」、〈楊柳枝〉「秋夜香閨思寂寥」、〈訴衷情〉「永夜拋人何去處」、〈醉公子〉「岸柳垂金線」等五闋作品。數量雖不多，但通過陳廷焯重視每一闋輯錄的態度，六闋作品的分門別類，可說是相當中肯的。先就《別調集》而言，據《詞則・別調集序》云：

> 人情不能所寄，而又不能使天下同出一途。大雅不多見，而繁聲於是乎作矣。猛起奮末，誠蘇、辛之罪人；盡態逞妍，亦周、姜之變調。外此則嘯傲風月，歌詠江山，規橅物類，情有感而不深，義有託而不理。直抒所事，而比興之義亡；侈陳其感，而怨慕之情失。辭極其工，意極其巧，而不可語於大雅，而亦不能盡廢也。〔註80〕

《別調》，即不能以特定名稱分類詞風之作品。所謂「辭極其工，意極其巧，而不可語於大雅，而亦不能盡廢也」，顯見陳廷焯不拘泥於大雅之作，亦不偏廢任何一種風格的展現。「人情不能所寄，而又不能使天下同出一途」，陳廷焯尊重且接納各種不同的詞風，但凡工致細膩、立意其巧，富含藝術價值者，一概輯錄，故名曰：《別調》。且觀其顧敻作品雖是「一歸於豔」，然其〈河傳〉「棹舉」一闋，卻是少有的「非閨音」之作。此闋乃描繪「江上行舟圖」，透過江河，藉此展現旅人心思幾許。而不同於《別調集》的藝術價值，《閑情集》旨在「思無邪」，須合於雅正。陳廷焯收錄顧敻五闋作品，便秉持著此番理念。據《詞則・閑情集序》云：

> 〈閑情〉一賦，「白璧微瑕」，昭明誤會其旨矣。淵明以名臣之後，際易代之時，欲言難言，時時寄託。「閑情」云者，閑其情，使不得逸也。是以歷寫諸願，而終以所願必違，其不是劉宋之心，言外可見。淺見者膠柱鼓瑟，致使美人香草之遺志，等諸桑間濮上之淫聲，此昭明之過也。茲編之選，綺說邪思，皆所不免。然夫子刪詩，並存鄭衛，知

〔註80〕〔清〕陳廷焯：《詞則・別調集序》（上海：上海古籍出版社，1984年5月），下冊，頁531。

所懲勸，於義何傷？名以「閑情」，願學者情有所閑，而求
合於正，亦聖人「思無邪」旨也。〔註81〕

《禮記・禮運》云：「飲食男女，人之大欲存焉。」〔註82〕係指
慾望乃爲人性之根本，無差別好惡，惟有敦品禮教、修身愼行，使其
人性根本得以志懷方正。而陳廷焯編《閑情集》亦如是。「綺說邪思，
皆所不免」，但仍應避免，故陳廷焯習聖人之姿，希冀後學能「情有
所閑，而求合於正」，並遵聖賢「思無邪」之旨，終歸純正一途。其
所收錄顧夐作品，有〈玉樓春〉「月照玉樓春漏促」、〈浣溪沙〉「紅藕
香寒翠渚平」、〈浣溪沙〉「雲淡風高葉亂飛」、〈楊柳枝〉「秋夜香閨思
寂寥」、〈訴衷情〉「永夜拋人何去處」、〈醉公子〉「岸柳垂金線」等五
闋詞作，多爲婉約芊麗、情致深遠之作，雖仍有華麗藻飾，然內容立
意卻是婉雅而不失於正。

陳廷焯《詞則》，分作四集，以《大雅集》爲正，《放歌》、《別調》、
《閑情》三集副之，此做法與周濟《詞辨》分正體、變體二卷，異曲
同工。然而，周濟以詞人爲標準而分類正、變體；陳廷焯則以作品論
詞風，故同一個作者，便有可能分入其他不同的詞集當中，而顧夐的
作品即是一例。陳廷焯重視每一闋作品所帶給他的獨特感受，且審愼
的將之歸屬於適切的詞集中，可見其對選錄作品的尊重。

除此之外，主導清代詞壇常州詞派的時代，卻有不追隨其腳步，
秉持自身理念之選本，如不受派別之影響，專主自我思潮的詞選：王
闓運《湘綺樓詞選》等，或是將各派理念整合取其優的詞選，如成肇
麐《唐五代詞選》、梁令嫻《藝蘅館詞選》等。茲如次概述。

（一）王闓運《湘綺樓詞選》

王闓運（1833～1916），字壬秋，號湘綺，湘潭（今湖南）人。

〔註81〕〔清〕陳廷焯：《詞則・閑情集序》（上海：上海古籍出版社，1984
　　　年5月），下冊，頁841。

〔註82〕〔東漢〕鄭玄注，〔唐〕孔穎達疏：《十三經注疏・禮記正義》（北
　　　京：中華書局，1975年），第1冊，頁39。

曾入曾國藩幕僚，辛亥革命後，任命國史館館長兼參政院參政。因對
當時袁世凱稱帝不滿，告病回鄉，後卒於長沙。著述甚豐，其《湘綺
樓詞選》為門人所輯錄。《湘綺樓詞選》，凡八卷，分本編、前編、續
編。選錄範圍自晚唐五代，迄於南宋，計有 55 家，76 闋作品，以姜
夔、蘇軾各五首居冠。王闓運雖處於常州詞派的時代，卻不受影響，
其〈湘綺樓詞選・序〉云：

> 余間為女婦言，亦知有小詞否，靡靡之音，自能開發心思，
> 為學者所不廢也。周官禮教，不屏野舞縵樂，人心既正，
> 要必有閒情逸致、遊思別趣，如徒端坐正襟，茅塞其心，
> 以為誠正，此迂儒枯禪之所為，豈知道哉。〔註83〕

是知王闓運並非是固守禮教之輩，且對於詞之看法較為開放，認為詞
當「閒情逸致」、「遊思別趣」，否則便是茅塞其心、逆古迂儒了。檢
視顧敻收錄情形，雖僅有 1 闋〈訴衷情〉「永夜拋人何處去」，但以王
闓運之「別趣」之思，想來是欣賞顧敻「換你心、為你心，始知相憶
深」的兩心置換的深情。

（二）成肇麐《唐五代詞選》

成肇麐（1847～1901），號漱泉，江蘇保應人。曾任靈壽（於西
北石家莊市）知縣，後遇八國聯軍侵占靈壽，成肇麐投井而死。《唐
五代詞選》，凡三卷，以人編次，選錄範圍為唐五代，計 49 家，347
闋作品。成書之因，據成肇麐《唐五代詞選・敘》云：

> 唐五代作者數十人，大抵緣情託興，無藉湛冥奧窔之思，
> 而耳目所寓；出入動作之所適，舉以入諸樂章，或意中之
> 恉，不克徑致，則隱謬其辭，旁寄於一物一事，而俯仰之
> 際，萬感橫集，使後之讀者，如聆其聲，覩其不言之意。
> 世有鬱伊於內，無可訴語，偶有觸焉，意且恍然於其中之
> 纏緜蘊結，固有先我而發之者，又皇論其詞之貞邪正變，
> 與其入之妍媸也耶。詞家總集，《花間》最古，叔暘采擷，

〔註83〕〔清〕王闓運〈湘綺樓詞選・序〉，見錄於施蟄存主編：《詞籍序跋
萃編》，卷九，頁 807。

> 兼及兩宋，茲編所錄，詎足仰迻囊賢，祈以私衷所耆，聊
> 自娛悅云爾。〔註84〕

可見《唐五代詞選》成書之因，乃「聊自娛悅」也，但「自娛」由來，
卻是「偶有觸焉，意且恍然於其中之纏緜蘊結」。成肇麐編此書，並
非是流於表面的喜愛，而是看透了詞之內涵，認爲詞多「緣情託興」、
「旁寄於一物一事」，宛若耳聽其聲、眼見言外之意。其理念與常州
詞派之宗旨相通，故〔清〕陳廷焯《白雨齋詞話》以常州詞派之立場，
評云：

> 成肇麐《唐五代詞選》刪削俚褻之詞，歸於雅正，最爲善
> 本。唐五代爲詞之源，而俚俗淺陋之詞，雜入其中，亦較
> 後世爲更甚。致使後人陋《花間》、《草堂》之惡習，而並
> 忘緣情託興之旨歸，豈非操選政者加之屬乎？得此一編，
> 較顧梧芳所輯《尊前集》，雅俗判若天淵矣。〔註85〕

陳廷焯雖以常州詞派之宗旨評成氏之選，稱許是書「刪削俚褻之詞，
歸於雅正」、保有「緣情託興之旨歸」，卻也反映出《唐五代詞選》
之選詞標準，傾向於「雅正」之作。檢視顧敻入選作品之情形，《唐
五代詞選》收錄計有 12 闋，分別爲：〈河傳〉「燕颺」、〈河傳〉「棹
舉」、〈玉樓春〉「月照玉樓春漏促」、〈浣溪沙〉「紅藕香寒翠渚平」、
〈浣溪沙〉「雲淡風高葉亂飛」、〈楊柳枝〉「秋夜香閨思寂寥」、〈訴
衷情〉「香滅簾垂春漏永」、〈荷葉杯〉「夜久歌聲怨咽」〈荷葉杯〉「一
去又乖期信」、〈臨江仙〉「碧染長空池似鏡」、〈醉公子〉「漠漠秋雲
淡」、〈醉公子〉「岸柳垂金線」等作，間雖有綺麗字句，卻皆是婉約
閑雅之詞境。

（三）梁令嫻《藝蘅館詞選》

梁令嫻（1893～1966），爲梁啓超之女。其詞學理念，乃折衷於

〔註84〕〔清〕成肇麐：《唐五代詞選‧敘》，見錄於王雲五主編：《國學基本
　　　叢書》（臺北：臺灣商務印書館，1956 年 4 月），頁 3～4。
〔註85〕〔清〕陳廷焯：《白雨齋詞話》，見錄於唐圭璋編：《詞話叢編》，第 4
　　　冊，頁 3889。

浙西詞派與常州詞派之間。《藝蘅館詞選》，凡五卷。選錄範圍自唐五代，至宋、清二代，計有206家，676闋作品。收錄顧敻作品，計有2闋，分別為〈荷葉杯〉「夜久歌聲怨咽」與〈荷葉杯〉「一去又乖信期」，兩闋皆屬民風歌調，此選係因梁令嫻認為詞與樂之結合，乃不可缺也。其序云：

> 令嫻聞諸家大人曰：凡詩歌之文學，以能入樂為貴。在吾國古代有然，在泰西諸國亦靡不然。以入樂論，則長短句最便，故吾國韻文，由四言而五七言，由五七言而長短句，實進化之軌轍使然也。詩與樂離，蓋數百年矣。進今西風沾被，樂之一科，漸復佔教育界一重要之位置，而國樂獨立之一問題，士夫間末或厝意。後有作者，就詞曲而改良之，斯其選也。然則茲編之作，其亦可以免玩物喪志之誚歟！〔註86〕

顯見，梁令嫻受其父梁啟超之影響，非常重視詞之音樂性，認為「凡詩歌之文學，以能入樂為貴」，尤其是詞與樂兩者結合，更為適當。雖詩與樂的分離，已達有數百年之久，但透過清門大開，西方文化思潮席捲而來，亦使得樂理教育重新備受重視。

第四節　明清詞譜

一、明編詞譜

　　〔明〕周瑛《詞學筌蹄》、〔明〕張綖《詩餘圖譜》、〔明〕謝天瑞《詩餘圖譜・補遺》、〔明〕徐師曾《文體明辨附錄・詩餘》、〔明〕程明善《嘯餘譜》等書，顧敻作品入選情形，如下表所示：

〔註86〕〔清〕梁令嫻：《藝蘅館詞選・序》（臺北：臺灣中華書局，1970年），頁1～2。

表 12　顧敻作品於明編詞譜入選情形

序	時期	作者	詞譜	收錄數量	收　錄　作　品
1	明	周瑛	詞學筌蹄	0	無
2	明	張綖	詩餘圖譜	6	〈甘州子〉「一爐籠麝錦帷傍」 〈遐方怨〉「簾影細」 〈獻衷心〉「繡鴛鴦帳暖」 〈訴衷情〉「永夜拋人何去處」 〈臨江仙〉「碧染長空池似鏡」 〈醉公子〉「漠漠秋雲淡」
3	明	謝天瑞	詩餘圖譜補遺	0	無
4	明	徐師曾	文體明辨附錄·詩餘	13	〈甘州子〉「每逢清夜與良辰」 〈甘州子〉「曾如劉阮訪仙蹤」 〈玉樓春〉「月照玉樓春漏促」 〈酒泉子〉「掩卻菱花」 〈酒泉子〉「水碧風清」 〈酒泉子〉「黛怨紅羞」 〈楊柳枝〉「秋夜香閨思寂寥」 〈遐方怨〉「簾影細」 〈荷葉杯〉「歌發誰家筵上」 〈荷葉杯〉「一去又乖期信」 〈漁歌子〉「曉風清」 〈臨江仙〉「碧染長空池似鏡」 〈醉公子〉「岸柳垂金線」
5	明	程明善	嘯餘譜	19	〈虞美人〉「曉鶯啼破相思夢」 〈河傳〉「燕颺」 〈河傳〉「曲檻」 〈河傳〉「棹舉」 〈甘州子〉「每逢清夜與良辰」 〈甘州子〉「曾如劉阮訪仙蹤」

序	時期	作者	詞譜	收錄數量	收　錄　作　品
					〈玉樓春〉「月照玉樓春漏促」
					〈酒泉子〉「掩卻菱花」
					〈酒泉子〉「水碧風清」
					〈酒泉子〉「黛怨紅羞」
					〈楊柳枝〉「秋夜香閨思寂寥」
					〈遐方怨〉「簾影細」
					〈獻衷心〉「繡鴛鴦帳暖」
					〈訴衷情〉「永夜拋人何去處」
					〈荷葉杯〉「歌發誰家筵上」
					〈荷葉杯〉「一去又乖期信」
					〈漁歌子〉「曉風清」
					〈臨江仙〉「碧染長空池似鏡」
					〈醉公子〉「岸柳垂金線」

　　於明編詞譜中，周瑛《詞學筌蹄》與謝天瑞《詩餘圖譜・補遺》二書，皆未收錄顧敻作品，乃就張綖《詩餘圖譜》、徐師曾《文體明辨附錄・詩餘》、程明善《嘯餘譜》等三書，進行析論。

（一）張綖《詩餘圖譜》

　　張綖（1487～1543），字世文（一作世昌），高郵（今江蘇高郵）人，為政以仁撫民，曾任知光州時，遇凶歲旱災，張綖呈請朝廷，得穀糧萬石，以賑饑荒之難。張綖學詞曲於王西樓，尤擅長短句，援筆立就，合於格律。著有《詩餘圖譜》、《草堂詩餘別錄》、《南湖集》等書，又以《詩餘圖譜》於清代中葉以前，影響為甚。《詩餘圖譜》選詞範圍起自晚唐五代，收錄顧敻作品，計有 6 闋，分別為：〈甘州子〉「一爐籠麝錦帷傍」、〈遐方怨〉「簾影細」、〈獻衷心〉「繡鴛鴦帳暖」、〈訴衷情〉「永夜拋人何去處」、〈臨江仙〉「碧染長空池似鏡」、〈醉公子〉「漠漠秋雲淡」等婉約之作。據〈詩餘圖譜・凡例〉中，有明確的選詞標準：

　　　所錄為式者，必是婉約，庶得詞體，又有惟取音節中調，

不暇則其詞之工者，覽者詳之。〔註87〕

由此見得，「婉約」乃是張綖選詞之重點標的。《詩餘圖譜》分三卷，計有150調，219闋作品，雖僅收錄顧夐六闋詞作，但相較於最早的詞譜《詞學筌蹄》而言，顧夐詞作，可說是受到編者的注意。

（二）徐師曾《文體明辨附錄・詩餘》

徐師曾（1516～1580），字伯魯，號魯庵，吳江（今江蘇吳江）人。七歲讀書，十二歲即能詩歌屬古文詞。其著述甚豐，有《周易演易》、《禮記集註》、《正蒙章句》、《湖上集》等，有數百餘卷行於世。《詩餘》，凡二十五卷，成書之因，乃爲音律有所依循，按律填詞爲主要原因〔註88〕。《詩餘》收有320餘調，選詞範圍起自晚唐五代，以北宋作品爲重心。在選詞標準上，有云：

> （按：《詩餘》）所錄僅三百二十餘闋，似爲未盡，然以備
> 考則庶幾矣。至論其詞，則有婉約者、有豪放者。婉約者，
> 欲其辭情醞藉；豪放者，欲其氣象恢弘。蓋雖各因其質，
> 而詞貴感人，要當以婉約爲正，否則雖極精工，終乖本色，
> 非有識之所取也。學者詳之。〔註89〕

顯而易見，徐師曾選詞標準，認爲「詞貴感人，要當以婉約爲正」，乃以「婉約」爲標的，檢視其收錄顧夐作品，計有13闋作品：〈甘州子〉「每逢清夜與良辰」、〈甘州子〉「曾如劉阮訪仙蹤」、〈玉樓春〉「月照玉樓春漏促」、〈酒泉子〉「掩卻菱花」、〈酒泉子〉「水碧風清」、〈酒泉子〉「黛怨紅羞」、〈楊柳枝〉「秋夜香閨思寂寥」、〈遐方怨〉「簾影

〔註87〕〔明〕張綖：《詩餘圖譜・凡例》（上海：上海古籍出版社，2002年《續修四庫全書》本），第1735冊，頁473。

〔註88〕〔明〕徐師曾：《文體明辨・附錄》云：「然詩餘謂之填詞，則調有定格，字有定數，韻有定聲，至於句之長短，雖可損益，然亦不當率意而爲之。譬之醫家，加減古方，不過因其方而稍更之，一或太過，則本方之意失矣，此《太和正音》，及今圖譜之所爲作也。」（臺南：莊嚴文化出版公司，1997年《四庫全書存目叢書》本），第312冊，頁545。

〔註89〕〔明〕徐師曾：《文體明辨・附錄》，第312冊，頁545。

細」、〈荷葉杯〉「歌發誰家筵上」、〈荷葉杯〉「一去又乖期信」、〈漁歌子〉「曉風清」、〈臨江仙〉「碧染長空池似鏡」、〈醉公子〉「岸柳垂金線」等，均爲雅致、動人之詞，故徐師曾選錄顧敻作品，選擇理念相符，重婉約之作。

（三）程明善《嘯餘譜》

程明善（？～？），字若水，號玉川，歙縣（今安徽歙縣）人，生卒年不詳，爲明熹宗天啓中監生。程明善精研詞曲音律，其《嘯餘譜》一書，總載詞曲體式，頗受詞壇重視。《嘯餘譜》，凡十卷，卷二至卷四之《詩餘譜》，爲張綖之《詩餘圖譜》而後作。選詞範圍起自晚唐五代，共收 305 調，579 闋作品，雖仍以北宋爲重心，但相對於《詩餘圖譜》、《詩餘》等書，則有明顯擴增晚唐、五代之作品，如收錄顧敻作品，計 19 闋，超出《詩餘圖譜》六闋作品。「嘯餘」，係指「歌之源出於嘯」。馬鳴霆〈題嘯餘譜序〉云：

> 故審聲者，就心聲之描寫以唫氣候，然此際微矣、渺矣，非探天地之元，豈易辨此？新安程若水雅意好古，樹幟吟壇，彙古來韻致若干卷，而總顏其編曰《嘯餘》。〔註90〕

本爲應歌而作，依拍而歌，入律合樂之作，隨著日遷月徙，詞與音樂漸趨分離，導致後人填詞，無所憑依。故循聲以定譜，係爲《嘯餘譜》成書之因。而選詞標準，《嘯餘譜》並未有明確說明，但觀其所選錄文章，〔北宋〕周邦彥多達 41 闋、柳永亦選錄了 28 闋，所占比率之高，可見仍以婉約、典雅之作爲標的。《嘯餘譜》收錄顧敻作品，亦見婉約特色。

二、清編詞譜

清代隨著詞學復興，詞派鼎盛，詞譜亦日益發展。本文據〔清〕賴以邠《填詞圖譜》、〔清〕萬樹《詞律》、〔清〕徐本立《詞律拾遺》、

〔註90〕〔明〕程明善：《嘯餘譜》（明萬曆己未 47 年刊本，臺北：國家圖書館藏）。

〔清〕杜文瀾《詞律補遺》、〔清〕陳廷敬、王奕清等編《欽定詞譜》、
〔清〕秦巘《詞繫》、〔清〕葉申薌《天籟軒詞譜》、〔清〕舒夢蘭《白
香詞譜》、〔清〕謝元淮《碎金詞譜》等 9 種詞譜，見顧夐作品入選
情形，如下表所示：

表 13 顧夐作品於清編詞譜入選情形

序	時代	作者	詞譜	收錄數量	收　錄　作　品
1	清	賴以邠	填詞圖譜	15	〈河傳〉「燕颺」 〈河傳〉「曲檻」 〈河傳〉「棹舉」 〈甘州子〉「曾如劉阮訪仙蹤」 〈玉樓春〉「月照玉樓春漏促」 〈酒泉子〉「水碧風清」 〈酒泉子〉「黛怨紅羞」 〈楊柳枝〉「秋夜香閨思寂寥」 〈遐方怨〉「簾影細」 〈獻衷心〉「繡鴛鴦帳暖」 〈訴衷情〉「永夜拋人何去處」 〈荷葉杯〉「歌發誰家筵上」 〈漁歌子〉「曉風清」 〈臨江仙〉「碧染長空池似鏡」 〈醉公子〉「岸柳垂金線」
2	清	萬樹	詞律	19	〈河傳〉「燕颺」 〈河傳〉「曲檻」 〈河傳〉「棹舉」 〈甘州子〉「紅爐深夜醉調笙」 〈酒泉子〉「楊柳舞風」 〈酒泉子〉「羅帶縷金」 〈酒泉子〉「小檻日斜」 〈酒泉子〉「黛薄紅深」 〈酒泉子〉「掩卻菱花」

序	時代	作者	詞譜	收錄數量	收　錄　作　品
					〈酒泉子〉「水碧風清」
					〈酒泉子〉「黛怨紅羞」
					〈楊柳枝〉「秋夜香閨思寂寥」
					〈遐方怨〉「簾影細」
					〈獻衷心〉「繡鴛鴦帳暖」
					〈應天長〉「瑟瑟羅裙金線縷」
					〈訴衷情〉「永夜拋人何去處」
					〈荷葉杯〉「春盡小庭花落」
					〈臨江仙〉「碧染長空池似鏡」
					〈醉公子〉「漠漠秋雲淡」
3	清	徐本立	詞律拾遺	4	〈虞美人〉「觸簾風送景陽鐘」 〈虞美人〉「少年艷質勝瓊英」 〈玉樓春〉「柳映玉樓春日晚」 〈浣溪沙〉「紅藕香寒翠渚平」
4	清	杜文瀾	詞律補遺	0	無
5	清	陳廷敬 王奕清	欽定詞譜	20	〈虞美人〉「觸簾風送景陽鐘」 〈虞美人〉「少年艷質勝瓊英」 〈河傳〉「燕颺」 〈河傳〉「曲檻」 〈河傳〉「棹舉」 〈甘州子〉「一爐籠麝錦帷傍」 〈玉樓春〉「月照玉樓春漏促」 〈玉樓春〉「拂水雙飛來去燕」 〈浣溪沙〉「紅藕香寒翠渚平」 〈酒泉子〉「小檻日斜」 〈酒泉子〉「黛薄紅深」 〈酒泉子〉「掩卻菱花」 〈酒泉子〉「水碧風清」 〈酒泉子〉「黛怨紅羞」 〈楊柳枝〉「秋夜香閨思寂寥」 〈訴衷情〉「永夜拋人何去處」

序	時代	作者	詞譜	收錄數量	收　錄　作　品
					〈荷葉杯〉「春盡小庭花落」 〈荷葉杯〉「一去又乖期信」 〈醉公子〉「漠漠秋雲淡」 〈醉公子〉「岸柳垂金線」
6	清	秦巘	詞繫	14	〈虞美人〉「觸簾風送景陽鐘」 〈虞美人〉「少年艷質勝瓊英」 〈河傳〉「曲檻」 〈甘州子〉「紅爐深夜醉調笙」 〈玉樓春〉「月照玉樓春漏促」 〈酒泉子〉「楊柳舞風」 〈酒泉子〉「羅帶縷金」 〈酒泉子〉「小檻日斜」 〈酒泉子〉「黛薄紅深」 〈酒泉子〉「掩卻菱花」 〈酒泉子〉「黛怨紅羞」 〈獻衷心〉「繡鴛鴦帳暖」 〈應天長〉「瑟瑟羅裙金線縷」 〈醉公子〉「漠漠秋雲淡」
7	清	葉申薌	天籟軒詞譜	12	〈甘州子〉「露桃花裏小樓深」 〈浣溪沙〉「紅藕香寒翠渚平」 〈酒泉子〉「楊柳舞風」 〈酒泉子〉「羅帶縷金」 〈酒泉子〉「小檻日斜」 〈酒泉子〉「黛薄紅深」 〈酒泉子〉「黛怨紅羞」 〈楊柳枝〉「秋夜香閨思寂寥」 〈訴衷情〉「永夜拋人何去處」 〈荷葉杯〉「春盡小庭花落」 〈臨江仙〉「碧染長空池似鏡」 〈醉公子〉「漠漠秋雲淡」
8	清	舒夢蘭	白香詞譜	0	無

序	時代	作者	詞譜	收錄數量	收　錄　作　品
9	清	謝元淮	碎金詞譜	6	〈虞美人〉「觸簾風送景陽鐘」 〈甘州子〉「一爐籠麝錦帷傍」 〈楊柳枝〉「秋夜香閨思寂寥」 〈漁歌子〉「曉風清」 〈醉公子〉「漠漠秋雲淡」 〈醉公子〉「岸柳垂金線」

（一）賴以邠《填詞圖譜》

賴以邠（？～？），字水西，杭州仁和人。少時富有才氣，詩詞書畫，無不精妙。其《填詞圖譜》乃繼踵張綖《詩餘圖譜》而作。全書凡六卷，續集三卷，依詞調字數多寡而分，按小令、中調、長調三體序列之，有 545 調，679 體。其選錄重心，據《填詞圖譜・凡例》云：

> 填詞雖後於唐，而詞以宋爲盛。每調之詞，宋不可得，方取唐；唐不可得，方及元明。梁武帝曾有〈江南弄〉等詞，雖六朝已濫觴，概不敢進取。〔註91〕

可知賴以邠看重宋詞，認爲宋代是詞的巔峰時期，故所選詞例，以宋代者爲優先。檢視收錄顧敻作品，計有 15 闋，以選錄重心集中於宋代而言，此數量令人頗感意外。賴以邠雖承張綖的腳步，卻試圖擺脫揀選婉約體的選詞標準，據江合友《明清詞譜史》云：

> 《填詞圖譜》提出宋詞優先的標準雖不免仍有選詞傾向，但卻淡化了風格，強調詞調發展的時代性因素。〔註92〕

風格的淡化，對於詞調的選擇有更進一步的規範與準則，雖賴氏以宋詞爲範本，這點值得商榷，但其注重詞調的發展，使詞調有了制式化的規範，不至於亂無章法。觀其收錄顧敻十五闋詞作中，有〈河傳〉、

〔註91〕〔清〕賴以邠：《填詞圖譜・凡例》，第 426 冊，頁 1。
〔註92〕江合友：《明清詞譜史》（上海：上海古籍出版社，2008 年 5 月），頁91～92。

〈甘州子〉、〈玉樓春〉、〈酒泉子〉、〈楊柳枝〉、〈遐方怨〉、〈獻衷心〉、〈訴衷情〉、〈荷葉杯〉、〈漁歌子〉、〈臨江仙〉、〈醉公子〉等 12 調，可見編者對詞調之重視。

（二）萬樹《詞律》、徐本立《詞律拾遺》、杜文瀾《詞律補遺》

萬樹（1630～1688），字花農，一字紅友，江蘇宜興人。工詞善曲，著有《堆絮園集》、《璇璣碎錦》等，流傳於世。《詞律》，凡二十卷，選錄範圍起自唐、宋，迄於金元，明代自度曲不著錄。據〈詞律自敘〉云：

> 袛據賀囊之所絜及搜鄴架之所存，惟《花庵》、《草堂》、《尊前》、《花間》、《萬選》、汲古刻諸家、沈氏四集、《嘯餘譜》、《詞統》、《詞匯》、《詞綜》、《選聲》數種聊用參較，玫其調之異同，酌其句之分合，辨其字之平仄，序其篇之短長。務標準於名家，必酌中於各制。有調同名者別者，則刪而合之；有調別名同者，則分而疏之。複者鋻之，缺者補之。……計爲卷二十，爲調六百六十，爲體千一百八十有奇。其篇則取之唐宋，兼及金元，而不收明朝自度。〔註93〕

是知萬樹選詞，係針對歷來可觀的詞選、刻本等，作一全面且系統的篩選。《詞律》依正體之詞句的字數多寡，遞增排序，自〈竹枝〉十四字到〈鶯啼序〉二百四十字，共得 660 調，1180 多體。萬樹考證詞調源由、考訂句法之異同、勘檢訛誤、標注平仄韻腳，據俞樾《校勘詞律序》云：

> 《詞律》之作，蓋明以來，詞學失傳，舉世奉《嘯餘譜》爲準繩，但取其便乎吻，而不知其庋乎古。於是掃除流俗，力追古初，一字一句，皆取宋元名作，排比而求其律，律嚴而詞之道尊矣。〔註94〕

〔註93〕〔清〕萬樹：〈詞律自敘〉，見錄於施蟄存主編：《詞籍序跋萃編》，卷 10，頁 881。

〔註94〕〔清〕俞樾：〈校勘詞律序〉，見錄於〔清〕萬樹等：《索引本詞律》

肯定了《詞律》於後學詞壇上的貢獻。《詞律》有別於賴以邠《填詞圖譜》，它跳脫出明代風格取向的圖譜，並建立起縝密而嚴格的詞譜體系。檢視收錄顧敻作品之情形，計有 19 闋，收錄詞調，有〈河傳〉、〈甘州子〉、〈酒泉子〉、〈楊柳枝〉、〈遐方怨〉、〈獻衷心〉、〈訴衷情〉、〈荷葉杯〉、〈漁歌子〉、〈臨江仙〉、〈醉公子〉等 11 調，雖少於《填詞圖譜》1 調，然而《詞律》所收錄的〈酒泉子〉一調，其七闋作品的聲韻變換、句格錯落之體式，卻是自明清二代以來的詞譜，首次受到編者之注意，並錄以爲式。

　　《詞律》之後，爲增補其不足與錯漏，〔清〕徐本立、杜文瀾分別編《詞律拾遺》與《詞律補遺》二書。據俞樾〈拾律拾遺序〉云：

　　　（按：《詞律拾遺》）卷一至卷六補其未備，原書所未收之調，今爲補之，曰「補調」；原書已收而未盡厥體，今亦補之，曰「補體」；卷七、卷八則訂正原書者居多，曰「補注」。
〔註95〕

是知徐本立輯錄《詞律拾遺》，前六卷乃補其未備者，而七、八兩卷則爲補注之用。檢視收錄顧敻作品之情形，《詞律補遺》收有 4 闋，3 調。相較於萬樹《詞律》11 調，徐氏補其未備，收錄顧敻詞調〈虞美人〉、〈玉樓春〉、〈浣溪沙〉三調，皆是《詞律》未錄入之作。而杜文瀾《詞律補遺》，則以萬樹《詞律》與徐本立《詞律拾遺》爲基礎，再增補 50 調，而顧敻作品未錄入。

（三）陳廷敬、王奕清等《欽定詞譜》

　　陳廷敬、王奕清等奉康熙敕令輯纂，爲官修之大型詞譜，凡四十卷，計有 826 調，2306 體。據《四庫全書總目‧欽定詞譜四十卷提要》云：

　　　自《嘯餘譜》以下，皆以此法推究，得其涯略，定爲科律

　　　　（臺北：廣文書局，1971 年），頁 1。
〔註95〕〔清〕俞樾：〈詞律拾遺序〉，見錄於施蟄存主編：《詞籍序跋萃編》，
　　　　卷十，頁 886。

而已。然見聞未博，又或餐以臆斷無稽之説，往往不合於
古法。惟近時萬樹作《詞律》，析疑辨誤，所得爲多，然不
免於舛漏。……爰命儒臣，輯爲此譜。凡八百二十六調，
二千三百六體，凡唐至元之遺篇，靡弗采錄。元人小令，
其言近雅者，亦間附之。唐宋大曲，則匯爲一卷，綴於末。
每調各注其源流，每自各圖其平仄，每句各注其韻，分刊
節度，窮極窈眇，倚聲家可永守法程。〔註96〕

可見，《欽定詞譜》是在萬樹《詞律》的基礎上，加以修正、增篇而
成，且透過體例方面，亦可見二書之相承關係。如《詞律》在選詞標
準上，已有「備體」之考量，因此對於晚唐五代所作與詩類同的詞作，
皆加以收錄；而《欽定詞譜》亦有相同理念，據《欽定詞譜・凡例》
云：

唐人長短句，悉照《尊前》、《花間》、《花庵》諸選收入，
其五、六、七言絕句，亦各採一、二首以備其體。〔註97〕

據此，《欽定詞譜》不僅收錄與詩類同之詞作，且更進一步地重視文
獻的搜羅與採集，亦可見其選詞源由，係以「備體」爲輯錄目的。《欽
定詞譜》共錄有 826 調，2306 體，較《詞律》多出 166 調，1126 體，
單就「備體」而言，堪稱完善。然陳匪石《聲執・詞律與詞譜》對此，
卻是不以爲然，認爲《欽定詞譜》可供詞源探索之優勢，但因「備體」
之用，而「多覺氾濫」〔註98〕，故不如萬樹《詞律》嚴密周延，此乃
缺失之由。而在選詞標準方面，《欽定詞譜》則注重格律。據〈欽定
詞譜序〉云：

夫詞寄於調字之多寡，有定數句之長短，有定式韻之平仄，
有定聲杪忽無差始能諧合，否則音節乖舛、體製混淆，此

〔註96〕〔清〕永瑢、紀昀等：《四庫全書總目・欽定詞譜四十卷提要》，見
　　　　錄於施蟄存主編：《詞籍序跋萃編》，卷十，頁898。
〔註97〕〔清〕王奕清等奉敕輯：《欽定詞譜・凡例》（北京：商務印書館，
　　　　2005 年《文津閣四庫全書》本），第 500 冊，頁 301。
〔註98〕陳匪石《聲執・詞律與詞譜》，見錄於唐圭璋編：《詞話叢編》，第 5
　　　　冊，頁 4929

圖譜之所以不可略也。〔註99〕

是知《欽定詞譜》輯錄除了重視調體源流，其格律之嚴謹、音韻之諧和等各方面，亦是相當注重。檢視收錄顧敻作品之情形，《欽定詞譜》計有 20 闋，其中所收錄詞調有：〈虞美人〉、〈河傳〉、〈甘州子〉、〈玉樓春〉、〈浣溪沙〉、〈酒泉子〉、〈楊柳枝〉、〈訴衷情〉、〈荷葉杯〉、〈醉公子〉等 10 調。其收錄作品數量雖多《詞律》一闋，然其收錄詞調卻少於《詞律》一調，且〈酒泉子〉一調，亦少收錄「楊柳舞風」一體。

（四）秦巘《詞繫》

秦巘（？～？），字玉笙，號綺園，揚州人，自號狷翁。《詞繫》是一部未刊稿，1983 年，唐圭璋自《中文古籍善本書目》中尋得，方始《詞繫》重現於世。《詞繫》，凡二十四卷，依唐、五代、宋、金、元等排序，收錄 1029 調，2220 餘體。其中收錄顧敻詞作，計有 14 闋。其成書目的，據《詞繫・凡例》云：

> 《詩餘圖譜》、《嘯餘譜》，當時盛行，填詞家奉爲圭臬。然體例踳駁蕪亂，貽誤後學非淺。康、乾間萬紅友訂爲《詞律》，糾訛駁謬，苦心孤詣，允爲詞學功臣，至今翕然宗之。惜乎援據不傳，校讎不審，其中無不缺失。……茲編以《詞律》爲藍本，於其缺者增之，訛者正之。〔註100〕

秦巘以萬氏爲藍本，並以拾遺補缺、駁謬揪誤爲目的，有意在《詞律》的基礎之上，更進一步完善詞譜，雖收錄顧敻作品數量不如萬氏《詞律》19 闋，卻增加了顧敻〈虞美人〉與〈玉樓春〉，三闋兩調之詞作。

（五）葉申薌《天籟軒詞譜》

葉申薌（1780～1842），字維歗，號小庚，又號其園，福建閩縣

〔註99〕〔清〕王奕清等奉敕輯：《欽定詞譜・序》（北京：商務印書館，2005年《文津閣四庫全書》本），第 500 冊，頁 300。

〔註100〕〔清〕秦巘：《詞繫・凡例》（北京：北京師範大學出版社，2010 年），第 1 冊，頁 3。

人。世居文儒坊，稍長即能詩文，每出驚人語。尤工詞，曾輯宋元六
十多家詞爲《歷代閩詩詞抄》四卷，著有《小庚詞存》、《本事詞》等
書傳於世。葉申薌讀《御訂詞譜》與《歷代詩餘》，發現《詞律》失
收詞調甚多，故編《天籟軒詞譜》，據其〈發凡〉云：

> 薌素不諳音律，而酷好塡詞，自束髮受書，即竊相摹擬。
> 遠宦萬里，行篋無書，暇時輒取《詞律》，親爲編次，乃竟
> 然成帙。〔註 101〕

可知葉申薌爲補《詞律》未收之調，而成此書。《天籟軒詞譜》，凡五
卷，所收詞人有 227 家，771 調，1194 闋作品〔註 102〕。其中，收錄
顧敻作品，計 12 闋，所錄詞調有：〈甘州子〉、〈浣溪沙〉、〈酒泉子〉、
〈楊柳枝〉、〈訴衷情〉、〈荷葉杯〉、〈臨江仙〉、〈醉公子〉等 8 調，較
萬氏《詞律》多收〈甘州子〉一調。葉申薌將《詞律》作一番調整，
據顧蒓〈天籟軒詞譜序〉云：

> 編調、選詞、變韻、分句，則有《詞律》之精覈，而無其
> 拘；有《詞律》之博綜，而刪其冗。誠藝苑之圭臬，而詞
> 壇之矩矱也。上追唐賢樂府，下汰元人雜曲。〔註 103〕

葉申薌對《詞律》去其繁冗，保留精粹，此番去蕪存菁之舉，可說是
《詞律》之精簡版。是編以原製之詞及名人佳作，作爲擇調選詞之標
準，如此既可展現出詞調之源流正變，亦能藉由具備代表性、規範性
之佳作作品，成爲指導後人以聲塡詞之準繩。〔註 104〕

（六）舒夢蘭《白香詞譜》

　　舒夢蘭（1759～1835），字香叔，一字白香，晚號天香居士，江

〔註 101〕〔清〕葉申薌：《天籟軒詞譜・發凡》（清道光間刊本，臺北：國家
　　　　　圖書館藏）。
〔註 102〕袁志成：《天籟軒詞譜研究》，《廣西大學報》（哲學社會科學版）第
　　　　　30 卷，第 5 期（2008 年 10 月），頁 102。
〔註 103〕〔清〕顧蒓〈天籟軒詞譜序〉，見錄於〔清〕葉申薌：《天籟軒詞譜・
　　　　　發凡》（清道光間刊本，臺北：國家圖書館藏）。
〔註 104〕袁志成：《天籟軒詞譜研究》，《廣西大學報》（哲學社會科學版）第
　　　　　30 卷，第 5 期（2008 年 10 月），頁 102。

西靖安人。該書輯選自唐至清初的詞人，共有 59 家，並收錄常用詞調，一調一闋，共 100 闋，且多爲名家之作。此書流傳廣泛，爲之箋注者亦多，影響甚大。《白香詞譜》之所以通行廣泛之緣由，據〔清〕怡親王胤祥〈白香詞譜・序〉云：

> 吾友舒白香，頗留意聲律之學。曾選佳詞一百篇，篇各異調。於其旁逐字訂譜，宜平宜仄，及可平可仄之辨，一望犁然。上、去、入雖皆仄聲，亦各有音節所宜。證以佳詞，舉堪意會，於初學不無小補。白香囊贈予一編，輿中馬上，偶譜新聲，檢閱良便。〔註105〕

「證以佳詞，舉堪意會，於初學不無小補」，乃因《白香詞譜》符合初學所需，雖僅有百篇詞作，但相對於《詞律》、《欽定詞譜》等大型且繁複的詞譜而言，收錄常用詞調、百篇佳作，反而更爲便捷，其實用性亦大幅增加，故能通行四方，流傳甚廣。《白香詞譜》因其收錄多以名人佳篇爲主，且一調一詞，故範圍相對縮減不少，晚唐部分僅收錄：溫庭筠、南唐中主、南唐後主與馮延巳等 4 家，9 闋作品，其餘韋莊等晚唐詞人均未收錄其中，顧敻亦然。

（七）謝元淮《碎金詞譜》

謝元淮（1792～1874），字默卿，又作墨卿，又字鈞緒，有《碎金詞譜》、《碎金詞譜・續譜》傳世。是編初刻本爲六卷，後以《欽定詞譜》及《歷代詩餘》，詳加參訂，〔註106〕增修至十四卷，續集六卷，總收錄 449 調，802 闋作品。收錄顧敻作品，計有 6 闋，5 調，分別爲：〈虞美人〉「觸簾風送景陽鐘」、〈甘州子〉「一爐籠麝錦帷傍」、〈楊柳枝〉「秋夜香閨思寂寥」、〈漁歌子〉「曉風清」、〈醉公子〉「漠漠秋雲淡」、〈醉公子〉「岸柳垂金線」等作。

〔註105〕 〔清〕怡親王胤祥：〈白香詞譜・序〉，見錄於〔清〕舒夢蘭輯，謝朝徵箋：《白香詞譜箋》（臺北：新文豐出版公司，1989 年），頁 2。

〔註106〕 〔清〕謝元淮：《碎金詞譜・自序》，（上海：上海古籍出版社，2002 年《續修四庫全書》本），第 1737 冊，頁 3。

　　謝元淮工詞曲，對於詞之聲律、合樂有一定重視，並將此理念，
體現在《碎金詞譜》之上。此譜編目一大特色，即以宮調爲大類，詞
調爲子目，其音律譜則以《九宮大成南北詞宮譜》爲底本，將其音律
標注於「每一字之旁，左列四聲，右具工尺，俾覽者一目了然」，將
音律譜與格律譜合爲一體，以便查詢與閱讀。謝元淮重視詞能歌之特
質，期許「今之聲通於古樂之意」，據其〈碎金詞譜自序〉云：

> 蓋唐人之詩以入唱爲佳。自宋以詞鳴，而歌詩之法廢；金
> 元以北曲鳴，而歌詞之法廢；明以南曲鳴，而北曲之法又
> 廢也。世風迭變，捨舊翻新，勢有不得不然。至於清濁相
> 宣，諧會歌管，雖去古人於千百世之下，必將無有不同者。
> 茲譜之作，即以歌曲之法歌詞，亦冀由今之聲以通於古樂
> 之意焉。〔註107〕

詞本具音樂性，然隨著世易時移、樂譜散佚，使得詞與樂律脫離，「以
歌曲之法歌詞」，雖難以再將古詞調重新展現，但透過今之聲，期望
能重現古樂之意，達到「清濁相宣，諧會歌管」之目的。

　　綜上所述，顧敻作品傳播接受於歷代詞選、詞譜收錄之數量及
其要素，總結如下：

〔註107〕〔清〕謝元淮：《碎金詞譜・自序》，（上海：上海古籍出版社，2002
　　　年《續修四庫全書》本），第 1737 冊，頁 6～7。

表 14　顧夐作品於歷代詞選、詞譜收錄之數量

清編詞選　計 63 首

歷代詩餘(36)
自怡軒詞選(3)
詞綜(9)
古今詞選(1)
清綺軒詞選(3)
詞則別調集(1)
詞則閒情集(5)
湘綺樓詞選(1)
唐五代詞選(2)
藝蘅館詞選(2)

清編詞譜　計 90 首

填詞圖譜(15)
詞律(19)
詞律拾遺(4)
欽定詞譜(20)
詞繫(14)
天籟軒詞譜(12)
碎金詞譜(6)

清

明編詞選　計 103 首

詞林萬選(6)
百琲明珠(1)
花草粹編(34)
唐詞紀(55)
唐宋元明酒詞(1)
詞的(6)
古今詞統(12)
精選古今詩餘醉(2)

明編詞譜　計 38 首

詩餘圖譜(6)
文體明辨附錄‧詩餘(13)
嘯餘譜(19)

明

宋編詞選　計 4 首

唐宋諸賢
絕妙詞選(4)

宋

透過本表統計，可見顧夐作品傳播接受於歷代選本之收錄數量，總計量有 298 首，分別爲：宋編詞選有黃昇《唐宋諸賢絕妙詞選》一書，入選顧夐作品 4 闋；明編詞選有楊慎《詞林萬選》6 首、《百琲明珠》1 首、陳耀文《花草粹編》34 首、董逢元《唐詞紀》55 首、周履靖《唐宋元明酒詞》1 首、茅暎《詞的》6 首、卓人月《古今詞統》12 首、潘游龍《古今詩餘醉》2 首等 8 種詞選，計有 103 闋；明編詞譜則有張綖《詩餘圖譜》、徐師曾《文體明辨附錄·詩餘》13 首、程明善《嘯餘譜》19 首等 3 種詞譜，計有 38 闋；清編詞選有、沈辰垣、王奕清《歷代詩餘》36 首、許寶善《自怡軒詞選》3 首、朱彝尊《詞綜》9 首、沈時棟《古今詞選》1 首、夏秉衡《清綺軒詞選》3 首、陳廷焯《詞則》6 首、王闓運《湘綺樓詞選》1 首、成肇麐《唐五代詞選》12 首、梁令嫻《藝蘅館詞選》2 首等 9 種詞選，計有 63 闋：清編詞譜有賴以邠《塡詞圖譜》、萬樹《詞律》19 首、徐本立《詞律拾遺》4 首、陳廷敬、王奕清等編《欽定詞譜》20 首、秦巘《詞繫》14 首、葉申薌《天籟軒詞譜》12 首、謝元淮《碎金詞譜》6 首等 9 種詞譜，計有 90 闋。其中，以清編選本 153 闋爲最；明編選本 141 闋次之。而究其原因，可由歷代選本之選錄重心、編纂成因、選詞標準等要素，見其蛛絲馬跡。如下表所示：

表 15　歷代詞選、詞譜收錄顧夐作品之情形

序	時代	詞選	選錄重心	編纂成因	選詞標準	選錄顧夐作品數量
1	宋編詞選	唐宋諸賢絕妙詞選	唐、五代、北宋	存史	不主一格	4
2	明編詞選	詞林萬選	仍以北宋爲主，但以大幅增錄南宋及元代作品	跳脫「以北宋詞爲尊」之「學古」框架，補《草堂》之未收者	綺練雅麗	6
3		百琲明珠				1

序	時代	詞選	選錄重心	編纂成因	選詞標準	選錄顧敻作品數量
4	明編詞選	花草粹編	晚唐五代	爲彰顯《花間》	佳詞 孤調	34
5		唐宋元明酒詞	晚唐五代	訴諸有朋相與唱和之詠酒詞篇	酒調	1
6		唐詞紀	晚唐五代	愛其所愛	音律流暢 清切婉麗	55
7		詞的	晚唐五代	藉由詞篇傳承情感	幽俊香豔 音律合協	6
8		古今詞統	南宋	闡明婉約豪放，二者不可偏廢	極情盡態 情摯率眞	12
9		精選古今詩餘醉	宋、明	醉心古今詞	眞理至情	2
10	明編詞譜	詩餘圖譜	北宋	調可守 韻可循	婉約	6
11		文體明辨附錄·詩餘	北宋	使音律有所依循	婉約	13
12		嘯餘譜	北宋	循聲以定譜	婉約典雅	19
13	清編詞選	歷代詩餘	唐宋元明	存詞備體	眾美胥收	36
14		自怡軒詞選	唐	小令以唐人爲佳	清高雅正	3
15		詞綜	宋	掃《草堂》之弊	清空醇雅	9
16		古今詞選	宋、清	時人置聲譜不顧	不主一格 格律合諧	1
17		清綺軒詞選	宋、清	推尊雅正理念	淡雅之作	3

序	時代	詞選	選錄重心	編纂成因	選詞標準	選錄顧夐作品數量
18		詞則別調集	唐迄於清	早期編《雲韶集》，後去取未當者，成就《詞則》	無關風格兼容並蓄	1
19		詞則閑情集			思無邪合於雅正	5
20		湘綺樓詞選	唐、宋	應自開發心思	閒情逸致遊思別趣	1
21		唐五代詞選	唐五代	喜詞之意蘊	緣情託興雅正之作	2
22		藝蘅館詞選	宋	斟酌於繁簡之間	雅正合樂	2
23	清編詞譜	填詞圖譜	宋	繼踵張綖《詩餘圖譜》而作	以宋詞為範式	15
24		詞律	唐宋金元	建立全面且系統的詞譜體系	備體之用	19
25		詞律拾遺	唐宋金元	補《詞律》之不足	備體之用	4
26		欽定詞譜	唐至清	備體存詞	格律嚴謹音韻和協	20
27		詞繫	唐至元	補《詞律》之缺失	存詞備體	14
28		天籟軒詞譜	唐宋金元	補《詞律》未收之調	具代表性之作	12
29		碎金詞譜	唐宋金元	清濁相宣諧會歌管	以歌曲之法歌詞	6

　　藉由本表資料顯示，顧夐作品傳播接受於歷代之情形，概括總結，可得以下三端：

　　其一，花間風行

　　透過表格，顯而易見明編詞選之選錄重心，多偏向於晚唐五代。於嘉慶時期，楊慎為反對當時明人的「學古」、「擬古」之風，以及為

補《草堂詩餘》之未收者，編《詞林萬選》與《百琲明珠》二書，收錄顧敻作品，雖數量不多，僅有 7 闋，不至於使之銷聲匿跡。至萬曆時期，因明代詞壇「花草」之風盛行，其選錄重心，集中於晚唐五代，致使顧敻作品傳播接受於明代有了不可小覷的成績，尤其是董逢元《唐詞紀》的「愛其所好」，收錄顧敻作品五十五闋，亦為顧敻存世作品的總數量，自《花間集》出，係為首度完整收錄顧敻作品之選本。

其二，婉雅之風

晚唐五代的作品多為濃豔綺麗之風，但至明末崇禎時期，隨著明人的審美標準，逐漸改變，不再崇尚「花草」輕靡媚艷、婉轉綺麗之詞風，轉型為宗法南宋之作品，除了使選錄重心轉移，不再集中於晚唐五代，亦使得選錄標準走向「雅正」、「緣情」之作。而「一歸於豔」的顧敻作品，便不受人待見，其選錄數量相較於鼎盛時期的萬曆年間而言，是遠遠不及的。然而，顧敻作品雖一歸於豔，但仍有婉約、淡雅之作，反覆受到清代詞選收錄其中。如〈楊柳枝〉「秋夜香閨思寂寥」、〈訴衷情〉「永夜拋人何處去」、〈醉公子〉「漠漠秋雲淡」等作品，三闋皆為婉約雅致、情摯真切之作，雖仍見華麗藻飾，但其詞境立意卻是婉雅而不失於正。

其三，存詞備體

雖自明末清初，詞壇崇兩宋之作，尚婉約之風，使其顧敻作品之傳播接受，受到了阻礙，但借由主打「存詞備體」之用的詞譜體式，尤為清代詞譜，使得顧敻作品並未埋沒於詞史的流沙當中。顧敻存世作品數量共有五十五闋作品，所用詞調計有十六調。透過詞譜「存詞備體」，建立起較具全面且系統性、完整性之詞譜體式，使得顧敻作品或多或少得以保留其樣貌。如萬樹《詞律》，收錄顧敻作品有 19 闋，計有 11 調，而其中所收錄的〈酒泉子〉一調，七闋作品，其聲韻變換、句格錯落之體式，卻是自明清以來，首次為人所關注。徐本立為補《詞律》之不足，編《詞律拾遺》一書，收錄顧敻作品 4 闋，3 調。二書加總，總錄顧敻所用詞調，雖少〈漁歌子〉、〈更漏子〉二調，仍

可謂趨近於完備，亦是官方修書《欽定詞譜》收錄顧敻十調，〈酒泉子〉僅收三體所難以比擬的。

　　總的而言，顧敻作品之傳播接受，集中於明代萬曆年間之選本，且其選錄重心著重於晚唐五代，而身爲晚唐五代人的顧敻，因此契機，受到世人的注意。然而盛極必衰，自明末宗法北宋、清人以婉約、清雅之風爲正，致使顧敻作品乏人問津，幸得詞譜以「存詞備體」之用，使顧敻作品之傳播接受有了一線生機，得以保留其貌，流傳於世。